Diane Amber
Pasqua & Diamante

Diane Amber

Pasqua & Diamante
Queere Crime-Satire

Bibliografische Information der Deutschen Nationalbibliothek:
Die Deutsche Nationalbibliothek verzeichnet diese Publikation in der Deutschen Nationalbibliografie; detaillierte bibliografische Daten sind im Internet über http://dnb.dnb.de abrufbar.
© 2024 Diane Amber
Lektorat: J. Lagall & L.R.Franke
Korrektorat: L.R.Franke
Coverdesign: Phantasmal Image

Verlag: BoD · Books on Demand GmbH, In de Tarpen 42, 22848 Norderstedt
Druck: Libri Plureos GmbH, Friedensallee 273, 22763 Hamburg
ISBN: 978-3-7597-1993-5

Das Werk, einschließlich seiner Teile, ist urheberrechtlich geschützt. Jede Verwertung ist ohne die Zustimmung der Autorin unzulässig. Dies gilt insbesondere für die elektronische oder sonstige Vervielfältigung, Übersetzung, Verbreitung und öffentliche Zugänglichmachung.
Alle in diesem Buch geschilderten Handlungen und Personen sind frei erfunden. Ähnlichkeiten mit lebenden oder bereits verstorbenen Personen wären zufällig und nicht beabsichtigt.

I Giulia

Als sich Orlando Pasqua in eine Polizeidienststelle in den Süden versetzen ließ, hatte er nicht darüber nachgedacht, was es für ihn als Nordlicht bedeuten würde. Alles war ihm gleich gewesen, Hauptsache, er kam weg aus Parma. Er brachte eine Reihe Vorsätze mit.
Sie alle kamen ins Wanken, als er Marco Diamante zugeteilt wurde.

*

„Guck dir den Schwachkopf an." Lachend deutete Marco auf den Sportwagen, der vor uns fuhr und aus dem eben in hohem Bogen ein To-Go-Becher geflogen kam. Er machte zuerst einen Satz auf die Gegenfahrbahn, wurde dort von einem LKW hoch geschleudert und landete dann auf unserer Frontscheibe. Mir reichte es. Ich betätigte den Scheibenwischer, um die schlierigen Kaffeereste loszuwerden, und trat das Gaspedal durch. Den wollte ich mir schnappen. Unser Wagen war auch nicht eben lahm.

„Orlando." Marco lachte und klammerte sich an den Haltegriff. „Hey! Da ist aber jemand angepisst."

„Hol das Blaulicht aus dem Handschuhfach", herrschte ich ihn an.

Er klappte es auf und spähte halbherzig hinein. „Da ist es nicht."

„Muss es aber."

„Es sind bloß Handschuhe drin." Mit einem davon wedelte er mir vor dem Gesicht herum.

„Hör auf. Lass das."

„Wie du willst", sagte er. „Zieh ihn aus dem Verkehr. Ist zwar total überreagiert ..."

Natürlich war das Blaulicht da, wo ich es vermutet hatte. Marco setzte es aufs Dach, wo es vor sich hin orgelte, und trotzdem dauerte es noch knappe fünfzehn Minuten, bis es mir gelang, die Arschkrampe vor uns endlich zu überholen und dadurch zu nötigen, auf den nächsten Parkplatz zu fahren. Schotter spritzte auf, als die Karren hielten.

„Orlando", versuchte Marco es erneut. „Die Lappalie ist echt nichts für die Kripo."

Ruppig löste ich den Sicherheitsgurt, stieß die Tür auf, stieg aus und rauschte auf den Sportwagen zu, wo ich mit in die Taille gestemmten Fäusten eine Weile warten musste. Der Typ, der den Wagen fuhr, war für so eine Sportflunder deutlich zu alt. Und zu korpulent. Entsprechend würdelos gestaltete sich sein

Aussteigen. Das triefende Panino in seinen Händen machte es nicht leichter. Als er endlich draußen stand, in Bermudas, Hemd und Segelschuhen, musterte er mich irritiert. Sofort zeigte ich ihm meinen Ausweis, weil ich es gewöhnt war, nicht für einen Polizisten gehalten zu werden. Es beeindruckte ihn allerdings kaum. Das war das Problem mit den reichen Säcken.

„Sie wissen, warum wir Sie angehalten haben?", fragte ich.

„Keine Ahnung", murmelte er kauend.

„Unglaublich." Ich kratzte mich am Hinterkopf. „Sie werfen Müll in die Landschaft. Sie …"

„Das ist nicht Ihr Ernst?" Der Typ baute sich bedrohlich vor mir auf.

„Es ist mein voller Ernst. Sie haben …"

Das angebissene Panino flog in meine Richtung und traf nur deshalb nicht, weil ich rechtzeitig zurückzuckte.

„Es ist eine Schande, was die heute als Polizisten einstellen. 'Ne Schwuchtel wie du sagt mir nicht, was ich zu tun oder zu lassen habe."

Kurz schloss ich die Augen. Diese Art Reaktion gab es, aber sie war selten. Vermutlich würde es sie nicht geben, wenn ich breitbeinig wie ein Rodeoreiter umherstelzen würde, aber vor allem müsste ich dafür auf den Kajalstift verzichten. Doch weshalb sollte ich mich bemühen, vorzugeben, jemand anderer zu sein?

Die Zeiten lagen hinter mir. Das hatte ich mir geschworen.

„Ihre Personalien", forderte ich.

Um meiner Aufforderung vermeintlich nachzukommen, griff der Typ in die Gesäßtasche seiner Hose, aber er täuschte die Bewegungen nur an und verpasste mir gleich darauf einen Schlag ins Gesicht. Verblüfft keuchend landete ich auf dem Arsch, ignorierte das Blut, das mir aus der Nase lief, innerlich auf den nächsten Haken vorbereitet, während ich versuchte, auf die Beine zu kommen. Überraschend verschaffte Marco mir Zeit, indem er dem Schmierlappen einen Kinnhaken verpasste. Was war das denn jetzt? Hatte ich darum gebeten? Verdutzt sank ich rücklings auf die Ellenbogen zurück.

„Das war mal wieder total drüber", wisperte ich.

„Steh auf", bat Marco gedämpft.

Nee, beim besten Willen nicht, ich wollte mich erst beruhigen. Erst als er dem Mann die Hände auf dem Rücken fixierte, rappelte ich mich auf. Was er ihm sagte, verstand ich nicht, doch ich sah, wie er ihn in sein eigenes Auto sperrte, und hörte, wie er die Streife anfunkte, damit sie ihn abholten. Den Schlüssel steckte er in die Hosentasche, aus der er ein zerknautschtes Päckchen Zigaretten klaubte. Während er sich eine anzündete, nuschelte er:

„Lass dich von den Kollegen, die ihn abholen, fotografieren."

Ich nahm das Taschentuch weg, mit dem ich mir die Nase tupfte. „Warum?"

„Er hat Prügel gekriegt. Nachher erzählt er Ammenmärchen über Polizeigewalt." Marco inhalierte tief.

„Märchen?", fragte ich entgeistert. „*Du* hast total überreagiert."

Er hob nur eine Hand, und ich gab es auf. Die Sonne brannte heiß auf den Parkplatz. Mir klebte die Zunge am Gaumen, aber ich rührte mich nicht. Ich betrachtete nur ungehalten Marcos Profil. Das unbegreifliche Nebeneinander von Duldsamkeit und Hartherzigkeit in ein und demselben Mann machte mich schwindelig. Neben ihm zu stehen, zu sitzen, zu fahren oder mit ihm unserer Arbeit nachzugehen, war zwar das Einzige, was ich von ihm bekommen würde, doch immerhin war es aktuell besser zu ertragen, neben ihm zu stehen, statt genau vor ihm. So musste ich ihn nicht frontal betrachten. Scharfe Wangenknochen, ausrasierte Schläfen und mittellanges dichtes blondes Haar am Oberkopf verliehen ihm eine Aura verlotterter Eleganz, was er leider zu gut wusste. In der kurzen Zeit unserer Zusammenarbeit hatten sich bereits etliche Menschen vor ihm gefürchtet und gut daran getan. Andere hatte er aus ausweglosen Lagen befreit. Einfach, weil er es konnte. Und weil es unser Job war.

Der heranrollende Streifenwagen riss mich aus den Gedanken. Und aus dem Gefühl, dass es sich, bei allem Ärger, gut angefühlt hatte, dass Marco dazwischen gegangen war. Ich schaute den Kollegen entgegen, die ausstiegen und rüberkamen.

„Marco Diamante und Orlando Pasqua", stellte Marco uns vor. „Kripo San Felice."

Bevor er mit den Kollegen zu dem Sportwagen ging, in dem der Schwachkopf saß, kam er zu mir.

„Was?", zischte ich.

Mit einem Finger strich er mir sanft unter dem rechten Auge entlang. „Dein Kajal ist verschmiert."

Reflexartig versteifte ich mich. Was ich fühlte, was in mir vorging, war so zwiespältig wie Marco selbst. Die Geste konnte durchaus als eine jener homophoben Provokationen durchgehen, die ich von meiner alten Dienststelle gewohnt war. Zugleich dachte ich die verrücktesten Dinge. Zum Beispiel, wie ich die Berührung konservieren könnte.

*

Unterwegs drängte ich die Sache mit der Berührung in den Hintergrund. Marcos Machogehabe nervte mitunter. Trotzdem kaute ich darauf herum, wie gut es sich angefühlt hatte, dass er mir einen gewaltbereiten Schmierlappen vom Hals gehalten hatte. Allerdings störte es mich, dass er vieles einfach hinnahm, so wie diese dreiste Umweltverschmutzung, und dass er häufig wirkte, als interessierte ihn seine Arbeit nicht.

„Du hättest ihm das durchgehen lassen", sagte ich gepresst. „Dass er Müll in die Gegend wirft."

Marco beendete seine Betrachtungen aus dem Seitenfenster. „Es ist eine Ordnungswidrigkeit. Wir müssen nicht den Sheriff für jeden Scheiß spielen."

„Die Entführung scheinst du auch nicht für dringlich zu halten, was?"

Mit der Bemerkung spielte ich auf den Grund unserer Fahrt an. Die Tochter eines Unternehmers war während des Familienurlaubs entführt worden. Der Vater des Entführungsopfers hatte eingeräumt, dass sie schon eine Weile weg wäre, er aber nicht bestimmen könnte, wie lange genau. Als er noch geglaubt hatte, sie wäre on tour, hatte er selbstverständlich keine Veranlassung gesehen, sich an die Polizei zu wenden. Seine Meinung hatte er erst geändert, als die Lösegeldforderung eingegangen war. Der Anruf des Chefs, der uns deshalb nach San Felice zurückbeordert hatte, hatte uns in Terracina erreicht. Wir waren gerade dabei gewesen, den Diebstahl eines Wohnmobils aufzunehmen. Franzosen, Vater und Sohn, hatten spontan ein Bad im

Meer beschlossen, das Fahrzeug abgestellt, und als sie zurückgekommen waren, war die Kiste weg gewesen. Sie waren dann in Badehosen und mit Handtüchern über den Schultern planlos am Straßenrand herum gestrichen, bis sich ein vorbeifahrender Autofahrer ihrer erbarmt und gefragt hatte, ob sie Hilfe bräuchten. Am Ende waren sie alle auf der Wache gelandet. Sprachlich war es ein Desaster gewesen. Ein Dolmetscher war unterwegs, doch wir waren nicht eben unglücklich darüber gewesen, die Angelegenheit den Kollegen vor Ort überlassen zu können.

Marco seufzte. „Der Mann braucht drei Tage, um die Entführung seiner Tochter ernst zu nehmen. Meinst du nicht, dass er einen Grund dazu hat? Er kennt das Mädchen wohl besser als wir."

„Marco, eine Entführung ist ein …"

„Stopp!"

Ich latschte in die Eisen. Hinter unserem Fahrzeug quietschten die Bremsen anderer Autos.

„Warum bleibst du stehen?", fragte Marco irritiert.

Ich nahm die Hände vom Lenkrad, um zu gestikulieren. „Du hast Stopp gerufen."

„Ich meinte dein Gelaber." Er löste den Sicherheitsgurt.

„Was hast du vor?", fragte ich.

„Ich fahre."

„Meinetwegen." Wir tauschten die Plätze, und während der restlichen Fahrtdauer versuchte ich, die vage Gereiztheit, die in mir tickte, zu überspielen. Es war Sommer, der Ort sprudelte über vor Touristen, was zu allerlei Verkehrsproblemen führte, die ich noch lernen musste, hinzunehmen. Seit ich hier war, empfahl mir meine Smartwatch andauernd, während der Autofahrt eine Pause zum Meditieren einzulegen. Wir ließen das Gedränge am Lungomare hinter uns, vermieden in letzter Sekunde eine Kollision mit drei Rennradfahrern, wichen einer Greisin aus, die ihren verbeulten Fiesta rückwärts, und ohne zu schauen, von einem Supermarktparkplatz auf die Straße lenkte, und ließen schließlich den Ortskern hinter uns. Links abgebogen schraubten wir uns auf der kurvigen Straße den Monte Circeo hoch, zockelten an der von der mittelalterlichen Stadtmauer eingefassten Altstadt vorbei und klapperten die teuersten Ferienhäuser, die unter Pinien und Steineichen am Kliff klebten, nach der korrekten Hausnummer ab. Wir wurden rasch fündig. Marco parkte das Auto am Hang und zog die Handbremse. Sofort stieg ich aus und steuerte die Tür des Hauses an. Mit einer Hand an der Klingel drehte ich mich ungeduldig um.

„Kommst du?"

„Moment."

Was denn jetzt noch?

Lässig schwang er sich aus dem Wagen. Dabei nestelte er am Kragen seines hellblauen Leinenhemdes und fuhr sich, den Blick fest auf mich gerichtet, derart demonstrativ mit der Hand durchs Haar, dass es nichts als eine Provokation war. Dabei zwinkerte er mir zu. Das bei dem Anblick kurz aufgeflammte Vergnügen wich dem Ärger.

Ja, sicher, dachte ich. *Du mich auch.*

Mittlerweile standen wir beide an der Tür, und als ich klingelte, ertönte die Xylophonversion des alten Schlagers *Felicita*. Marcos Feixen löschte meinen Ärger sofort wieder aus. Allerdings hatte ich keine Zeit, mir über die Achterbahnfahrten der Gefühle, die dieser Mistkerl in mir auslöste, Gedanken zu machen, denn die Tür glitt auf und wir guckten in das botoxgelähmte Gesicht einer vorzüglich konservierten Dame der besseren Gesellschaft, deren Alter unmöglich zu erraten war.

„Signora Perlo?", fragte ich.

Befremdet guckte sie mich an. „*Sie* sind Polizist?"

„Weshalb denn nicht?" Den Ausweis hielt ich ihr genau vor die Nase und drängte mich durch den Türspalt, den sie vergrößerte, um auch Marco einzulassen. Dabei ließ sie den Blick nicht von mir. Ihre Mundwinkel hoben sich. „Weil es verschwendetes Potenzial ist, mein Hübscher.

Mailand, die Laufstege, das wäre das richtige Setting für Sie."

Über dem Badeanzug einen wehenden, vorne offenen Seidenkimono tragend stöckelte sie schwadronierend und mit ausladenden Gesten auf ihren Pantoletten mit Pfennigabsatz voraus. „Diese Wimpernbögen! Hinreißend! Jedes Mädchen würde Sie darum beneiden! Schlank, schmal, eher der androgyne Typ, die Welt stünde Ihnen …"

„Verzeihung", mischte sich Marco ein. „Auch wenn ich neben ihm wie ein Reisigbesen aussehe … Mein Name ist Marco Diamante, und wir sind wegen der Entführung Ihrer Tochter hier."

„Ach." Ihre Mundwinkel sanken nach unten. „Ich habe Lynette herbeordert. Sie wird herausfinden, wo Clara gefangen gehalten wird."

Mit derart kryptischen Worten scheuchte sie uns in den Garten unter eine monströse Schirmpinie.

Wer ist Lynette?, formte ich eine stumme Frage mit den Lippen. Marco hob die Schultern.

„Lynette", präsentierte die Signora. „Die Herren von der Polizei."

„Mein Gott." Meine Schultern sackten hinab.

Vor der zauberhaften Kulisse des azurnen Himmelsbogens, über dem kabbeligen Meer, an dessen Horizont sich die Pontinischen Inseln abzeichneten, saß eine Frau vor einem niedrigen

Tisch, der aussah, als wäre er auf dem Flohmarkt erstanden worden. Verschnörkelt und gepunzt hob er sich von den modernen Loungemöbeln auf der Terrasse ab. Wirres rotbraunes Haar lugte unter dem Kopftuch der Frau hervor. Aus ihren wallenden Gewändern heraus taxierte sie uns kritisch. Dabei lagen beide ringschweren Hände auf einer Kristallkugel.

„Eine Wahrsagerin", presste ich hervor.
Marco schob bloß die Hände in die Taschen seiner ausgebeulten Leinenhose.

„Mensch, was ist los bei euch, Marco? Ist das normal?"

Er zuckte erneut mit den Schultern, aber Lynettes Wangen färbten sich rosa. Dabei konnte sie mich unmöglich gehört haben. Ich hatte leise gesprochen, doch wer wusste schon, über welche Fähigkeiten Damen ihres Gewerbes verfügten? Wie alt Lynette war, war kaum zu erraten. Sie wirkte auf mich, als hätte sie reichlich Mühe darauf verwandt, älter zu wirken.

„Ich befrage Claras Opa", sagte sie spitzzüngig.
„Und der ist tot?", fragte Marco.
„Sonst könnte ich nicht mit ihm reden."
„Woher soll er wissen, wo seine Enkelin ist?" Ohne Dank nahm er eines der mit Zitronenwasser gefüllten Gläser, mit denen Signora Perlo herbei geschritten

kam. Ich hoffte, dass er sich bei der Übergabe nicht an ihren roten Fingernägeln verletzte, und kam selbst unfallfrei aus der Nummer raus, als ich das Glas annahm, das für mich bestimmt war. Wenigstens war das Wasser eiskalt.

„Warum sollte er es nicht wissen?" Lynettes Blick forderte Marco heraus.

„Weil die meisten Leute schon zu Lebzeiten nichts Sinnvolles zu sagen haben", murmelte er und trank.

„Die Schatten der Toten ...", hob Lynette dramatisch an.

Marco hackte mit der Handkante in die Luft. „Das können Sie bestimmt allein, Lynette. Signora Perlo und wir halten uns etwas abseits und probieren mal, richtig zu arbeiten." Dabei deutete er auf eine Möbelgruppe auf der Längsseite des Hauses, die um diese Uhrzeit in der prallen Sonne lag, und ging schon mal vor. In der Hitze sollten wir sitzen? Innerlich stöhnend schlurfte ich ihm hinterher, die Perlo, die sich ebenfalls ein Glas eingegossen hatte, im Schlepptau.

„Zupfen Sie sich die Brauen?", schwafelte sie. „Schmal, doch es sieht so naturbelassen aus. Verwenden Sie ein Bürstchen oder Pomade?"

„Es ist natürlich", beschied Marco.
Besagte Brauen zog ich in die Höhe. Woher wollte er das wissen?

„Und von Pomade habe ich nie was gesehen." Marco ließ sich in das äußerst niedrige Sofa fallen.

„Ach." Sie griff nach einem Strohhut von den Ausmaßen einer fliegenden Untertasse und setzte ihn sich auf. Ihr Gesicht lag jetzt im Schatten. „Sie sind ein Paar?"

Ich vergaß, zu atmen.

Marco lächelte schmal. „Wir sind Partner. Machen Sie daraus, was Sie wollen."

Ich atmete aus. Anscheinend war er nur halb so Macho wie gedacht. Emotional aufgewühlt verpasste ich den Anfang der Befragung. Ich saß mit dem Rücken zum Garten, den anderen gegenüber, aber der Hauch Schwefel in der Luft veranlasste mich, mich umzudrehen. Lynette zündelte mit kleinen Fackeln herum. Das war brenzlig, denn es hatte seit Mai nicht mehr geregnet. Beschwörungsformeln murmelnd legte sie ein absurdes Hokuspokus hin. Viele Gesten, bizarres Herumhopsen. Stirnrunzelnd wandte ich mich ab. Was Lynette da abzog, würde uns nicht helfen, herauszufinden, was mit Clara passiert war.

„Mein Mann." Die Dame Perlo rümpfte die Nase. „Er glaubt trotz des Anrufs und der Lösegeldforderung nicht ernsthaft daran, dass Clara entführt wurde. Ich musste ihn zwingen, Schritte einzuleiten, die Polizei zu informieren und Lynette ... Nun, Clara fehlt seit drei Tagen."

„Weshalb haben Sie die Polizei nicht früher verständigt?", fragte ich.

„Wir haben es nicht bemerkt. Clara ist siebzehn. Da machen sie ohne jeden Zweifel, was sie wollen." Sie bestückte eine perlmuttene Zigarettenspitze mit einer Zigarette und redete weiter, wobei sie ein Feuerzeug aus einer Tasche des Kimonos zog.

„Es hätte uns früher auffallen müssen, ja. Keine nassen Bikinioberteile auf dem Boden. Keine verschüttete Milch in der Küche. Keine klebrigen Aprikosenkerne auf den Glastischen."

Ihr in Qualm gehülltes behütetes Haupt bewegte sich unruhig, weil sie nichts fokussieren konnte. Mal schaute sie zu Lynette, mal zu uns, dann wieder planlos in die Gegend. „Carlo bemerkte ihr Fehlen als Erster."

„Ihr Mann?", nuschelte Marco in die Kippe, die er sich anzündete.

Ich hüstelte. Der Qualm, der von allen Seiten kam, wurde zunehmend dichter.

Signora Perlos Augen wurden kugelrund. „Nein. Unser Kater." Mit der Zigarette zeigte sie auf einen beigen Perserkater, der vor Lynettes Pyrotechnik Reißaus nahm.

„Woran haben Sie *das* denn gemerkt?", schaltete ich mich ein. Dabei versuchte ich, zu ignorieren, dass mir das Tier um die Beine strich, als suchte es bei mir

Schutz. Inständig hoffte ich, sie würde nicht behaupten, der Kater hätte es ihr erzählt.

„Na ja." Signora Perlo gestikulierte zu dem Kater, der soeben im Inneren des Hauses entschwand, doch von Neugier getrieben sofort wieder rauskam und mich taxierte. „Carlo ist auf Clara fixiert. Er fraß nicht. Weckte uns in der Nacht." Sie beugte sich so weit zu mir vor, dass sie mich mit der Krempe ihres Sonnenhutes fast berührte. „Haben Sie mal eine Katze gehabt?"

Ich verneinte, und sie lehnte sich wieder zurück.

„Dann verstehen Sie das nicht. Sie sind äußerst dominant, und nach einer Weile fragt man sich, wie es dazu kommen konnte, dass man nachts aufsteht, um Katzenfutterdosen zu öffnen und Näpfe zu füllen. Dass man sich sogar aus dem Bett quält, wenn sie gar nichts wollen, außer, dass man ihnen die Tür aufmacht. Und dann gehen sie nicht mal raus." Resigniert hob sie eine Schulter. „Man wartet förmlich darauf, dass sie einen nachts umbringen."

Lynette wurde immer lauter. Der Kater sprang mir auf den Schoss und verbarg seinen Kopf in meiner Armbeuge. Sanft strich ich ihm übers Fell, um ihn zu beruhigen.

„Wann kamen die Anrufe?", schrie ich in Lynettes Crescendo, das sich zeitgleich hochschraubte.

„Hach! Die Anrufe, ja. Den Letzten habe ich auf dem Smartphone."

Carlo entschied sich, den Kopf aus meiner Armbeuge zu nehmen und suchte nach einer anderen Stelle auf meinem Sessel, die er bequemer fand. Ich erwischte mich dabei, herumzurutschen, um ihm mehr Platz zu lassen. Er legte sich hinter mich, sodass ich am Ende nur noch auf der Kante hockte. Das Tier lenkte mich ab. Marco stellte die wichtigen Fragen. „Haben Sie die Anrufe aufgezeichnet?"

„Ich hole das Smartphone." Signora Perlo schraubte sich hoch und wankte von dannen, wie ein Schiff in Seenot. Vermutlich hatte sie ihrem Drink etwas zugesetzt, das unseren fehlte.

„Das ist Schwachsinn", zischte ich in Marcos Richtung. „Welcher Entführer schickt eine Sprachnachricht?"

Über die Distanz zwischen unseren Sesseln tätschelte er mir vornübergebeugt das Knie. Mit heißen Wangen wandte ich mich ab. Das war auf Dauer natürlich nicht aufrecht zu erhalten.

Die ganze Zusammenarbeit mit ihm ist auf Dauer nicht …

Ich schüttelte mich. Bei Lynette puffte und knallte es. „Und dieser Zirkus hier …" Energisch gestikulierte ich in ihre Richtung.

„Wir ticken hier so, Orlando. Ich hab's dir gesagt. Hier ist nichts wie in deinem beschaulichen Parma."

Wir? Marco kam mir völlig normal vor. „Anfangs kamen mir alle normal vor", lenkte ich mich von dem Gedanken ab.

„Da hatte die Saison noch nicht angefangen."

„Was hat die Saison damit zu tun?"

„Schwer zu erklären. Im April fangen sie an, die Strandbuden zu streichen, die Sandsäcke wegzuräumen und ab Ende Mai ..." Er gestikulierte hilflos. „Für Außenstehende sieht es so aus, als würden alle am Rad drehen."

„Das", ich deutete zum Haus, „sind Feriengäste. Sie sind nicht von hier."

„Schon, aber ... es ist vielleicht ansteckend? Wir sind hier im Süden. Alles südlich von Rom ist anders als das, was du von Parma kennst." Resigniert seufzte er. „Es ist heiß."

„Als würde das alles erklären." Ich schnaubte.

„Am Leuchtturm!", krakeelte Lynette.

Wir wirbelten herum. Lynette, die inzwischen aussah wie ein ertrunkener Wellensittich, keuchte. Das Kopftuch hing schief, die Haare darunter noch wirrer als zuvor, die dramatische Schminke verschmiert, stand sie verschwitzt da und schaute Signora Perlo beschwörend an.

„Ach?", intonierte die verblüfft. Mit dem Telefon in der Hand lehnte sie im Zugang zum Haus. „Na, das ist ja nicht schwer gewesen. Was bekommen Sie für Ihre Dienste, Lynette?"

Dass massenweise Scheine die Besitzerin wechselten und Lynette ihren Krempel eilends in einer monströsen Reisetasche verstaute, schien Marco nicht zu interessieren. Er sah mich mal wieder auf eine Weise an, die mich verunsicherte. Lax hing er im Sessel, die Arme auf den Lehnen, die Beine aufgestellt. Eine Ponysträhne fiel ihm ins Gesicht. Die Augen schneidend wie Diamanten. Ich wand mich unter dem Blick, versuchte, seine Coolness zu imitieren, und schlug die Beine übereinander. Er hörte nicht mit dem Gucken auf. Ich stellte die Beine wieder nebeneinander. Der Schweiß lief mir das Rückgrat hinab.

Hör auf damit, dachte ich. Sagte aber: „Alles klar?"

Als hätte er meine Gedanken gelesen, breitete er entschuldigend die Hände zur Seite aus, schaute aber die Signora an, die herbei wankte und das Smartphone auf dem Tisch platzierte. „Lynette sagt doch, Clara wäre am Leuchtturm."

„Nun." Marco tätschelte den freien Sitzplatz, um die Signora zu motivieren, sich hinzusetzen. „Nur für den Fall, dass Clara nicht dort steht und darauf wartet, von uns abgeholt und heimgefahren zu werden, würden wir die Nachricht gern hören."

„Eine Sprachnachricht … hach!" Endlich glitt sie in ihren Sessel zurück. „Das ist es ja nicht. Sie müssen meinen Mann fragen, wie er das gemacht hat. Er hat den Anruf aufgezeichnet, aber fragen Sie mich nicht wie. Ich bin schon froh, dass ich den Toaster bedienen kann."

Sie kicherte kokett, als wäre die Unfähigkeit, Toast zu fabrizieren, außerordentlich charmant. Augenscheinlich suchte sie den richtigen Knopf am Telefon. Musik dröhnte. „Äh, nein." Die Musik verstummte. „Ah, hier."

Wir lauschten konzentriert.
Anrufer: „Ihre Tochter Clara ist …"
Signore Perlo: „Wo treibt sie sich rum, eh?"
Anrufer: „Ihre Tochter …"
Signore Perlo: „Ihr ist wohl das Geld ausgegangen?"
In den Raum hinein: „Dalia, es ist wegen Clara!"
Anrufer: „Hören Sie mir jetzt zu!"
Signore Perlo: „Was regen Sie sich so auf?"
Anrufer: „Ihre Tochter Clara ist in meinen Händen! Ich …"
Signore Perlo: „Was?"
Anrufer: „Ich verlange 1 Million Euro Lösegeld."
Signore Perlo: „Dir hat wohl einer ins Hirn geschissen!"

(Klappernde Schritte auf Fliesen. Dann Signora Perlo: „Geht es ihr gut?"

Anrufer: „Warum fragen Sie nicht, wie es mir geht?"

Signore Perlo: „Was? Warum, zur Hölle, sollte mich das interessieren?"

Signora Perlo: „Sie bekommen das Geld!"

(Das Plätschern von Wellen und Motorenlärm im Hintergrund. Möwengeschrei.)

Signora Perlo: „Sind Sie auf einem Boot?"

Anrufer: „Ja, ich telefoniere mit einem Handy!"

Signora Perlo: „Sind Sie auf Ponza?"

Anrufer mit panischem Unterton: „Nein, aber ich bewege mich rasend schnell darauf zu! Lass das! Hör auf!"

(Lärm)

Anrufer: „Sie müssen sich beeilen. Ich kann nicht für die Sicherheit Ihrer Tochter … Aaaaahhh!" (Krachen) „Ich rufe wieder an."

Okay, das war merkwürdig. Aber von Signora Perlo vernünftige Infos zu bekommen, die über die eigenartige Nachricht hinausgingen, erwies sich wegen ihrer fortschreitenden Trunkenheit als schwierig. Ihr Glas war inzwischen leer.

„Ihr Mann", versuchte Marco es trotzdem. „Was macht er beruflich?"

„Irgendwas mit Immobilien. Was spielt es für eine Rolle?"

„Gab es in der letzten Zeit Probleme mit einem Geschäftspartner oder Kunden?"

Sie winkte gelassen ab. „Das ist ja nun nicht mehr wichtig. Suchen Sie Clara am Leuchtturm." Ihr breites Lachen war derart triumphierend, als wären Lynettes Seherfähigkeiten über jeden Zweifel erhaben. Doch Marco stellte beharrlich Fragen, derweil ich mich fragte, was mit der Frau nicht stimmte. Und ob das, was nicht mit ihr nicht stimmte, an ihrem Alkoholproblem lag, oder ob die Leute hier generell nicht alle Nadeln an der Tanne hatten. Carlo hüpfte von meinem Sessel. Ich fing an, die Katzenhaare von meinem Anzug zu streichen, gab es aber rasch auf. Es war hoffnungslos.

*

Nach einer wortreichen Verabschiedung stiegen wir eine knappe halbe Stunde später in unserem Alfa Romeo.

„Leuchtturm", ächzte ich, während ich den Gurt anlegte. „Da hätte sie doch längst jemand bemerkt."

Marco, der bei noch immer ausgeschaltetem Motor beide Hände am Lenkrad hatte, reagierte nicht.

„Da ist nichts, wo man jemanden verstecken kann, oder?", bohrte ich nach. Ich kannte mich hier noch nicht aus. Doch wieder bekam ich keine Reaktion. Ich beugte mich zu ihm und wedelte vor seinen Augen herum, und für einen traumähnlichen Moment wirkte es, als käme er von weit her zurück.

„Ist irgendwas mit dem Leuchtturm?", fragte ich vorsichtig.

Marco lächelte gequält. „Unsinn. Es ist nur ein Leuchtturm."

Endlich startete er den Wagen, um zurückzusetzen. Krachend legte er den Gang ein. Während er das Auto bergauf in Richtung unseres Ziels steuerte, schwiegen wir, was mir unter anderen Umständen nichts ausgemacht hätte. Aber er wirkte nachdenklich und schien einem Gedanken nachzuhängen. Oder einer Erinnerung? Ich wollte es rausfinden.

„Marco? Was ist da?"

„Ein Leuchtturm, ein Hotel mit Restaurant." Er schaute mich an. „Romantische Aussicht. Sieht aus, als könnte man die Inseln berühren. Falls du mal jemanden beeindrucken …"

„Vorsicht!" In letzter Sekunde griff ich ihm ins Lenkrad, um die Karre auf die Spur zurück zu reißen.

„Oh, ich hab' dir wohl einen Wimpernschlag zu lang in die Augen gesehen." Er lachte.

Ich schnaubte. Sollte er herumalbern, wenn er sich dadurch besser fühlte. Unübersehbar beschäftigte ihn etwas, was mehr mit dem Leuchtturm als mit dem Fall zu tun hatte.

„Das Restaurant", versuchte ich es erneut. „Warst du da mal mit jemandem? Wegen der Romantik?"

„Bestimmt nicht", spie er aus.

Also doch. Seine Abwehr war derart offensichtlich, dass ich vermutlich den Finger in eine Wunde gelegt hatte. Doch prinzipiell machte ich mir über die falschen Dinge einen Kopf. Der Fall, die Entführung, war jetzt wichtiger.

Wir kurvten den Berg hinauf, an Einfahrten vorbei, die kaum einen Blick auf die luxuriösen Häuser dahinter erlaubten. Überall Zäune, Schirmpinien und Hecken.

„Der Anruf …", begann ich, als vor uns der Leuchtturm auftauchte.

„Du musst denken, der Entführer wäre so bekloppt wie Signora Perlo", sagte er in das Knirschen der Reifen auf dem Schotter vor dem Leuchtturm hinein. „Aber es ist nicht so eigenartig, wie es aussieht. Im Sommer sind hier alle so."

„Ja, das sagst du dauernd."

„Du bist noch nicht lange genug hier, Orlando."

„Seit April", sagte ich. „Und da kamen mir alle normal vor."

Wir stiegen aus und knallten die Türen zu.

„Das sagst *du* dauernd. In ein paar Jahren wirst du begriffen haben, wie ich es meine. Teilen wir uns auf." Mit dem Kinn deutete er auf das Gebäude rechts von uns, in dem Hotel und Lokal untergebracht waren, und marschierte darauf zu. Eine echte Absprache war das nicht, aber wenn er im Hotel nachsah, blieb mir der erdfarbene Leuchtturm, der gut in Schuss war. Gespannt, was mich im Inneren erwartete, näherte ich mich dem Ding und legte die Hand an die Klinke. Die Tür war nicht verschlossen. Miserabel geölt öffnete sie sich mit einem erbärmlichen Quietschen.

„Hallo!", rief ich.

Es rührte sich nichts, noch bekam ich eine Antwort. Drinnen rief ich ein paarmal, bis ich Schritte treppab vernahm und schließlich der Leuchtturmwärter vor mir stand. Ein verschlafen aussehender Mann Ende fünfzig mit schütterem Haar, der sich die Augen rieb. „Ja?"

Im Halbdunkel an der Treppe nach oben stellte ich mich vor, zückte den Ausweis und als Nächstes mein Handy mit dem Foto von Clara Perlo. „Haben Sie die junge Frau hier gesehen?"

Er runzelte die Stirn. „Nee, die kenne ich nicht. Warum?"

„Das darf ich Ihnen nicht sagen", erklärte ich. „Ermittlungstaktische Gründe."

Der Mann sagte darauf nichts, er wirkte sowieso desinteressiert. Mir war es gleich. Ich rechnete ohnehin nicht damit, dass wir Clara hier fänden. Es wäre ein Witz, wenn Hellseherinnen unsere Arbeit übernehmen könnten. Der Leuchtturmwärter erlaubte mir, mich im Turm umzusehen, doch nach ergebnisloser Suche trat ich ungezählte Minuten später wieder hinaus in die Hitze und stromerte planlos auf dem Parkplatz zwischen den wenigen Autos umher. Die Sonne stach mir in die Augen. Ich setzte die Sonnenbrille auf, konnte Marco aber auch damit nirgendwo entdecken, also überlegte ich, was ich tun konnte, während ich auf ihn wartete. Von der Klippe kam eine Frau, die ich zuvor nicht bemerkt hatte. Telefonierend hastete sie an mir vorbei. Wo war sie hergekommen? Führte ein Weg hinab?

Um nachzusehen, ging ich zur Klippe, klammerte mich dort an das Geländer, das einen vor dem Sturz nach unten schützte, und spähte hinab. Der Wind fegte mir das Haar aus der Stirn, war aber bei dem Wetter eine Wohltat. Auf der Wasseroberfläche zogen Schnellboote weiße Spuren hinter sich her. Näher am Berg ankerten zwei Yachten und drei Schaluppen. Die Köpfe der Schwimmer sahen von hier oben wie Kugeln aus. Ich beugte mich weiter vor, da entdeckte ich …

„Orlando, nicht!"

Vor Schreck fuhr ich zusammen und wirbelte herum. „Du hast mich zu Tode erschreckt"

Marco kam näher. Seine besorgte Miene glättete sich und machte einer Coolness Platz, die so aufgesetzt wirkte, dass ich immer sicherer wurde: Etwas verband ihn mit diesem Ort. Etwas, was ihm zusetzte.

„Es ist gefährlich", insistierte er. An der Schulter dirigierte er mich zurück zum Auto, doch ich stemmte mich gegen den Druck. Ich war noch nicht bereit, die Gegend aufzugeben.

„Da gibt es einen Weg runter." Ich zeigte auf das Geländer. „Wo führt der hin?"

„Zu einer Aussichtsplattform. Wir sollten nach Ponza."

„Wir sollten da runter und nachsehen", beharrte ich.

Stöhnend spähte er ins wolkenlose Blau. „Auf eine Aussichtsplattform, die für jeden zugänglich ist? Orlando, das ist Bullshit."

Bevor ich mich aufmachte, die in den Stein gehauenen, unebenen Stufen hinunter zu kraxeln, zog ich das Jackett aus und drückte es ihm gegen die Brust. Auf halber Strecke drehte ich mich nach ihm um, ignorierte, wie unentschlossen er da stand, mit meinem Jackett in den Händen. Während ich weiter hinabstieg, spürte ich irgendwann, dass er hinter mir war.

„Sieh dir das an." Lasch bewegte ich eine Hand gen Meer. „Welchen Sinn hat eine Aussichtsplattform, wenn sie tiefer ist als der Rest?"

„Die Plattform ist eigentlich eine Höhle. Um die geht es." Die Worte landeten als Hauch in meinem Nacken, der den Wunsch auslöste, mich gegen ihn zu lehnen. Das wäre zweifellos eine beschissene Idee und würde zwangsläufig zu der Art homophoben Gequatsche führen, die er mir bisher erspart hatte. Oder zu Schlimmerem.

Wie um mich zu ermahnen, rieb ich mir die Stirn, nahm die letzten beiden Stufen und schaute aufs Wasser, statt in die Höhle hinein. Hier hörte man den Radau, den die Leute in, um und auf den Booten machten als Murmeln und Gelächter. Zwei Schnellboote rasten hin und her, in jedem ein paar Bikinimädchen, die wie außer Kontrolle geratene Kettensägen lachten. Vage schüttelte ich den Kopf. Besser wandte ich mich der Höhle zu. Marco war bereits tiefer hineingegangen, kniete hinten zwischen ein paar Steinen mit dem Gesicht in Richtung Ausgang und war mit etwas befasst, was ich nicht zuordnen konnte. Tastete er den Boden ab?

„Marco, was machst du da?"

„Nach was sieht es denn aus?"

Ich ging tiefer in die Höhle und kniete mich, ein Bein aufgestellt, neben ihn. Erst da sah ich, dass er etwas vom Boden aufgeklaubt hatte. Einen Ring?

Ich rückte näher. Tatsächlich hatte mich der erste Eindruck nicht getäuscht. Es war ein breiter Ring mit

Gravur und einem Stein, der Zirkonia oder Diamant sein könnte. Die Gravur erinnerte mich an ein Wappen. Um mir den Fund genauer ansehen zu können, streckte ich die Hand aus, doch Marco rückte den Ring nicht heraus. Mit wütender Miene ließ er ihn in der Hosentasche verschwinden.

„Der sieht kostbar aus", sagte ich.

„Eben", schnauzte er mich an, als er hoch federte und sich wieder auf den Weg zur Treppe machte. Ich hastete ihm nach. Der Wechsel von dunkel zu hell, als wir aus der Höhle kamen, machte mich halb blind, und im Klettern war ich nie herausragend gewesen. Ich geriet ins Taumeln. Reflexartig griff ich nach dem Geländer, das den Sturz nach unten abfing, und stieß zugleich einen kurzen Schreckensschrei aus. Eine verschreckte Möwe floh in den Horizont. Als ich mich wieder gefangen hatte, sah ich Marco vor mir, die Miene erstaunlich verängstigt. „Alles klar?", fragte er.

„Ja", brachte ich heraus, was ihn veranlasste, zum Auto zurückzugehen.

So nicht, dachte ich. „Marco! Warte, was ist, wenn der Ring Clara …?"

„Das hier hat nichts mit Clara Perlo zu tun!"

„Woher willst du das wissen?" Ich holte ihn ein. „Wir sollten die Spurensicherung holen."

„Orlando", sagte er scheinbar ruhig, während er unbeirrt aufstieg. „Hier ist ein einziges Kommen und

Gehen. Clara ist seit wie vielen Tagen verschwunden? Drei? Wenn es ihrer wäre, hätte ihn sich längst einer eingesteckt."

Unwillig das zu akzeptieren, hastete ich ihm nach. „Aber es ist unsere verdammte Pflicht ..."

Auf halber Strecke wirbelte er so heftig herum, dass ich gegen ihn stieß. Auf den glatten Ledersohlen meiner Schuhe geriet ich ins Rutschen. Mein Puls raste. Fest davon überzeugt, zu stürzen, blieb ich doch, wo ich war, ohne echten Halt zu haben.

Das Motto meines Lebens. *Ohne echten Halt zu haben.* Mir war schwindelig. *Warum war ich nicht gef...?* Ich sah es, bevor ich es fühlte – Marco hielt mich mit beiden Händen an den Armen fest.

„Keine Spurensicherung!" Die Schärfe seines Blickes war unerträglich. Die Berührung eine Wohltat.

„Ist das eine Drohung?" *Wenn er mich loslässt, dann ...*

Doch er zog mich an sich, und ich gewann mein Gleichgewicht zurück. Er hätte gehen können. Mich einfach loslassen. Er hätte es wie einen Unfall aussehen lassen können.

Deine Kollegen in Parma hätten es getan.

In seinem ausdrucksstarken Gesicht veränderte sich etwas zu einem steifen Lächeln. „Vergiss es."

Dann gab er mich frei. Er machte einen Satz nach vorn, um mein Jackett vom Boden aufzuklauben, und lief zum Wagen. Das Jackett. Ich hatte keine Ahnung, wie es dahin gekommen war. Es interessierte mich im Moment auch wenig, denn mein Herz hämmerte wie eine Kriegstrommel. Die Zeit verstrich in Sekundenschnelle. Vor meinen Augen flimmerte es, ich dachte an Parma und dass ich im Begriff war, die alten Fehler zu wiederholen. Die Fehler, die mich dort in die Falle hatten tappen lassen. Die mit Schmerz und Mobbing geendet hatten, weil ich mich verliebt und geglaubt hatte, dass die Gefühle erwidert wurden. Einer dieser Fehler hieß *Vertrauen*. All das hatte mit meiner Versetzung hierher geendet. Ich war Marco zugeteilt worden, als er Anfang Juni von einem kooperativen Einsatz mit der Kripo auf Sizilien zurückgekommen war. Von dem Augenblick an, in dem er mir vorgestellt worden war, hatte er mich gleichzeitig angezogen und abgestoßen. Nachdem ich mich nächtelang schlaflos im Bett gewälzt hatte, hatte ich mir nach einer Weile eingestehen müssen, dass dasjenige, was mich an ihm abstieß, nichts mit ihm zu tun hatte. Ich hätte mir mit wachsender Begeisterung selbst in den Arsch treten können, weil ich auf Typen wie ihn überhaupt reagierte.

Rettungslos homophob, hatte ich gedacht. Und dass es mir egal sein konnte, weil er nur ein Kollege war.

Homophobes Gelaber war ich gewohnt, es hatte mich dahin geführt, wo ich war, doch dieses Mal wollte ich frühzeitig Grenzen setzen. Und doch war ich schon nach wenigen Tagen damit gescheitert, die Scheißegalstimmung aufrecht zu erhalten. Ich hatte angefangen, sein Lächeln mit heim zu nehmen. Nach Hause, was noch immer aus einem gemieteten Zimmer in einer Pension bestand. Wenn ich im Bett lag, nahm ich freundliche, teils witzige Bemerkungen von ihm auseinander, um herauszufinden, wie er sie gemeint hatte. Dabei nützte es wenig, mir zu sagen, dass Typen wie er nur wirkten, als wären sie tiefgründig. Denn normalerweise waren sie innen so hohl, wie es ihr Machogehabe erahnen ließ. Und doch war ich davon überzeugt, dass es bei Marco etwas gab, was tiefer ging, und obwohl ich nicht wusste, ob ich mit dem Ergebnis würde leben wollen, wuchs in mir der Drang, danach zu graben. Mein Herz warf alle Erfahrungen aus Parma über Bord, auch wenn mein Hirn lautstark dagegen protestierte.

Fall nicht wieder darauf rein. Mauro hat dir das Herz gebrochen. Es war nur eine Falle, und am Ende hat er dich vorgeführt.

Mauro Berietti, der Kollege aus Parma. Auch so jemand, der den Macho gegeben, aber dann plötzlich angefangen hatte, mir Avancen zu machen.

Panisch wischte ich die Erinnerungen fort. Es war vorbei. Das hier sollte ein Neuanfang sein, nur schien ich damit epochal zu scheitern. Womöglich war ich jetzt, hier, auf dieser Klippe, Marco gegenüber unfair, weil ich nur eine Sekunde angenommen hatte, er würde mich loslassen. Doch Erfahrungen hatten ihr Echo, das oft genug als Argwohn nachhallte.

Marcos Stimme holte mich in die Gegenwart zurück. „Kommst du?"

Er stand beim Wagen, eine Hand auf dem Dach, das Lächeln verkniffen. Sicher aus anderen Gründen war er nicht weniger aufgewühlt als ich.

Ich wischte mir mit beiden Händen übers Gesicht und rannte förmlich die letzten Meter zum Auto, wo ich das Jackett, das er auf den Beifahrersitz gelegt hatte, auf die Rückbank warf und einstieg.

„Die Spurensicherung ...", versuchte ich es noch einmal. Auch, um mich zu zwingen, gedanklich wieder zur Arbeit zurückzukehren.

Marco, der inzwischen neben mir im Wagen saß, packte mich harsch in den Nacken und drückte mein Gesicht nach vorn. Ich ächzte. Ihn anzusehen, war unmöglich, dem Griff wohnte eine solche Kraft inne, dass ich den Schädel nicht mal drehen konnte. Das fühlte sich überhaupt nicht mehr gut an.

„Keine Spurensicherung", zischte er.

Hatte ich mich nicht wehren wollen? Mit der Schulter drehte ich mich so unvermittelt aus dem Griff, dass Marco mit dem Hinterkopf an die Seitenscheibe stieß, was ein leises Geräusch verursachte.

„Lass es", herrschte ich ihn an.

Er schaut erst verblüfft, dann verlegen.

Mit zusammengepressten Lippen sortierte ich meine Locken, um zu verbergen, dass ich mir den schmerzenden Nacken rieb.

„Ponza." Er gestikulierte zur Frontscheibe, vor der das Meer lag. „Die pontinischen Inseln. Da steckt sie."

Schotter flog auf, als er zurücksetzte und mit dem Wagen in Fahrtrichtung stieß. Innerlich aufgewühlt krallte ich mich an den Haltegriff. Nichts von dem, was Marco sagte, ergab irgendeinen Sinn. Wem gehörte der Ring? Und weshalb beharrte er darauf, dass der nichts mit der Entführung zu tun hatte? Mir fiel die telefonierende Frau von vorhin ein, die den Berg heraufgekommen war, aber selbst, wenn sie den Ring verloren hätte, erklärte das Marcos Reaktion nicht. Was war mit ihm los? Bevor ich zur Aussichtsplattform gegangen war, hatte er mir die Existenz der Höhle verschwiegen, nur von dem Plateau geredet. Warum? Was verbarg er?

Was ich über ihn wusste, passte auf ein Post it.

Mittlerweile fuhr Marco langsamer. Ich war noch immer stinksauer. „Auf die Art packst du mich nicht mehr an", machte ich mir Luft.

Er feixte. „Auf die Art?"

Stumm taxierte ich ihn.

„Du warst auch nicht eben zärtlich", meinte er schief grinsend. „Hab' mir den Hinterkopf gestoßen. Vor Schreck ist mir das Herz in die Hose gerutscht."

„Soll ich es darin suchen?", fragte ich kalt.

Wir maßen uns mit Blicken wie Katzen, die herauszufinden versuchen, welche zuerst einknickte.

Marco blinzelte. „Sorry", flüsterte er, schaute weg und tat so, als suchte er einen Parkplatz, stellte das Auto aber im Halteverbot ab. Sofort stieg ich aus. Es war so heiß, dass die Luft flirrte. Die Sicht so klar, dass ich von hier oben die Ausläufer Neapels hinter dem Bogen der Bucht ausmachen konnte. Ich merkte erst, dass Marco ausgestiegen und an mir vorbei gezogen war, als er im Schatten unter dem Torbogen der einstigen Templerburg stehen blieb, die als Altstadt weiter existierte.

„Geh rüber zu den Kollegen und koordinier die Suchtrupps für die Inseln. Sie sollen unauffällig agieren, um das Mädchen nicht zu gefährden", sagte er, als hätte es das Intermezzo im Wagen nicht gegeben. Dabei wies er mit dem Kinn nach rechts zur Polizeistation.

„Und du?"
„Apotheke."
„Ist dir nicht gut?", rief ich noch, aber er hob, ohne sich umzudrehen, eine Hand. Weil ich zu lange zögerte, gewann er an Vorsprung, und war längst in der Apotheke, als ich sie erreichte. An der Glastür blieb ich stehen und starrte hindurch, Marco auf den breiten Rücken. Auf die verschwitzte dunkle Linie der Rückseite des Leinenhemdes, das er salopp über dem Bund der weiten Hose trug. Ich sah, wie er den Ring aus der Tasche zog und auf die Apothekerin zu ging. Wollte er ihr das Schmuckstück zeigen?
Sie war eine kleine Dunkelhaarige in unserem Alter. Als der Kunde, den sie bedient hatte, mit einer Tüte gen Ausgang strebte, schaute sie Marco an. Ihr Lächeln wirkte nicht geschäftsmäßig, vielmehr erfreut und verwundert zugleich. Mir tat sich eine Gelegenheit auf, für die ich später kaum Zeit hatte, mich zu schämen, denn zeitgleich mit dem Kunden, der aus Apotheke kam, trat ein Bewohner durch die Haustür neben dem Geschäft. Dass er sich nicht zur zufallenden Tür umdrehte, nutzte ich und stand kurz darauf im halb dunklen Treppenhaus. Dort folgte ich Marcos Stimme zur Seitentür der Apotheke, die nur angelehnt war. Ich klebte mein Ohr quasi daran, schob die Tür sogar ein Stück auf und linste um die Ecke, auf vertraute Berührungen und liebevollen

Umgang gefasst. Es hätte es mich nicht überrascht, beobachten zu müssen, wie der Mann, dessentwegen ich nachts wach lag, von einer topplastigen Frau zärtlich begrüßt wurde. Aber ich war es. Und eifersüchtig. Vor allem, weil die Wohnung, die ich bald beziehen würde, in diesem Haus lag.

Großartig, Orlando. Dann wirst du ihn öfter sehen, als dir lieb ist.

Ich schluckte so schwer, dass ich befürchtete, sie hätten mich gehört. Hatten sie nicht. Er hielt ihr nur den Ring hin, den sie an sich nahm und von allen Seiten betrachtete.

„Tatsächlich", sagte sie. „Stimmt. Er ist es zweifellos." Sie schaute Marco an. „Sie sind auf den Inseln, heißt es. Mit der Yacht."

„Alle?" Die Frage klang verschreckt.

„Nein, soweit ich weiß, nicht. Lorenzo ist ja selten hier. Die anderen aber."

Lorenzo?

„Danke ", murmelte Marco.

„Lange kann der Ring aber nicht in der Höhle gelegen haben."

„Nein", erwiderte er. „Selbst wenn nur hormongesteuerte Blindgänger in die Höhle wanken, die sich gegenseitig die Klamotten vom Leib zerren … sie hätten ihn eingesteckt."

Wie verärgert er klang. Und offenbar wussten beide, wem das Schmuckstück gehörte, und dass derjenige oder jemand, der ihn oder sie kannte, auf Ponza war. Leider drehte die Frau den Kopf zur Ladentür, weshalb ich nur fragmentarisch verstand, was sie sagte.

„… weißt doch, wie … war, unerreichbar. Nicht nur für dich, Marco."

Unerreichbar, aha. Fest presste ich die Lippen zusammen. Und wer? Für wen? Für Marco? Ich stellte mir eine schwer unterbelichtete Bikinischönheit vor, die ihn abgewiesen hatte. Oder hatte sie ihn fallengelassen? Was, wenn er ihr den Ring geschenkt hatte? Aber augenfälliger war, dass die Apothekerin weder aufgeregt noch zurückhaltend klang. Sie hörte sich völlig normal an. Nicht so, als sollte etwas vertuscht werden. War der Fund am Ende doch polizeilich irrelevant?

Ich presste die Fingerknöchel gegen die Schläfen. Wenn das hier nur etwas Privates war … *Dann, Orlando, benimmst du dich wie ein Arsch.*

Ich hastete zur Haustür, um mit dem Schwachsinn aufzuhören. Eigentlich rechnete ich damit, dass Marco sich sofort zum Auto aufmachen würde, und war deshalb perplex, als er tiefer in die Altstadt hineinging. Dieses Mal folgte ich ihm, ohne zu zögern. Die Polizistenstimme in mir, die mir zurief, ich sollte

mich, verdammt noch mal, um die Suche nach Clara kümmern, ignorierte ich mit verteufelt schlechtem Gewissen. Das war mit nichts zu entschuldigen, doch ich konnte nicht anders. Marcos Verhalten erschien mir kurios. Keine Ahnung, ob er merkte, dass ich ihm folgte – ich machte jedenfalls kein Geheimnis daraus und schlenderte normal über die breite Straße mit den kleinen Geschäften. Er ging in die Richtung, an der das Plateau endete, auf dem die Templer einst die Burg gebaut hatten. Vor der mäßig besuchten Bar dort blieb er so abrupt stehen, als würde er überlegen, ob er sich, ungeachtet der frühen Uhrzeit, einen Drink genehmigen sollte. Nach einer Weile setzte er sich auf einen der zahlreichen freien Plastikstühle und winkte nach dem jungen Kellner, der ihm lachend ein Bier vor die Nase stellte, als wäre Marco hier Stammgast.
Es war an der Zeit, das unwürdige Schnüffeln aufzugeben. Nach einem Blick auf die Uhr durchquerte ich eine blöd herumstehende, diskutierende Gruppe Jugendlicher, die ein unsägliches Gemisch aus Sonnencreme, Salz und Schweiß ausdünsteten. An Marcos Tisch zog ich mir einen Stuhl heraus und setzte mich. In der Zeit, in der wir uns schweigend taxierten, veränderte sich etwas. Zuerst sah er ratlos aus, und ich schätzte, dass ich ähnlich wirkte. Es stach mir ins Herz, wie die Helligkeit des blonden Haares sein gebräuntes

Gesicht betonte. Außerdem strahlte er etwas aus, was ich nicht zu packen bekam. Alarmbereitschaft? Ein wenig davon.

Wachsamkeit?

Auch das.

Aus der Brusttasche seines zerknitterten Leinenhemdes zog er ein zerknautschtes Zigarettenpäckchen, aus dem er die letzte Zigarette heraus fummelte, die er sich zwischen die Lippen schob.

„Darf ich?", nuschelte er. Das leere Päckchen deponierte er auf dem runden Tisch.

„Du fragst doch sonst nicht."

Das Feuerzeug klickte, er grinste beim Inhalieren, und seine Nasenflügel bebten, als der Rauch an ihnen vorüberzog. Dabei studierte er mein Gesicht intensiv. Durchdringender, als es jeder Mann getan hatte, mit dem ich eine gewisse Zeit meines Lebens zu teilen versucht hatte. Mein Herz schlug schneller als sonst, das Blut rauschte durch meine Adern. Marco nahm einen langen Zug, behielt den Rauch bei sich, ehe er seine Lungen entleerte.

Seine verdammt ramponierten Lungen, versuchte ich zu denken, aber es klappte nicht. Gestus und Habitus stellten etwas mit mir an, was meine Gereiztheit wegzauberte. Ihm musste es ebenso ergehen, denn er lächelte auf eine völlig neue Art. Offen und einladend. Verbindlich? Freundlich?

Ehrlich auf jeden Fall, denn es verbarg nicht, wie sehr es ihm auf den Sack ging, dass ich die Geschichte mit dem Ring überhaupt mitbekommen hatte.

„Erledigt?", fragte er. Wahrscheinlich meinte er alles damit. Die Sache mit dem Ring, dem Leuchtturm und die Aufgabe, die er mir aufgehalst hatte, indem er mich auf die Wache geschickt hatte. Um die Lüge kam ich herum, denn im Augenwinkel sah ich eine junge Frau, die mir bekannt vorkam, in eines der Häuser gehen. Hatte ich sie heute nicht schon mal gesehen?

Auf ihrem Kopf türmte sich eine zerwühlte Kurzhaarfrisur in Blond, aber wenn ich sie mir mit langem, rotem Haar vorstellte, kam ich bei der Wahrsagerin an.

„Da ist Lynette", sagte ich überrascht.

Marco drehte sich um, kommentierte das aber nicht.

„Wir sollten sie wenigstens fragen, warum sie uns zum Leuchtturm geschickt hat", sprach ich das Offensichtliche aus, aber er stöhnte nur entnervt. Ich stand auf, ging vor zu dem Haus, in dem sie verschwunden war. Ein wenig wunderte ich mich darüber, dass Lynette hier wohnte, doch hatte ich ernsthaft erwartet, sie würde in einer Holzhütte im Wald hausen?

Ich versuchte, so zu tun, als interessierte mich Marcos Entscheidung, ob er mitkäme oder nicht, nicht im Geringsten. Dabei ignorierte ich den Schweiß, der mir über den Rücken rann. Als Marco neben mir ankam, hatte ich bereits geläutet.

„Du nervst", flüsterte er verteufelt nah an meinem Ohr.

Dass ich darauf mit einem Grinsen reagierte, hielt ich für die Nachwehen des Moments in der Bar.

„Was grinst du?", fragte er.

Ich hob eine Braue. „Wenn du das nicht willst, hör auf, mir ins Ohr zu säuseln."

Wir hörten das Klappern des innen eingesteckten Schlüsselbundes. Als Nächstes blickten wir in Lynettes erschrecktes Gesicht. Sofort ließ sie den Türknauf los, wirbelte herum und rannte durchs Haus. Reflexartig hasteten wir ihr nach, stießen gegen Möbel und Türrahmen, bis wir im Schlafzimmer ankamen, wo sie gerade den Fensterhebel umlegte. Draußen wäre sie gleich außerhalb der Stadtmauer, es war eines jener Häuser, die in die Mauer gebaut waren. Als ob er fürchten würde, dass ich zu zimperlich mit Lynette umginge, flitzte Marco an mir vorbei und stieß mich dabei aufs Bett, um zuerst bei ihr zu sein. Er erwischte sie an der Taille, eine Hand hatte sie am Fenster, das sie nicht loslassen wollte. Blumentöpfe krachten zu Boden. Blumenerde und

Blätter verteilten sich auf den Holzdielen. Lynette strampelte. „Lass los! Hau ab!"

Immer noch auf dem Bett liegend hob ich beide Brauen. *Kennen sie sich?*

„Marco, du bist ein Arschloch!", rief sie.

Feixend ließ er sie los.

Sie kennen sich.

„Ihr kennt euch." Mit der ausgestreckten Hand wies ich auf Lynette. „Den Eindruck hatte ich oben bei den Perlos nicht."

„Normalerweise lässt er mich meinen Job auch in Ruhe machen!", schrie sie ihn an, dass die Speichelfäden flogen.

Ich legte eine Hand aufs Gesicht und stöhnte leise.

„O Gott. Was passierte hier noch alles, das ich nicht mitbekomme?" Gereizt reichte ich Marco ein Tempo, das ich aus dem Päckchen auf der Kommode neben dem Bett zupfte, und stand auf. „Um welchen Preis?"

„Gar keinen." Er beäugte das Taschentuch. „Was soll ich damit?"

„Sie hat dich angespuckt." Ich gestikulierte lasch. „Um welchen Preis also?"

Mit gespielt zerknirschter Miene war er im Begriff, das Schlafzimmer zu verlassen.

„Kein Preis. Irgendwie kriegt sie nichts auf die Kette", sagte er dabei. „Und ich dachte … na ja. Ist vielleicht besser, als anschaffen zu gehen." Er blieb im

Türrahmen stehen, tupfte sich das Gesicht aber scheinbar nur, um mir einen Gefallen zu tun. Schnaufend sortierte Lynette das vorne offene rosafarbene Hemd, unter dem sie nur einen Bikini trug, und zog danach eines der Stoffdreiecke über ihre Brustwarze, derweil sie uns ins Wohnzimmer lotste, das wir eben rennend durchquert hatten.

„Was wollt ihr denn überhaupt hier?", maulte sie.

Das Zimmer war überraschend ordentlich und wurde von einem Sofa dominiert, auf dem, willkürlich hingeworfen, das Wahrsagerinnen-Kostüm lag, das sie oben bei den Perlos getragen hatte. Die Perücke lag da wie ein verendetes Tier. Marcos Stimme hielt mich davon ab, mich weiter umzusehen. Er fragte Lynette etwas, was ich nicht verstand, was sie aber klar erzürnte.

„Ja, und?", schrie sie.

Ich wirbelte herum. „Haben Sie...?", probierte ich den Polizisten zu geben, doch Marco quatschte mir glatt dazwischen. Die beiden taten so, als wäre ich nicht da.

„Noch mal, Lynette", zischte er. „Was du bei den Perlos abgezogen hast, ist Betrug. Sind wir uns da einig?"

„Warum denn?", jammerte sie. „Du lässt mich doch sonst in Ruhe!"

„Aber *er* will etwas von dir wissen." Knapp zeigte er auf mich.

Meine Gedanken überschlugen sich. Natürlich war es Unsinn gewesen, zu behaupten, dass Clara am Leuchtturm auf uns wartete, aber vielleicht gab es einen Grund, aus dem Lynette uns, die Polizei, dort hingelockt hatte.

„Haben Sie irgendwas mit dem Ring zu tun?", fragte ich.

Marco rollte zwar die Augen, kam mir aber entgegen, indem er konkreter wurde: „Hat dich jemand dafür bezahlt? Dafür, dass wir dahin gehen? Oder hast du den Ring dort platziert?"

„Mann! Ich würde das nie tun!", rief Lynette, der die Wendung sichtlich missfiel. „Okay! Ja! Eine Frau! Sie hat verlangt, dass ich die Polizei irgendwie zur Höhle locke!"

„Die Polizei?" Ich schob das Klamottenbündel auf dem Sofa zur Seite, um mich zu setzen. An Marcos verzweifelter Miene war unschwer abzulesen, dass ihm missfiel, wie ich mich hier einrichtete. Er wollte so schnell wie möglich hier weg, doch den Gefallen tat ich ihm nicht. Seit dem Fund des Rings wich er mir aus. Behauptete, dass der Schmuck nichts mit dem Fall zu tun hätte. Aber mit wem dann? Mit ihm? Ich wagte die Frage, obwohl sie ein Schuss ins Blaue war.

„*Uns* hin locken? Oder nur ihn?" Ich zeigte auf Marco.

„Red ich irgendwie komisch? Sie hat was davon gelabert, jemandem einen gehörigen Schreck einzujagen. Ich hab' natürlich gewusst, dass es um Marco ging."

„Warum?", fragte ich.

„Na, wegen des Rings." Sie deutete mit dem Kinn zu Marco. „Und wenn es dafür Schotter gibt ..."

„Sagen Sie nicht Nein", vollendete ich kühl. Dass sie den Ring mit Marco in Verbindung brachte, ging mir erst viel später auf.

„Was soll ich denn machen?", heulte sie. „Ich räume Regale im *Conad* ein. Aber das Geld reicht hinten und vorne nicht mehr, und das ist ein sauberer Nebenerwerb ..."

„Lynette." Mit in die Hüfte gestemmten Fäusten beäugte Marco sie finster. „Sehen wir beide aus wie deine persönliche Beratungsstelle?"

Fuchsig schaute sie ihn an. „Du bist so ein Arsch."

„Ja, deshalb habe ich dich auch all die Jahre in Frieden gelassen. Woher wusste die Frau, dass die Perlos deine Dienste in Anspruch nehmen würden?"

„Ich weiß es doch nicht. Es ist ja kein Geheimnis. Die sind doch alle bekloppt, die reichen Säcke."

Die Perlos betreffend stimmte ich Lynette zu, doch mittlerweile befürchtete ich, dass sie kein Einzelfall waren. Ich versuchte, mir einen Reim aus der Geschichte mit dem Ring zu machen. Es war ein Unterschied, ob die obskure Fremde die Polizei *oder Marco* dorthin locken wollte. Wollte sie auf ein Ereignis hinweisen, das juristisch nie belangt worden war, oder ging es ihr eher darum, Marco zu verletzen? Oder ging es um etwas ganz anderes?

Was auch immer – hinter diesem Ring steckte ein Rätsel, das ich lösen wollte. Allerdings trug Lynettes nächster Schreikrampf nicht zur Aufdeckung des Geheimnisses bei. Im Gegenteil. „Mann, Marco! Du weißt genau, dass es nichts mit Clara Perlo zu tun hat! Es geht um Giulia!"

„*Ich* weiß das." Demonstrativ gelangweilt tippte er sich kurz mit dem Daumen auf die Brust. „*Er* musste es hören." Mit dem Kinn wies er zu mir.

„Erzähl's ihm doch selbst!"

Doch Marco schnalzte nur mit der Zunge. Dass er es danach eilig hatte, rauszukommen, bestätigte mein Gefühl, er wollte es hinter sich bringen. Ich nahm an, er hatte nur gewollt, dass ich begriff, wie wenig der Ring mit der Entführung Claras zu tun hatte. Aber dass ich weitere Einzelheiten von der Geschichte um das Schmuckstück erfuhr, schien er vermeiden zu wollen, deshalb schnitt er das Gespräch einfach ab.

Nach lahmen Abschiedsworten an Lynette zog er mich aus der Tür. Erst auf der Straße fiel mir auf, dass wir Lynette nicht für ein Protokoll in die Wache einbestellt hatten. Mit einem ungutem Gefühl ließ ich ihm das durchgehen, was eine Menge über die unterdrückten Empfindungen aussagte, die ich mit mir herum schleppte. Die Möglichkeiten, die sich ohne Gefühlswirren aufdrängen würden, schob ich wie ein blutiger Anfänger zur Seite. Sie flüsterten nur gehässig.

Er könnte in die Vertuschung eines Verbrechens verwickelt sein. Prüf das, Orlando.

Als wollte ich die Fragen beiseite wischen, vollführte ich eine sinnlose Geste, doch eine Frage blieb beharrlich. „Giulia? Wer ist das? Was hat es mit dieser Geschichte auf sich?"

Ohne mich anzusehen, brummte Marco: „Du hast es gehört."

Hatte ich das? Wenn man es genau nahm, hatte Lynette nur noch mehr Puzzlestücke in den Raum geworfen. Ich hatte zudem den Eindruck, dass sich hier alle kannten und Lynette somit wusste, wer Giulia war. Schon bei der Namensnennung, Giulia, hatte etwas in mir gezwickt, was ich erst hier draußen als Eifersucht identifizierte.

„Marco." Wir standen immer noch vor Lynettes Tür. „Wer ist Giulia, und was hat es mit dem Ring auf sich?"

Er taxierte mich gallig, aber hinter dem Blick lauerte Schmerz. „Es reicht, okay? Mir war wichtig, dass du kapierst, dass der Ring nichts mit dem Fall zu tun hat. Mehr geht nicht. Akzeptier das." Er stemmte die Fäuste in die Hüften. Wahrscheinlich merkte er nicht, wie bedrohlich das wirkte. Ich machte einen Schritt rückwärts. Marco entkrampfte seine Finger und verschränkte die Arme stattdessen vor der Brust. „Wir kennen uns nicht gut genug, dass ich dir jeden Scheiß erzähle."

Offenbar war ich zu weit gegangen. Mit schlechtem Gewissen sehnte ich mich nach dieser harmonischen und doch aufreizenden Minute in der Bar zurück. Ich wischte mir den Schweiß von der Stirn.

„Okay", quetschte ich heraus.

Endlich lösten wir uns vom Boden, an dem wir bis dahin festgewachsen schienen und schleppten uns schweigend zum Stadttor. Vor der Wache blieb Marco abrupt stehen. „Was ist mit der Suche auf den Inseln?"

Ja, was war mit der Suche auf den Inseln? Ich verzettelte mich in Gefühlen, dabei war ein Mensch in Gefahr. **Statt zu arbeiten, versuchte ich, hinter Marcos Geheimnis zu kommen. Ich musste irre sein.**

„Muss noch angeleiert werden."

„Mach du. Ich brauch' neue Kippen." Er zupfte an meiner Krawatte. „Und gewöhn dir was anderes zum Anziehen an. Anzug, Hemd und Krawatte taugen hier nichts. Es ist Anfang Juli. Im August wird das die Hölle."

Halleluja. Als ob ich nicht schon selbst dran gedacht hätte.

Marco ging zum Tabacchi-Laden. Ich hingegen riss die verblüffend saubere Glastür der Wache auf. Am Empfangstresen beugte ich mich vor, um die Aufmerksamkeit des Uniformierten auf mich zu ziehen.

„Kollege Pasqua?" Er legte seinen Stift weg.

„Da oben am Leuchtturm." Ich zeigte in die entsprechende Richtung. „Ist da in den letzten Jahren etwas Ungewöhnliches passiert?"

„Da passiert immer was. Selbstmorde, Unfälle, Sex. Wenn Sie das ungewöhnlich finden?"

„Vergessen Sie es. Wir brauchen eine diskrete Suche bei den pontinischen Inseln nach Clara Perlo."

In einem Ablagekasten fand der Mann das passende Formular und fing an zu kritzeln. „Diskret wird nichts bringen", sagte er dabei. „Aber pro forma machen wir das."

Ihm entging mein fragendes Stirnrunzeln nicht.

„Sie waren noch nicht drüben, oder?"

Ich schüttelte den Kopf.

„Wenn Sie mal dort waren, verstehen Sie es." Er schob das Papier über den Tresen zum Unterschreiben zu mir und legte den Kuli obenauf.

„Was verstehe ich dann?"

„Ponza im Sommer kann man einem Nordlicht nicht erklären. Aber ich hab' da was anderes, was Sie interessieren dürfte. Perlo hat Immobilien hier. Es gibt hier auch einen Typen, der scharf auf ein bestimmtes Grundstück ist. Hat Zoff gegeben."

Er reichte mir eine dünne Akte, die ich aufblätterte und eine Weile still studierte. Schließlich klappte ich sie wieder zu und riss mir einen Zettel vom Block, auf den ich einen Namen notierte.

„Danke." Zweimal klopfte ich auf den Tresen und war kurz darauf an der Tür. Einige Sekunden zögerte ich, schaute Marco durch die Glastür dabei zu, wie er mit zwei Wasserflaschen in Händen aufs Stadttor zu marschierte, vor dem unser Auto stand. Er wirkte verloren. Von Coolness keine Spur mehr.

„Pasqua!"

„Was?" Ich drehte mich um, sah den Mann etwas auf ein Post-it kritzeln, das er mir danach überreichte. „Sie sind ja neu hier. Das ist die Adresse von einer Parfümerie, die wasserfeste Augenschminke verkauft. Bestimmt auch Kajal. Kenn' mich da ja nicht aus."

Der Mann hatte weder verschwörerisch getuschelt, noch hatten die Kollegen an ihren Schreibtischen gefeixt oder Sprüche geklopft. Marco beschwor bei jeder Gelegenheit, dass die Leute hier gelassen wären.

Wenn er das damit meinte, gelobte ich mir, auch die Bekloppten in Kauf zu nehmen, die Wahrsagerinnen beauftragten, wenn Gangster ihre Kinder entführten. Verwundert stopfte ich den Zettel in die Hosentasche zu dem ersten und wollte gerade raus in die gleißende Sonne, als der Kollege mich erneut zurückrief: „Ach, und Pasqua!"

Mit der Hand am Türgriff hielt ich inne, ohne mich zu ihm umzudrehen. „Ja?" „Sagen Sie Diamante, dass der Kollege Graziosa angerufen hat. Aus Parma. Er fänd's cool, wenn er zurückriefe."

Innerlich steif brachte ich ein krächzendes „Ja" zustande und drückte die Tür in einer Art Zeitlupe auf, als wäre mir die restliche Kraft, die die Sonne mir ließ, aus den Knochen gefahren.

Graziosa? Ein Kollege Graziosai aus Parma? Ich kannte dort niemanden dieses Namens. In dieser Stadt war ich geboren und aufgewachsen. Mein Vater war dort Polizist gewesen, und doch hatte ich den Namen nie zuvor gehört.

Was hatte Marco mit einem Polizisten aus Parma zu schaffen?

*

Mein Herz raste wie ein besoffener Moskito. Auf dem kurzen Stück über die Piazza und durch das

Stadttor zu Marco kämpfte ich die Panik nieder, der Anruf des Kollegen aus Parma könnte etwas mit mir zu tun haben. Marco lehnte wartend am Auto und blickte versunken über das Meer, das weit unter uns lag. Möwen flogen auf unserer Höhe kreischend ihre Bögen, als wollten sie mir dringend etwas sagen.

Ja, zum Beispiel, dass sich die Welt nicht allein um dich dreht, Orlando. Dass es nichts mit dir und dem Affen, den sie dort aus dir gemacht haben, zu tun hat. Und vor allem, dass hier, seit dem Fund des Rings, nichts nach Vorschrift abläuft, völlig gleich, ob du ihm seine Privatsphäre lassen willst oder nicht.

„Alles klar", brachte ich das nervtötende innere Geflüster zum Schweigen. „Sie kümmern sich. Und ich hab' was Interessantes."

Über das Dach des Alfas schaute Marco mich abwartend an. Schweiß perlte auf seiner Stirn. Erhitzt auszusehen, war bei dem Wetter nicht verwunderlich, doch bei Marco sah selbst das herrlich aus. Ein kleiner irrer Teil meines Herzens hoffte jedes Mal, dass er, bevor ich ihn nach zwei Minuten oder zwei Stunden wiedersah, zu einem Oger mutiert wäre, doch leider war er jedes Mal, wenn ich zurückkam, noch derselbe Mann. Dabei wäre eine äußere Verwandlung gar nicht nötig. Es würde mir vermutlich helfen, wenn ich ihn mal ganz nüchtern beurteilen würde. So ganz ohne das Herz, aber ich bekam das nicht hin. Mein

Puls zerriss mir nahezu das Trommelfell, trotzdem gab ich mich cool, als ich einen der Zettel aus der Hosentasche fischte und ihn Marco hinstreckte.

„Ich hab' da vielleicht was."

Eine Zeitlang schwebte das Papier quasi zwischen uns. Dann riss er es mir aus der Hand und warf einen Blick darauf. „Die Adresse von der Parfümerie unten auf der Hauptstraße. Na und?"

Großer Gott. Verlegen angelte ich den anderen Zettel heraus. „Federico Palazzo", las ich vor.

Marco gab mir den ersten Wisch zurück. „Dem gehört ein Fischrestaurant unten am Lungomare. Im blasierten Teil."

„Ja, aber offenbar will er ein Grundstück von Perlo kaufen, der es ihm nicht überlässt. Es gab ein Handgemenge mit viel Geschrei. Sie zeigten sich danach gegenseitig an."

Ich zog die Autotür auf und sank matt auf den Beifahrersitz.

„Gut", sagte Marco, der ebenfalls eingestiegen war. „Lass uns hören, was Palazzo zu sagen hat." Er startete den Motor, doch er fuhr noch nicht an. Die Klimaanlage blies mir kalte Luft ins Gesicht, die ich stumm, aber begeistert begrüßte.

„Ach, Orlando?"

„Was?"

Marco gestikulierte um seine Augen herum. Ich klappte die Sonnenblende herunter und wischte die schwarzen Ränder unter den Augen weg.

„Deshalb die Adresse", murmelte ich. „Die auf dem ersten Zettel."

*

Unterwegs war meine Stimmung so gut, wie sie es mit chronischem Herzschmerz und dem Chaos an Informationen nur sein konnte. Allerdings musste ich die Sache mit dem Anruf noch loswerden.

„Ein Kollege Graziosa hat in der Wache angerufen", krächzte ich. „Aus Parma. Du sollst ihn zurückrufen."

Marcos Brauen schossen in die Höhe. Danach runzelte er die Stirn. Nichts davon konnte ich deuten. Nach endlosen Minuten erreichten wir die Viale Europa, Lungomare. Die Sonne goss gnadenlos ihre Hitze über uns aus. Unten am Strand wankte nahezu jeder, vom Sommer berauscht, dem Mittagessen entgegen. Die Damen in Tuniken über ihren Bademoden, die Männer in Shorts, Kinder, die sich hopsend fortbewegten – sie alle hielten es für überflüssig, nach Autos oder Motorrädern zu gucken. Der Wagen schlingerte beständig hin und her, um ihnen auszuweichen. Der Weg bis zum Strandabschnitt mit Palazzos Lokal kam mir wie eine einzige kurvige Trunkenheitsfahrt vor. Es war nicht auszuhalten, wie Marco fuhr. Das Chaos auf der Straße erforderte unbedingt die Geistesgegenwart eines Beifahrers, doch er schien nicht bei der Sache, versuchte sogar, während der Fahrt zu telefonieren. Daraus wurde nichts. Der Empfänger nahm das Gespräch nicht an.

„Pass auf!", rief ich.

Scharf bremste er vor dem Gummikrokodil, das mitten auf der Straße lag, und maß mich mit leicht geneigtem Kopf. „Hast du Skrupel, Tiere aus Plastik zu überfahren, oder wie?"

Ich seufzte. „Schon gut."

Eine Bö schob das Krokodil weiter, bis es an der Fassade eines Lokals am Strand kleben blieb, in das massenweise Leute drängten. Resigniert stützte ich den Ellenbogen ans Seitenfenster, bettete meinen Kopf darauf und hielt die Klappe, bis Marco den Wagen anhielt.

„Wir sind da." Er deutete zum Strand, an dem die Farben der Liegen und Schirme die einzelnen Pachtabschnitte markierten. Wir parkten in zweiter Reihe vor Rot-Beige. Direkt hinter der hüfthohen wellenförmigen, weißen Mauer, hinter der die Abschnitte lagen, thronte ein kreisrundes Häuschen.

„Eine Bar? Ich dachte, er hätte ein Restaurant näher beim Hafen. In der, wie sagtest du? Blasierten Gegend?"

„Hat er, aber der Schuppen öffnet erst abends um acht. Das hier ist übrigens keine Bar." Wir stiegen aus. „Es ist ein Strandrestaurant. Durchgehend geöffnet. Falls du mal etwas weniger Romantisches suchst. Für einen schnellen …"

Warnend hob ich einen Zeigefinger.

„Snack", vollendete er mit Unschuldsmiene.

Etwas in mir drängte mich dazu, unmissverständlich klarzustellen, dass er diese Albernheiten künftig unterlassen sollte. Zweifellos war es ein Echo meines Verstandes, das sich nicht gegen die Gefühle durchsetzte, denn die fanden das witzig.

So ist Marco eben, flüsterten sie mir zu. *Und du magst es*. Also schnaubte ich nur freudlos.

Wir schlenderten an den Umkleidekabinen vorbei, die wie kleine Holzhütten anmuteten. Eine nach objektiven Maßstäben attraktive Brünette im türkisfarbenen Nichts von einem Bikini stolzierte hüftschwingend darauf zu. Ihre in Flipflops steckenden Füße waren fein pediküdert, die Fußnägel farblich auf den Zweiteiler abgestimmt lackiert. Natürlich zog sie eine Schleppe Verehrer hinter sich her, die schwafelnd und gestikulierend eimerweise Komplimente über ihr ausgossen, bis sie die Tür ihrer rot-beige gestrichenen Umkleidekabine von innen zuschlug. Die Verehrer lungerten davor herum,

redeten über ihre Kurven und untermalten alles mit den üblichen Lauten der Verzückung. Exakt wegen dieses Zirkus hatte ich Strände seit meiner Teenagerzeit gemieden. Meinen Eltern hatte ich damals keine Erklärung geliefert, ihnen nur den schweigenden Teenager zugemutet, der sich weigerte, ein Schwimmbad zu besuchen. Wenn sie gefragt hätten – ich wüsste nicht, ob ich es ihnen erklärt hätte. Dabei war die Antwort simpel – ich wollte nichts mit Stränden und Schwimmbädern zu tun haben, weil Jugendliche grausam waren. Weil die Jungs ihr Machoverhalten für die Zukunft einstudierten. Dazu brauchten sie Opfer. Und wer hatte sich besser angeboten als der schlaksige Orlando Pasqua? Dessen Augen mit langen Wimpernbögen ausgestattet waren, für die Mädchen heute viel Geld bei der Kosmetikerin ließen? Mein Verhalten war ein Jahr lang folgenlos geblieben. Im zweiten Sommer hatten meine Eltern mir psychotherapeutische Sitzungen aufgezwungen. Bei Minderjährigen teilten die Ärzte Diagnosen und Therapieaussichten mit den Erziehungsberechtigten, und was sollte ich sagen? Dass sie wenig begeistert gewesen waren?
Das wäre maßlos untertrieben, denn tatsächlich verhielten sie sich, als litte ich unter einer progressiv fortschreitenden Krebserkrankung. Besonders war mir dieser eine Satz aus dem Mund meines Vaters in

Erinnerung geblieben: *Der Junge spielt in der völlig falschen Mannschaft.*

Wer sagt, dass sie falsch ist?, hatte ich mich gefragt, lauschend an die Wand gedrückt. Eine Antwort darauf hatte ich nie bekommen. Natürlich nicht. Ich hatte es damals nicht gewagt, sie laut zu stellen, um endlose Diskussionen zu vermeiden. Als Teenager zog man dabei immer den Kürzeren.

„Was ist?" Marco stupste mich mit dem Ellenbogen an. Scheinbar hatte er mitgekriegt, dass ich in Gedanken weit weg war.

„Ich habe mich immer gefragt, was passiert, wenn sich die Frau für einen der Verehrer entscheidet", log ich.

„Nichts."

Wir hatten das Lokal fast erreicht, als Marco mir einen Arm um die Schulter legte. Die Berührung, das begriff ich langsam, hatte absolut nichts zu bedeuten. Außer, dass ich aufpassen musste, nicht zu deutlich zu zeigen, dass sie mir gefiel. Offenbar machte man das hier so. Die albernen Gockel vor der Umkleidekabine betatschten sich auch. Gegenseitig präsentierten und erläuterten sie sich ihre Tattoos. Dabei fassten sie sich unbefangen an. An den Armen, am Rücken, überall und auf nackter Haut. Einer legte dem anderen den Arm um den Hals. Anscheinend hatte Marco sich bisher nur zurückgehalten, weil er nicht sicher gewesen war, wie ich darauf reagieren würde. Da ich ihm bei der ersten Berührung nicht den Arm abgebissen hatte, verhielt er sich wohl langsam ungezwungener. Natürlicher. Eben so, wie es hier üblich war.

„Was jetzt?" Diskret zeigte ich zu den Bewunderern, die die Umkleidekabine belagerten. „Die nehmen das dann so hin?"

„Hast du gedacht, weil sie sich wie würdelose Gockel benehmen, würden sie sich prügeln, wenn sie einen gewählt hat?" Marco guckte irritiert.

„Würden sie nicht?"

„Tss." Vage kopfschüttelnd nahm er den Arm von meiner Schulter und ging weiter in das kreisrunde Gebäude mit der ausladenden Außengastronomie hinein. Einen Moment trauerte ich dem Verlust nach. Sein Arm hatte sich so gut angefühlt, wie der kleine sinnlose Dialog, mit dem ich zugegeben hatte, nichts vom Balzverhalten junger Männer zu verstehen, bei dem es um Frauen ging. Und nichts von Stränden. Es war geradezu ironisch, dass ich an einem Ferienort am Meer gelandet war. Eine Weile blieb ich stehen. Unter den zahllosen farblich aufeinander abgestimmten Sonnensegeln, die die gedeckten Tische überspannten, war die Hölle los. Palaver ohnegleichen brandete auf uns ein. Kinderlachen, mahnende Worte, Kichern und das allgegenwärtige *was essen wir heute Abend,* obwohl nicht einmal das Mittagessen serviert war. Aus den Musikboxen dröhnte etwas Gefälliges, das nach Sommer klang. Im Zugang des Gebäudes sah ich, wie Marco einer Bedienung, die Teller mit dampfenden Speisen balancierte, in den Weg sprang.

„Ist Palazzo da?", fragte er.

Die junge Frau musterte ihn streng über den Rand ihrer Sonnenbrille. „Irgendwo hier."

Ohne seine Reaktion abzuwarten, schlängelte sie sich an ihm vorbei. Unterdessen hatte ich mich am Tresen eingefunden, eine Cola geordert und fummelte die Manschettenknöpfe auf, als ein schriller Klingelton ertönte. Suchend sah ich mich um. Als sich das Geräusch wiederholte, entdeckte ich die Tresenklingel zum Drücken, die auf der Durchreiche zur Küche stand. Eine Hand, ich nahm an, es war die des Kochs, erschien gefühlt alle fünf Sekunden in der Durchreiche, als gehörte sie zu keinem Körper, und drückte auf der Glocke herum. Jedem gellenden Klingeln folgte ein Teller, der neben der Klingel abgestellt wurde. Mir knurrte der Magen. Es klingelte erneut. Eine weitere Mahlzeit, die von niemandem abgeholt und an einen Tisch gebracht wurde, wurde durchgereicht. Das schrille Geräusch, das Knallen der Schritte auf dem Holzboden – dieser obskure Anruf aus Parma, der Ring – all das ging mir auf den Zeiger.

Aufs Äußerste gereizt hielt ich nach Marco Ausschau und sah ihn draußen im Sand zwischen den Liegen umherstreifen, noch immer auf der Suche nach dem Inhaber Federico Palazzo. Im Radau, dem Gerenne, dem hier nur leise vernehmlichen Rauschen der Brandung und im unaufhörlichen Klingeln, das immer aufdringlicher zu werden schien, breitete Marco beide Arme zur Seite aus und brüllte: „Palazzo! Sofort! Die Polizei ist da!"

Zwei Wimpernschläge lang herrschte Stille. Dann stürmte ein Mann mit fleckigem Shirt und schwarz-weiß-karierter Hose aus der Küche ins Freie und lehnte sich keuchend an den Kiosk, an dem man Liegen mieten konnte. Aus der Hosentasche kramte er eine Zigarette hervor, die er sich ansteckte. Besonders belastbar schien mir der Koch nicht zu sein. Marco schlenderte neben mich an die Bar.

„Ist das …?" Ich zeigte auf den Raucher.

„Nein, das ist sein Schwager. Eine absolute Niete in fast jeder Hinsicht. Aber kochen kann er." Marco leerte meine Cola in einem Zug. „Ah, da ist er."

*

Ich hatte Sand in den Schuhen, und zwar nicht aus Hawaii. Es tröstete mich wenig, dass es Marco ebenso ergehen dürfte, doch er trug, passend zum Leinen-Outfit, Espadrilles, die man rascher leeren konnte als

Schnürschuhe. Unter einem Sonnenschirm, in erster Reihe mit bestem Blick auf die See, neben drei mit Handtüchern, Tuben und Klamotten überladenen Liegen, standen wir einem Mann in Bermudashorts gegenüber, der sich gegen uns sperrte. Zunächst war das nicht ungewöhnlich. Ich fing an, mich an die zahlreichen Geschäfte zu gewöhnen, die ohne Quittung vonstattengingen. Palazzos Unwille, mit uns zu tun haben zu wollen, musste nicht zwangsläufig bedeuten, dass er in die Entführung involviert war. Zudem war ich es aus Parma gewöhnt, dass man sich gegen *mich* sperrte. Ich hatte lange gebraucht, um zu akzeptieren, dass ich etwas an mir hatte, was es den Leuten erschwerte, mich als Amtsperson wahrzunehmen. In Parma, nach dem Desaster, hatte ich eine Weile versucht, mich zu ändern, doch mit der Versetzung hierher hatte ich damit aufgehört. Palazzos Abwehr nahm ich nicht mehr persönlich. An die Irren konnte ich mich gewöhnen, wenn das der Preis war, den ich zahlen musste, um als Mensch wahrgenommen zu werden. Der einzige Wermutstropfen lag in der Tatsache, dass die kleine Wohnung, die ich bald beziehen würde, im Gebäude mit der Apotheke lag. Was mich erneut zu den Frauen zurückbrachte. Zu der Apothekerin. Zu Giulia, wer immer das war. Natürlich gab es Frauen. Bei Männern wie Marco spielten Frauen stets eine

Rolle. Ich bemerkte selbst, dass ich vor mich hin träumte, und rieb mir die Augen, bevor ich Palazzo und Diamante ansah.

Diamante.

Marco anzusehen, brachte mich nicht wirklich in die Realität zurück. Ich schaute von ihm weg zu Palazzo. Der fingerte an seinem Marco-Polo-Shirt herum, und ich dachte, wie bescheuert der Name für einen Marco war, der Polohemden vertrieb.

Äh, für eine Marke.

Ob sich die Bezeichnung vom Sport herleitete? Oder der Sport von Marco Polo?

Ob alles mit Marco zusammenhing?

Also der Sport. Nein – meine Verwirrtheit.

Ich kämpfte einen Lachkrampf nieder, legte den Handrücken an die Stirn, krampfhaft bemüht, zu ignorieren, dass Marco das Leinenhemd von der Brise an den Leib gepresst wurde, der mit einem formidablen Six-Pack ausgestattet war.

Hör auf, so auszusehen! Ich muss arbeiten, verdammt!

Ich versuchte es und forderte von Palazzo: „Erzählen Sie uns was über sich und Polo."

„Was?" Verstört stierte Palazzo mich an. „Verdammt, ich spiele kein ..."

„Warum tragen Sie dann ein Polohemd?"

Großer Gott! Was war mit mir los?

Unwillentlich streckte ich die andere Hand abwehrend aus, ohne zu wissen, wen oder was genau ich abwehrte, bis mir bewusst wurde, dass ich wie eine Diva dastand. Ich gluckste und verschränkte die Hände hinter dem Rücken. Marco machte eine beschwichtigende Handbewegung. „Über dich und Perlo", konkretisierte er.

„Geht es um das verdammte Grundstück?" Palazzo stülpte die wulstige Unterlippe über die Oberlippe und spähte an uns vorbei, als suchte er nach einem Vorwand, zu türmen. Dabei bemerkte ich die grüne Farbe an seinen Armen und am Hals. Ich runzelte die Stirn. Was bedeutete das?

„Palazzo, zackig jetzt", herrschte Marco ihn an. „Habt ihr euch geeinigt?"

Palazzo starrte an Marco vorbei, ohne etwas Konkretes zu fokussieren. Zackig war das nicht. „Er wollte zu viel", grunzte er dann.

„Was wollte er denn?", verlangte Marco zu wissen.

„Geld."

„Du willst mich verarschen", stellte Marco kalt fest. In sein Gesicht schlich sich eine unnachgiebige Härte.

Rabiat zog ich Palazzo ein Stück zur Seite und damit in Sicherheit. Er blinzelte strauchelnd in die Sonne.

„Perlos Tochter Clara", sagte ich.

Palazzos Augen weiteten sich. Dann sprintete er los, als hätte jemand einen Startschuss abgefeuert. Sofort jagte Marco ihm nach. Über die Flucht war ich derart verblüfft, dass ich ihnen zu lange nachschaute. Sie rempelten Leute an, die aus dem Wasser kamen. Die antworteten mit Flüchen. Alle Badegäste starrten ihnen nach, fingen zu palavern an, und endlich rannte ich los. Ich sprang über eine Sandburg, machte einen Bogen um ein Strandtennis spielendes Pärchen und holte auf. Marco war Palazzo dicht auf den Fersen, aber der legte einen Zahn zu und fing an, ordentlich Meter zu machen. Immer wieder warf er gehetzte Blicke über die Schulter. Der Turm, auf dem der Bademeister in seinem Stuhl hockte, kam näher. Ich sah es kommen, hob eine Hand und brüllte: „Vorsicht!"

Zu spät. Palazzo raste gegen den Bademeisterturm, prallte ab, stürzte und blieb liegen. Marco erreichte ihn wenige Sekunden später und ging neben ihm in die Hocke, um die Vitalfunktionen des Mannes zu prüfen, aber ich hechtete bloß stümperhaft hinterher und kam keuchend bei den beiden an. Über uns tauchte der Kopf des schläfrigen Bademeisters auf, der nach unten guckte. „Alles tutti?"

„Ja!", rief Marco. „Ruf einen Rettungswagen!" Er richtete sich auf.

Ich wies auf Palazzo. „Müssen wir da nicht irgendwas machen?"

Marco sah an mir vorbei zur Straße, als könnten sich die Sanis herbeamen. „Mit seinem Herzschlag ist alles in Ordnung."

„Marco, er …"

„Was?"

Ich kapitulierte. „Also gut."

*

In identischer Pose am Strand stehend, Hände in die Hüften gestemmt, schauten wir zur Straße, von der das Jaulen des Krankenwagens herannahte. Mit jedem Meter steigerte sich das Geheul, erreichte auf unserer Höhe sein ohrenbetäubendes Finale und entfernte sich. Fragend gestikulierte ich zur Straße, doch Marco wirkte, als wäre es normal, dass sich Rettungswagen verfuhren. Und tatsächlich – nachdem das Jaulen kaum noch zu hören war, rückte es erneut heran. Allerdings parkte der Rettungswagen oben auf der Straße, ohne mit dem Heulen aufzuhören. Zwei Sanitäter, die gebaut waren, wie ich mir römische Zenturios vorstellte, kamen mit einer Trage angehetzt, auf die sie, unter unseren Augen, eine sehr dicke ältere Dame wuchteten, die reglos auf einer Liege geruht hatte.

Langsam begriff ich, wie das römische Imperium hatte untergehen können.

„He!", brüllte jemand hinter uns.

Wir schwangen herum zum Wasser und sahen einen glatzköpfigen Mittdreißiger mit zahlreichen Tätowierungen aus dem Meer in unsere Richtung rennen, der dabei hektisch gestikulierte. Im Rennen beschleunigte er derart, dass ihm das Niedrigwasser um die Füße spritzte. Hilflos guckte ich Marco an, der seine Zigarette mit der Hand vor der Brise schützte, während er sie anzündete.

„Du rauchst zu viel", sagte ich dünn.

„Pfoten weg! Das ist meine Mutter!", schrie der Schwimmer.

Besagte Dame klappte die Lider auf und sortierte sich müde in eine sitzende Position. Mit ratloser Miene verkündete sie: „Ich habe geschlafen."

„Bist du meine Mutter?" Marco bedachte mich mit einem provokanten Grinsen.

Ich winkte ab, bereute längst, das Rauchen moniert zu haben. Ich musste schon damit zurechtkommen, dass sich um mich herum alle wie Bekloppte gebärdeten. Während Federico Palazzo zu unseren Füßen lag, wurde ich Zeuge einer sinnlosen Diskussion über die Frage, wer der zu Rettende wäre, in der die Worte *adipös* und *Kreislauf* vorkamen. Das musste ein Ende haben. Ich zückte meinen Polizeiausweis.

„Pasqua!", rief ich. „Falls Sie einen Kollabierten suchen, er liegt hier!"

„Wir wurden zur Eos-Bar gerufen", widersprach einer der Legionäre. „Eine dicke Frau soll am Strand davor aus dem Sulky gekippt sein."

„Darf man hier nicht schlafen?", fragte die ältere Dame unaufgeregt.

„Das sagt man so nicht", monierte der andere Sanitäter die Wortwahl seines Kollegen.

„Was jetzt? Das mit dem Sulky?"

„Nein, dicke Frau", gab sein Kollege zurück.

„Die Eos-Bar ist zwei Abschnitte weiter." Marco zeigte in die Richtung.

Besorgt beäugte ich Palazzo, der sich immer noch nicht rührte. Ich kratzte mich am Kopf und wandte den Blick ab, um gerade noch zu sehen, wie der Schädel des Rettungsschwimmers in den Schatten des Turmes schnellte, neben dem wir standen.

„War ein Versehen!", rief er. „Hab' gestern am Strandabschnitt der Eos gearbeitet!"

„Arbeit kann man nicht nennen, was du da machst! Den ganzen Tag aufs Meer glotzen", maulte Legionär eins. „Wo ist jetzt die Frau?"

„Kann man nicht mal mehr in Ruhe schlafen?!", entrüstete sich die Dame.

„Doch, doch, Mama. Hören Sie, meine Mutter hat …"

„Wenn hier zwei Kollabierte liegen, müssen wir noch 'nen Wagen rufen", palaverte einer der Römer.

„Hier liegt nur einer", korrigierte sein Kollege.

„Mag ja sein. Aber übergewichtige Leute einfach auf eine Trage zu legen …", fing der Sohn der voluminösen Dame an.

„Vielleicht ein Fehler von der Leitstelle", mutmaßte Marco. „Nehmen Sie ihn mit." Er deutete auf Palazzo.

Sie nahmen ihn mit. Als Marco die Richtung zur Straße einschlug, verblieb ich, wo ich war. Er drehte sich zu mir um. „Was ist? Soll ich dir die Rettung rufen?"

Ich schüttelte mich und folgte ihm endlich. „Das ist doch nicht normal."
„Es ist Sommer!", sagte er trocken.

*

Weil die Luft so heiß war wie eine verkohlte Fackel, folgte ich Marco langsam durch den Sand. Die Schaulustigen hatten sich zerstreut, niemand kam mir nach und behelligte mich mit Fragen. Vielleicht war die von Marco vielbeschworene Gelassenheit nichts anderes als Gleichgültigkeit. Aber wenn dem so war, konnte man den Leuten bei der Hitze einen Vorwurf machen?

Am Wagen angekommen war Marco nicht da. Mit zwei Wasserflaschen kam er aus dem Lokal hoch zum Parkplatz und warf mir im Gehen eine der Flaschen zu, die ich aus der Luft schnappte. „Du musst was trinken."

„Ich habe eher den Eindruck, dass die anderen dehydrieren." Dennoch schraubte ich die Flasche brav auf, um sie zur Hälfte zu leeren. „Was machen wir nun?"

„Uns Perlos Grundstück ansehen." Er schwang sich in die Karre.

„Was gibt es da zu sehen? Auf freien Flächen lässt sich kaum eine Geisel festhalten."

„Siehst du ja dann. Steig ein."

Ich tat wie befohlen und ärgerte mich, als ich am Ziel bemerkte, dass wir lediglich sechshundert Meter weiter gefahren waren. „Das hätten wir zu Fuß gehen können."

Ohne zu antworten, stieg Marco aus. Ich wartete damit, bis die Gruppe jugendlicher Fußgänger, die Liegen, Gummitiere und Taschen schleppte, an der Beifahrerseite vorbei flaniert war, ehe ich mich anschloss. In der Ferne jaulte ein Martinshorn. Als ich mich umsah, registrierte ich auch hier einen Pachtstrand neben dem anderen, doch alles wirkte etwas gediegener. Die hüfthohen Mauern, die zu den Strandabschnitten führten, leuchteten grellweiß.

Dazwischen standen Häuschen. Keine Bars aus bemaltem Holz, vielmehr massive, weiß getünchte Gebäude, mit Toren, vor denen teils Türsteher postiert waren wie vor einem Club.

Männer in Anzügen, die nicht schwitzten? Wie machten die das?

Fasziniert tastete ich nach meiner Sonnenbrille in der Jacketttasche, bemerkte aber, dass ich das Jackett hinten im Auto liegen hatte, und beugte mich hinein, um sie mir zu angeln. Mit der Brille auf der Nase bekam ich gerade noch mit, dass Marco nicht zum Strand gegangen war. Auf der anderen Straßenseite wartete er vor einer verwahrlosten Mauer, hinter der eine Ruine den schicken Eindruck der Gegend auslöschte, ebenso wie es das Brachgrundstück mit der Hotelruine daneben tat. *Typisch Süden,* dachte ich, schalt mich zugleich aber meiner Arroganz. Was hatte der Norden mir schon gebracht? Und weshalb hatte ich überhaupt erwartet, dass wir zum Strand gingen?

„Welches ist das Grundstück, um das es geht?" Marcos Bemerkung von vorhin – »Siehst du ja dann«, ergab jetzt einen Sinn. Im Schatten der Mauer nahm ich die Brille wieder ab. Marco beließ die seine auf der Nase.

„Das hier." Er zeigte auf das Grundstück mit der Ruine neben dem mit den Resten des Hotels, dessen verblichenes Schild mich irritierte.

„Hotel Neandertal?" Mit der Brille wies ich auf das ramponierte Schild am verbogenen Einfahrtstor des Nachbargrundstücks. „Wo hier gefühlt alles nach Leuten der Odyssee benannt ist, wundert mich der Name."

Mit dem Daumen zeigte Marco zum Monte Circeo. „Sie haben Knochen von Neandertalern gefunden. Drüben, in der Guattarihöhle. Irgendwann in den Fünfzigern." Er rüttelte am Tor, das sich widerspenstig quietschend aufschob.

„Ich dachte …"

„Dass die nur in der Nähe von Düsseldorf gelebt haben?" Er schob sich die Brille auf den Oberkopf und damit das lange Deckhaar aus dem Gesicht.

„Ich habe mir nie Gedanken darüber gemacht", räumte ich ein. „Wie viele hat man gefunden?"

„Neun. Mehr als drüben in Deutschland. Eigentlich ist Neandertaler der falsche Name für die Burschen. Sie sollten Felicianer heißen, aber das wäre echt irreführend. Am Ende denkt man, sie waren glücklich."

„Woher wissen wir, dass sie es nicht waren?"

Ohne mir zu antworten, schritt er über die unkrautüberwucherten, gesprungenen Bodenplatten, die den Weg durch verdorrtes Gestrüpp markierten. Marco, der in all seinen Farben das Lebendige schlechthin war, in dieser Ausgeburt des Morbiden zu sehen, fühlte sich vollkommen deplatziert an. Um ihn nicht anzusehen, legte ich den Kopf in den Nacken und schaute am Gebäude hoch. Das Dach wirkte morsch, war aber nirgendwo sichtbar eingestürzt. Kleine Birken wuchsen darauf. Die Scheiben der oberen Fenster waren intakt, aber blind vom Schmutz. Unten waren sie eingeworfen und einige mit Brettern vernagelt. Teils obszöne Graffiti verunzierte das fleckige Gemäuer. Immer faszinierter bewegte ich mich über das Gelände, bis es hinter mir raschelte. Ich wirbelte herum, bemerkte erst jetzt, dass ich den halb eingestürzten Türsturz des morschen Hauptportals erreicht hatte. Marco hatte ich in kürzester Zeit aus den Augen verloren. Die Geräusche des Sommers verdichteten sich zu einem Summen, das mir zuvor nicht aufgefallen war, und in dem Summen, seine Stimme aus dem Nichts.

„Nur eine Ratte."

Wo war er?

Dann sah ich ihn. Vier oder fünf Meter trennten uns, und obwohl es zunächst so aussah, als wollte er auf mich zu marschieren, blieb er abrupt stehen und betrachtete mich mit leicht geneigtem Kopf.

Was ist?, dachte ich. Aber ich brachte kein Wort heraus, denn sein Blick, in dem eben noch Mutwille gelauert hatte, veränderte sich. Er erschien verletzlich und Jahre jünger. „Orlando."

Sein Tonfall brach mir das Herz. Sein diamantener Blick flackerte.

„Was?", wisperte ich erschüttert. Mit einer Hand krallte ich mich in das von der Nässe der Luft zerfressene Holz des Türrahmens.

„Wie aus der Zeit gefallen", sagte er rau. Indem er ein Stück Holz ins Strauchwerk trat und zu mir rüber kam, zerstörte er den Moment.

Aus der Zeit gefallen? Hatte er mich gemeint? Mein Blick suchte seinen, der irrlichterte, als wüsste er nicht, wohin er schauen sollte, und einen Wimpernschlag lang war es, als sähe er mich das erste Mal wirklich. Anders als oben in der Bar.
Intensiver. Tiefer … Vielleicht …?

„Die Neandertaler." Da war er wieder, der Übermut. „Man geht davon aus, dass Hyänen sie in die Höhlen geschleppt haben."

Seine Augen blitzten herausfordernd, als er die Zähne in meine Richtung fletschte, mich anstieß, als wollte er mich packen und selbst in eine Höhle schleppen. Ich wehrte mich halbherzig. Schloss die Augen, fragte mich, wer hier wen provozierte. Ich musste dafür sorgen, dass er damit aufhörte. Ich vertraute ihm nicht. „In euren Höhlen ist mächtig was los."

Marcos Wangen spannten sich an. „Das ist nichts gegen Kalabrien." Er marschierte auf die Ruine zu,

aus deren Fenstern Bäumchen ragten wie Zuschauer, die uns winkten. „Ruf die Kollegen an. Sie sollen ein Team herschicken, um diese Trümmer hier zu durchkämmen."
„Alles klar."

*

Wir kamen nicht weiter. Der Entführer meldete sich nicht. Die Kollegen auf Ponza hatten nichts Erhellendes gesehen. Darüber hinaus gab es ernüchternde Neuigkeiten aus dem Krankenhaus. Beim Zusammenprall mit dem Pfosten des Bademeisterturmes war Federico Palazzo ein Aneurysma geplatzt. Sie hatten ihn operiert, aber er lag mit lausigen Prognosen im Koma. Und als wäre das alles nicht deprimierend genug, wies nichts darauf hin, dass in der Ruine eine Geisel festgehalten worden war. Dafür hatten sie eine mumifizierte Leiche gefunden, von der ich nicht annahm, dass sie ein weiterer Neandertaler wäre. Doch unseren Fall betraf sie nicht. Mittags hockten wir in der kleinen Bar am Hafen, wo wir Panini mit Bier hinunterspülten und dabei auf Unmengen parkender Autos aller Preiskategorien guckten. Das Blech versperrte die Sicht auf die Motor- und Segelyachten, deren Masten wie Ausrufezeichen in den Himmel ragten. Die streunende Katze, die uns Gesellschaft leistete, wurde von uns versorgt. Die Mortadella von meinem Snack hatte sie bereits intus. Jetzt zupfte Marco den restlichen Schinken von seinem Panino und verfütterte ihn an das getigerte Tier, das sich endgültig häuslich bei uns einrichtete. Zufrieden wischte sich Marco den Mund mit den Papierservietten ab, die er aus dem Spender gezogen hatte, klemmte sie unter den Teller und lehnte sich, mit hinter dem Kopf verschränkten Händen, im Stuhl zurück. Der Anblick war schwer zu ertragen. Abrupt sprang ich auf, türmte förmlich, aber als ich in der Bar war, wusste ich nicht, was ich darin sollte. Das war umso peinlicher, weil der Inhaber mit dem Einräumen neuer Zigaretten aufhörte und mich erwartungsvoll anguckte. Aus purer Verlegenheit bat ich ihn um ein Päckchen Pfefferminzbonbons, das ich mit einem Zehneuroschein bezahlte. Während ich aufs Wechselgeld wartete, schaute ich hinaus auf Marcos Hinterkopf. An seinen Bewegungen und dem Handy am Ohr schloss ich, dass er telefonierte. Er telefonierte? Verflucht, mit diesem Graziosa aus Parma?

Fahrig stopfte ich das Kleingeld in die Hosentasche und ging langsamer, je näher ich unserem Tisch kam, um nicht zu neugierig zu wirken. Dabei war das, was ich fühlte, mit Neugierde unzureichend beschrieben. Es war Angst, die in mir tickte. Der Gedanke, dass ausgerechnet Marco von meiner Blamage und dem Mobbing erfuhr, machte mich schwindelig.

„Nein", sagte Marco ins Handy. „Wir haben da gerade keine Kapazitäten." Er lauschte. Sagte weiter: „Es ist mir egal, wer uns empfohlen hat. Wir sind hier nicht auf dem Sklavenmarkt."

Ich setzte mich hin, öffnete die Bonbonpackung und schob mir einen Drops in den Mund. Vorgeblich gelangweilt betrachtete ich die Gegend. Auf dem Parkplatz tat sich nichts.

„Weshalb?", fragte Marco nach und hörte einen Moment zu, sagte dann: „Okay, Pech gehabt. Es gibt noch andere Polizisten in unserer Dienststelle." Er steckte das Telefon in die verknitterte Brusttasche seines Hemdes.

„Ich kenne keinen Kollegen Graziosa aus Parma", sagte ich. Den plötzlich knackenden Tinnitus versuchte ich, zu ignorieren.

Marco antwortete lange nicht, er schaute stattdessen in die Ferne. Dann: „Graziosa? Ne, der ist bei der Kripo in Florenz. Er ist in Parma wegen einer Spur. Ein Diebstahl, der in Florenz ausgeführt wurde. Die Spur führt wohl gerade nach Parma."

Ich probierte, unmerklich auszuatmen.

Marco grinste breit. „Die Kripo in Florenz." Er lachte. „Die haben ihre Büros auf der oberen Etage des Palazzo Medici Riccardi mit einer Luca Giordano-

Ausstellung unten. Vor zwei Jahren wurde da ein Bild geklaut. Praktisch unter ihnen weg." Er wischte sich die Augen.

Ich verbarg die Erleichterung geschickt. „Warum amüsiert dich das so?"

Er verengte die Augen. „Klang das so?"

„Ja. Irgendwie schadenfroh. Als ob du ihn nicht leiden könntest."

Er nestelte an der Sonnenbrille und sagte leise: „Es ist nicht so, dass Tiziano und ich uns nicht leiden könnten. Es ist schwieriger." Dann erst sah er mich an. „Der aktuelle Diebstahl in Florenz, der ihn nach Parma führte …"

„Haben wir irgendwas damit zu tun?", unterbrach ich ihn. „Im Rahmen der Amtshilfe, meine ich."

Er winkte ab. „Scheint so. Zuerst lotsten ihn die Spuren nach Parma, die nächste zu einem Hehler nach Sperlonga. Liegt südlich von hier."

„Ich weiß." Natürlich wusste ich das.

„Ich habe ihm gesagt, dass wir gerade mit einem Fall befasst sind." Dann fügte er scheinbar zusammenhanglos an: „Wir fahren rüber."

„Nach Ponza?" Ich schob meinen leeren Teller von mir.

„Ne, nach Sizilien", erwiderte er mit einem Schnauben. „Natürlich nach Ponza."

„Wann geht denn die nächste Fähre?" Ich zwinkerte in die Sonne, deren Strahlen grell vom Autolack zurückgeworfen wurden. Unter unserem Tisch rollte sich die Katze auf meine Füße. Ich wagte nicht, mich zu bewegen. Katzen hatten heute wirklich einen Narren an mir gefressen, aber ich nahm es hin.

„Sie fährt nur einmal, morgens um acht. Wir fahren morgen hin."

„Morgen?" Verblüfft beugte ich mich über den Tisch. Ich fühlte, wie die Katze den Rastplatz auf meinen Füßen verließ, sah sie dann zur kniehohen Mauer stromern, die die Bar vom Parkplatz abgrenzte. Elegant sprang sie darauf und maß mich vorwurfsvoll.

„Das aufzuschieben, kommt mir fahrlässig vor", presste ich hervor.

„Orlando." Über den Rand der Sonnenbrille, die ihm ein Stück die Nase heruntergerutscht war, taxierte er mich. „Die Kollegen waren schon da und haben nichts Auffälliges gemeldet. Aber wenn du die Inseln kennen würdest, wüsstest du, dass das wenig bedeutet. Und doch habe ich nicht das Gefühl, dass Clara in Gefahr ist. Du hast die Tonaufnahme gehört. Am Schluss wehrt sich der Entführer gegen jemanden oder etwas. Im Hintergrund eine Frauenstimme. Vielleicht Clara Perlo? Vielleicht täuschen sie die Entführung nur vor."

„Vortäuschen?" Erstaunt riss ich die Augen auf. „Wie kommst du darauf?"

„Kann ich nicht erklären. Nenne es Bauchgefühl."

„Arbeitet ihr hier so? Nach Gefühl?"

„Orlando", sagte er in einem Tonfall, als spräche er mit einem unterbelichteten Schüler.

Schweigend beäugte ich ihn. Wie er auf seinem Stuhl lungerte, ganz in Leinen, das zerknittert an ihm hing. In den ausrasierten Schläfen schimmerte der Schweiß. Seine langen Ponysträhnen standen in kecken Wirbeln nach oben. Alles sah richtig aus. *Er war richtig.* Der Augenblick vorhin war gewesen, als hätte man ihn in die Trümmer einer postapokalyptischen Zeit verpflanzt, in die er nicht gehörte.

Er nahm die Hände vom Hinterkopf. „Kommen wir mit einem Polizeiboot, wissen sie Bescheid. Wir nehmen morgen die Fähre, und bei den Inseln mieten wir uns ein ziviles Schnellboot. Zieh dir was Passendes an. Wenn wir da aufkreuzen, wirkt dein Versuch, geschäftsmäßig daherzukommen, echt bescheuert."

Ich wischte mir übers Gesicht und die sinnlosen Träumereien gleich mit weg. „Wir sollten direkt rüber. Es ist zu riskant, Marco. Was, wenn du dich irrst, und sie in Gefahr ist?"

Kurz kerbte er die Zähne in die Unterlippe. Seine Blicke wanderten über den Hafen, in dem sich nichts rührte. Alles war der Hitze zum Opfer gefallen und wartete auf den Abend. Allein die Möwen kreischten. Der Mann, der an den zu mietenden Schnellbooten unter dem Pavillon hockte, sah aus, als wäre er auf seinem Campingstuhl eingeschlafen, die Hände auf dem mächtigen Bauch gefaltet. Die Luft war so feucht, dass sich der Schweiß, den sie hervorbrachte, im Gesicht wie Regen anfühlte.

„Wer ist eigentlich diese Giulia?" Sofort bereute ich die Frage. Gern hätte ich die Worte wieder eingefangen und zurück in meinen Mund gestopft. Mit hämmerndem Herzen wartete ich auf Marcos Reaktion, die verblüffend ausfiel. Er sprang auf. Einmal quer über den Parkplatz marschierte er auf die Yachten zu, kam dann aber ein Stück zurück. Es wirkte, wie ... *Wie eine unterbrochene Flucht.*

Ich schob den Stuhl zurück, um aufzustehen. „Was ist?"

Er wirbelte herum, ging einige Schritte rückwärts, als suchte er etwas zwischen den Yachten. Dann blieb er nahe genug stehen, dass ich ihn verstehen konnte, und drehte sich wieder zu mir um. „Mich vergewissern, dass du ein Trugbild bist! Dass du nicht wahr bist!" Er lachte gequält.

Ich stemmte die Fäuste in die Taille und taxierte ihn. Fing er jetzt doch mit Sprüchen an? Was war hier überhaupt los? Was war mit mir los? Meine Beine fühlten sich an, als wären sie aus Pudding.

„Orlando! Weil du so besorgt bist, habe ich es mir anders überlegt. Ich besorg uns ein Boot!", rief er. „Nimm das Auto, fahr in die Stadt und kauf dir Klamotten."

„Was denn für Klamotten?"

„Stell dir einfach vor, du machst Urlaub!" Er stand vor mir, grinste breit und reichte mir den Wagenschlüssel über die kleine Mauer, die uns trennte. „Kannst du das?"

Die uns trennte. Sie war niedrig, reichte nicht mal bis zum Knie, war alles andere als ein gigantischer Schutzwall. Hell gestrichen, nicht abweisend. Aber sie trennte uns.

Er schlägt das nur vor, damit ich nicht mehr über Giulia spreche. Oder über den Ring.

„Woher willst du ein Boot nehmen?", fragte ich.

„Es wird eine Yacht sein. Na ja, ein Kabinenschnellboot. Schon recht komfortabel."

„Marco, woher?"

Das Vergnügen in seinem Gesicht verpuffte. Er ließ die Hand mit dem Schlüssel sinken. „Du bist echt eine Spaßbremse. Ich wohne hier und kenne Leute."

„Du wohnst … hier?"

„Orlando, ich weiß nicht, was dich verblüfft." Er schob sich lässig ein Stück näher zur Mauer. „Ich bin hier geboren und aufgewachsen, also wohne ich auch irgendwo. Du fährst jetzt in die Stadt, besorgst dir was Passendes zum Anziehen, fährst danach in meine Wohnung und packst uns eine Tasche. Wenn du zurückkommst, werden wir undercover nach Ponza heizen, damit du Ruhe gibst, okay?"

„Ich erinnere mich nicht, dass mich mal jemand so oft beim Vornamen genannt hat."

„Das ist schade." Er zwinkerte mir zu. „Meine Adresse findest du unter Home im Navi."

Ich ging die zwei Stufen hinunter, an ihm vorbei, griff die Schlüssel, die er erneut in die Höhe hielt, im Vorbeigehen, ohne ihn anzusehen, und marschierte auf das Auto zu.

„Und vergiss die Unterwäsche nicht", rief er mir nach.

Ich schwang herum. „Unterwäsche? Wir bleiben über Nacht?"

„Guck mal aufs Meer. Finde die Inseln."

„Mit Übernachtung?"

Verzweifelt schaute er in den gleißenden Himmel, erhielt von dort aber keine Hilfe. Mit zwei Sätzen war er bei mir, packte mich bei den Schultern und kam mir dabei so nahe, dass mir fast die Beine weggeknickt wären. Um nicht zu zeigen, dass mir die Nähe gefiel, spannte ich alle Muskeln an. Auch, um das Gefallen fortzudrängen. Mit Mauro hatte es ähnlich angefangen, und es hatte in Scherben geendet.

„Weißt du, wie viele Inseln es sind, mein Lieber?", hauchte er mir lächelnd gegen die Wange. „Auf jeder ein Badestrand, die Hauptinsel mit ihren Geschäften und …" Seine Lippen berührten mein Ohr. „Höhlen. Du bist ja vernarrt in Höhlen."

Abrupt ließ er mich los und spazierte gemächlich davon. Zittrig nestelte ich an dem Schlüsselbund, der mir klirrend auf den Boden fiel.

*

Ich versuchte, mich zu beeilen. Weigerte mich, nachzudenken. Dachte, wenn überhaupt nur, er spielte vielleicht doch nicht mit mir, denn er hatte genug Vertrauen, mir den Schlüssel zu seiner Wohnung zu überlassen. In den Läden achtete ich nicht auf die Preise, ärgerte mich bloß unterschwellig, dass Marco mir unterstellte, keine Bade - und Strandklamotten zu besitzen, schon allein, weil er damit richtig lag.

Nach dem Shopping raste ich förmlich den Anweisungen des Navis hinterher und reagierte leicht verdattert, als es oben in der Altstadt verkündete, am Ziel zu sein. Mit dem Wagen durfte man nicht hinein. Schon wieder musste das arme

Auto im Halteverbot parken. In Marcos Wohnung wollte ich mich umziehen. Der Gedanke, den Anzug loszuwerden, beseelte mich förmlich. Ich sprang aus dem Wagen, riss die Tüten mit den Einkäufen an mich, sprintete los, raste aber sofort wieder zurück, um das Polizeischild ins Fenster zu legen. Dabei betete ich mir die ganze Zeit über den Straßennamen und die Hausnummer vor. Fassungslos stellte ich fest, dass seine Wohnung zwei Häuserneben der Apotheke lag, in der die Frau arbeitete, die äußerst vertraut mit ihm umgegangen war. Irgendwie fraß derzeit alles an mir, und vor allem – mal wieder – die Eifersucht. Mir gelang es trotzdem, die Wohnung als das zu sehen, was sie war – seine Privatsphäre. Vor mir selbst hatte ich mich mit dem Lauschen in der Apotheke ausreichend blamiert und konnte froh sein, nicht erwischt worden zu sein. Drinnen warf ich die Tüten aufs ungemachte Bett, obwohl ich am liebsten mit ihnen getauscht hätte. Mein Leben als Tüte auf Marcos Bett. Ich lachte auf, während ich mich nach einer Reisetasche umsah. Neben dem Schreibtisch lag, achtlos hingeworfen, eine aus abgewetztem Leder, nicht größer als ein Weekender, die ich umstülpte, um sie auszuleeren. Natürlich purzelten, mit einem Handtuch, Duschzeug und Squashbällen, die obligatorischen Zigaretten heraus. Die Schachtel deponierte ich wieder in der Tasche und stand keine

Minute später ratlos vor Marcos geöffnetem Kleiderschrank. Das meiste darin war aus Leinen, was die Auswahl ungemein vereinfachte. Knitterte edel. Hemden und Hosen zog ich von den Bügeln und aus den Regalen und warf die Sachen in die Tasche. Ein paar Slips obenauf, die ich aus einer der vier Schubladen einer Kommode kramte. Erst nachdem ich die Tasche neben der Tür abgestellt hatte, schöpfte ich Atem. Warum hatte ich mich derartig beeilt?

Damit du hier rauskommst, ohne etwas neues Entwürdigendes zu tun.

Ja, wahrscheinlich. Vermutlich hatte ich mich deshalb nicht mal richtig umgeschaut, um zu sehen, wie er wohnte. Ich vermied es auch jetzt. Sog nur Luft durch die Nase ein, konstatierte, dass es nicht nach kaltem Rauch roch, und stieß die Luft erleichtert wieder aus.

Warum so erleichtert? Er kann machen, was er will.

Resigniert griff ich nach den Papiertüten mit meinem neuen Outfit und ging ins Bad. Zu gern hätte ich geduscht, aber das Bedürfnis überfiel mich dauernd, seit die Temperaturen auf über dreißig Grad geklettert waren. Was hatte ich mich auch in ein trockengelegtes Sumpfgebiet versetzen lassen müssen? Ich stieg aus der Hose, die ich ordentlich zusammenfaltete, und knöpfte das Hemd auf, um es abzustreifen.

Du wärst zu Fuß bis nach Reggio di Calabria gegangen, um aus Parma wegzukommen.

Die Preiszettel an den Bermudashorts und dem kurzärmligen Polohemd schnitt ich mit der Nagelschere ab, die oben auf dem Glasboard mit dem Zahnputzbecher und dem Rasierwasser gelegen hatte.

Nur eine Zahnbürste.

Ich wischte den Gedanken weg wie die letzten Reste Kajalstift, die ich bei einem Blick in den Spiegel entdeckte. Von den Klappspaten aus Parma fehlte mir nicht einer. Und keiner hätte mit mir auf einem Boot übernachtet.

Doch, um dir eine Falle zu stellen.

Gefühle und Gedanken schlugen Purzelbäume. Das Trauma aus Parma ließ sich nicht so einfach verdrängen. Mauro, wie er vorgegeben hatte, sich für mich zu interessieren. Die angeblich so tiefsinnigen Gespräche. Gemeinsames Kaffeetrinken in den dienstlichen Pausen hatten zu Einladungen zum Essen in der Freizeit geführt. Mauro hatte mir gefallen, und er hatte alles dafür getan, dieses Gefühl zu intensivieren. Im schwülwarmen Parkrestaurant, unter Schirmpinien, hatten die Zikaden ihr immerwährendes Lied gesungen, als er meine Hand genommen hatte. Er war mir näher gekommen. Ich hatte mich darauf eingelassen, bis …

Nicht dran denken, Orlando.
Als ob man das steuern konnte. Gegen die Erinnerung war ich so machtlos wie gegen die Scham, die mich gnadenlos überfiel. Mein Versetzungsantrag. Krankmeldungen bis zur Entscheidung. Ich hatte die erstbeste Stelle genommen, die man mir angeboten hatte. Egal, wohin, nur weg. Vollkommen überstürzt war ich umgezogen, weshalb ich noch immer in der kleinen Pension unten am Strand wohnte. Mich einzugewöhnen fiel mir schwer. Hier fassten sich alle an. Je weiter man in den Süden kam, desto schwieriger wurde es, herauszufinden, wer im selben Team spielte. Befremdlich fand ich die Kombination aus demonstrativ zur Schau gestellter Männlichkeit und der Unbefangenheit, mit der man einen Kollegen des gleichen Geschlechts in den Arm nahm. Signale zu entschlüsseln, war mir schier unmöglich. Die Gefahr, mit Fehldeutungen auf die Schnauze zu fallen, allgegenwärtig. Da ich ohnehin nur meine Ruhe hatte haben wollen, hatte ich anfangs nichts auf die potenziellen Fallstricke in Sachen Beziehung gegeben. Es war mir gleich, ich konnte mir sowieso nicht vorstellen, mich so schnell wieder auf jemanden einzulassen. Bis sie mich ausgerechnet Marco als Partner zugeteilt hatten. In welchem Team ich spielte, hatte er rasch entschlüsselt. Es war kinderleicht, da ich null Aufwand mehr betrieb, so zu tun, als wäre ich

jemand anderes. Klar, er stichelte anzüglich. Machte sexistische Andeutungen, aber die waren …
Falls du mal einen kleinen …
Snack
… brauchst.
Das war der übliche Scheiß, den Machotypen, die auf Frauen standen, ständig absonderten. So redeten sie untereinander. Marcos blöde Sprüche kamen nie homophob rüber. Selbst diese Anspielung mit dem kleinen Snack hatte geklungen, als hätte er das auch zu jedem anderen Kollegen gesagt. Meinem Spiegelbild schenkte ich ein verzagtes Grinsen. Ich hatte genug getrödelt, ich musste los.

Unterwegs dachte ich kaum mehr nach. Ein plötzlich frei werdender Parkplatz im Hafen löste fast schon Begeisterung in mir aus. Ich wartete, bis der Smart die Lücke freimachte, stellte den Wagen ab, stieg aus, nahm die kleine Reisetasche aus dem Kofferraum und marschierte planlos auf die Stege zu, in der Hoffnung, Marco zu finden. Und ja, da stand er. Grinsend präsentierte er mir eine schnittige Yacht, die mit ihren Hunderten von PS prahlte. Mir entglitten die Gesichtszüge.

„Was stört dich?" Marco stemmte die Hände auf die Beckenknochen, was seine schmale Taille betonte. „Dass sie nur eine Koje hat, oder dass sie so schnell aussieht, wie sie ist?"

Mit der Tasche deutete ich auf das Monster. „Ich dachte, wir segeln", sagte ich.

„Kannst du segeln? Und prüf mal den Wind. Dann wären wir morgen noch nicht da."

Er beugte sich vor, um mir die Tasche abzunehmen. Das Boot schwankte, als ich an Bord tappte. Ich schluckte den Kloß in meinem Hals hinunter, was Marco nicht verborgen blieb. Natürlich nicht.

„Nicht seetüchtig", murmelte er. „Ich hab's befürchtet."

*

An die Fahrt erinnere ich mich bloß vage. Barbarisch peitschte Marco das Ding über die Wasseroberfläche, als gälte es, ein Rennen zu gewinnen. Zuerst fütterte ich die Fische, dann torkelte ich in die Kabine und wälzte mich auf dem Bett des einzigen Schlafraumes hin und her. Flitzte polternd in das kleine Bad, erbrach mich, suchte nach Handtüchern, um mir den Schweiß aus dem Gesicht zu wischen, und spülte mir ununterbrochen den Mund aus. Mit der Zeit wurde es besser. Vermutlich war ich es einfach nicht gewöhnt. Mit Beinen wie aus Gummi schwankte ich auf die Brücke, auf der Marco lässig, mit nur einer Hand am Ruder, das Boot manövrierte. Neben uns sprühte Gischt auf. Zu meinem Entsetzen präsentierte er mir, was ich ersehnte und nie würde kriegen können: Er hatte das Hemd ausgezogen. Dass er einige Tattoos hatte, überraschte mich nicht. Gelegentlich hatte ich die Zeichnungen aus seinen Hemdsärmeln hervorblitzen sehen, doch nun sah ich sie mal in Gänze und versuchte, zu erkennen, was sie darstellten. Dabei verlor ich meine Übelkeit vorübergehend aus den Augen.

Der Kriegsgott Mars? Ein Stück Kolosseum auf jeden Fall rechts auf dem Oberarm. Die definierten, keinesfalls übertrieben wirkenden Muskeln ließen mich fast nach Luft schnappen. Um nicht wie ein Idiot rüberzukommen, brachte ich alle Selbstdisziplin auf, die ich noch zur Verfügung hatte, aber es war bloß ein kläglicher Rest. Das Licht auf dem Wasser veränderte Marco, machte ihn noch anziehender. Seine Augen funkelten wie Diamanten, launig, als wäre er hier in seinem Element.

„Geht's wieder?", fragte er in den Motorenlärm.

„Ich finde, du könntest langsamer fahren."

Spöttisch hob er eine Braue. „Selbst mit grünlicher Gesichtsfarbe schaffst du es, arrogant zu gucken."

„Fahr langsamer."

„Das macht keinen Unterschied."

„Hast du es probiert?"

„Es ist dann schlimmer", beharrte er.

„Du machst das, um mir eins auszuwischen."

Erstaunt sah er mich an. „Warum sollte ich das denn tun?"

„Marco, ich komme um vor …"

„Um dir zu beweisen, was du für ein Weichei ist?" Jetzt klang er nicht mehr vergnügt. „Mich kriegst du in kein Flugzeug, okay? Wenn wir mal ne Dienstreise mit dem Flieger haben …"

„Sind wir dann quitt?", ätzte ich.

„Ah, du hältst das für einen Wettkampf."

Ich stöhnte gequält, denn er hatte recht. Ich verlagerte hier den Kriegsschauplatz. In Wahrheit war ich gereizt, weil ich nicht geahnt hatte, dass ich seeuntauglich war, aber vor allem, weil er dagegen eine Symbiose mit dem Meer einging.

„Tut mir leid", sagte ich matt. „Nimm bitte das Tempo weg."

Er drosselte die Drehzahl so weit, dass die Yacht kaum nennenswerte Bugwellen erzeugte. Ich dachte, ich hätte mein Gleichgewicht wieder erlangt, kippte aber sofort aus den Latschen, als ich dabei war, zufrieden die Arme vor der Brust zu verschränken. Mühsam hangelte ich mich wieder hoch, hielt mich aber nur auf den Füßen, indem ich nach allen möglichen fest montierten Möbeln, Gegenständen oder Stangen griff, denn wieder er hatte recht behalten. Mitten auf dem Meer war langsames Fahren schlimmer.

Die blonden Brauen gehoben musterte er mich fragend.

Schwach hob ich eine Hand. „Schon gut." Und torkelte wieder in die Kajüte.

„Bleib oben!", riet er mir noch. „Unter Deck ist es schlimmer!"

Doch ich gab nichts drauf. Lieber wollte ich ungesehen vor mich hin leiden.

*

In der Koje wälzte ich mich im Gleichtakt zu den Gedanken in meinem Kopf, ohne zunächst konkret an den Ring oder den Leuchtturm zu denken. Ich döste ein, erwachte und starrte die Deckenvertäfelung an. Holz. Nussholz, riet ich. Wem wohl die Yacht gehörte?

Wenn Marco hier aufgewachsen war, war es normal, dass er einige Leute kannte, aber es mussten steinreiche Menschen sein, zu denen er ein enges Verhältnis hatte, denn anders war nicht zu erklären, dass sie ihm diese Yacht anvertrauten. War Reichtum nicht immer mit Risiko verquickt? Und hier im Süden vielleicht mit Verbrechen?

Ich rollte mich auf die Seite. Der Gedanke brachte mich auf den in der Höhle platzierten Ring. Und wieder zu den Fragen: Wollte jemand auf ein vertuschtes Verbrechen hinweisen? Denn war es wirklich Marco, den Lynette gegen Geld in die Höhle hatte locken sollen? Oder die Polizei generell? Das wäre ein gewaltiger Unterschied. Im nächsten Moment gestand ich mir ein, dass ich bloß wissen wollte, warum der Fund des Rings Marco so aufwühlte. Die Geschichte dahinter wollte ich verstehen. Selbst mit der Gefahr, eine Straftat aufzudecken, die Marco vor meinen Herzen unmöglich machte.

Dann hört er auf, dich mit seiner bloßen Existenz zu quälen. Vergiss ihn.
Aber es würde wehtun.
Am Anfang. Aber weh tut es ohnehin. Lange wirst du ihn nicht aushalten.
Ich hustete meine beschissene innere Stimme weg. Dachte, mir käme wieder was hoch und dass ich sie dann gleich mit auskotzen würde. Mit einer Hand auf dem Bauch setzte ich mich aufrecht hin und lauschte in mich hinein. Es schien vorbei zu sein. Ich checkte die Uhrzeit auf dem Handy. Um mich abzulenken, googelte ich den Polizisten aus Florenz, Tiziano Graziosa, und fand einen interessant aussehenden Enddreißiger mit der lässigen Eleganz eines Marco Diamante, nur im zerknitterten Anzug. Ich war etwas verblüfft, ein Foto von diesem Graziosa mit einem jüngeren hellhaarigen Mann zu entdecken, der nach Gestus und Blicken offenkundig sein Lebenspartner

war. Das Foto betrachtete ich lange, ohne zu begreifen, was ich dachte oder fühlte. Versöhnte mich das jetzt? Wenn er einen Freund hatte, der …

Marco schien aber doch Probleme mit dem zu haben?

Mann, ging es mir beschissen. Ich klickte den Mann aus Florenz weg, aber was jetzt?

Kurzentschlossen googelte ich nach einer Heraldikseite und suchte die abgebildeten Wappen nach einem ab, das dem auf dem Ring ähnelte. Leicht war das nicht. Auf dem Schmuckstück war es nur angedeutet, und ich hatte es lediglich flüchtig gesehen. Nach einer Weile aber war ich sicher, das Wappen gefunden zu haben, und sah es mir genauer an. Es gehörte zu einer Familie Bracco, von der ich nie gehört hatte, doch das hieß nichts. Bei der Geschichte unseres Landes sollte die inflationäre Anhäufung alter und weniger alter Adelsgeschlechter nicht verwundern. Ich klickte gerade den Text unter dem Wappen an, als Marco nach mir rief. „Orlando!"

„Was?"

„Wir sind da! Sieh's dir an!"

Das Boot dümpelte nur noch. Ich warf das Handy aufs Bett, wollte aufstehen und riss dabei den Krempel runter, der auf dem Holzkästchen gelegen hatte, das neben dem Bett an die Wand gedübelt war. Auf dem Boden umherkriechend sammelte ich den

Kram fluchend wieder ein, deponierte einen Stiftebecher, einen Roman sowie eine Schachtel Kondome in dem Möbel, nicht, ohne mich zu fragen, ob die Yacht als Liebesnest herhalten musste, bis mir einfiel, dass er die Yacht nur geliehen hatte. Es waren gar nicht seine Kondome. Und selbst wenn, was hätte ich dagegen einwenden sollen?

In der Enge der Koje schraubte ich mich umständlich hoch. Unvermittelt drängte sich mir die Frage auf, ob wir nebeneinander dort schlafen würden. Und wie ich das aushalten sollte. Vorne gab es eine kleine Küchenzeile, gegenüber einige gepolsterte Sitzgelegenheiten, die man bestimmt zu einem Notbett umbauen konnte. Froh, eine Lösung gefunden zu haben, verschob ich den Gedanken daran auf den Abend und stakste nach oben. Irritierend war, dass Marco mich ansah, als wollte er mir etwas präsentieren. Als ob er gleich vor Stolz platzte. Ich schaute mich um und ächzte. Niemals hätte ich angenommen, dass die Pontinischen Inseln derart elysisch daherkamen. Die Sonnenstrahlen färbten die Felsen strahlend weiß. Oberhalb der Bruchkanten verschatteten sich die Felsen. Bäume und Sträucher wuchsen darauf, zwischen denen Ziegen herumkletterten. Im Wasser, um die Yachten herum, planschten Menschen. Gelegentlich kreuzten Außenborder, unter deren Sonnensegel sich Frauen und Männer jeden Alters räkelten. Es war beispiellos überfüllt, und doch nahm es den Inseln nicht die Anmut, zu der allein die Natur imstande war.

„Schön, was?", durchbrach Marco mein Staunen.

Ich nickte stumm.

„Wir suchen nach einem blauweißen Kabinenboot mit dem Namen *Stasera*", sagte er.

„Wieso?" Ich sank auf die Querbank der Brücke.

„Palazzo hat einen Sohn. Der soll die *Stasera* gemietet haben. Das klingt schon deshalb komisch, weil die Palazzos eigene Boote haben. Die *Stasera* gehört dem gleichnamigen Hotel unten am Berg. Jeder kann sie mieten. Ist eine Frage des Geldes. Das hat der Junge zwar nicht rausgerückt, aber die Familie ist bekannt. Er hat anschreiben lassen."

„Woher weißt du das?"

„Was? Das mit Federicos Sohn? Du hast lange gebraucht, bis du vom Shopping zurück warst. Ich habe etwas rumtelefoniert." Unangestrengt steuerte er unseren Kahn um die ankernden Gefährte. Gelegentlich hob jemand die Hand zum Gruß. Salopp grüßte er zurück.

„Willst du ein Eis?", fragte er überraschend.

„Was?"

Er deutete aufs Wasser, auf dem ein Agidoverkaufsboot dümpelte, an dessen Kühltruhe ein blondes Mädchen mit Modelmaßen fuhrwerkte.

Gerade reichte sie ein Cornetto in einen kleinen Außenborder.

Du liebe Güte. „Nein, danke."

Ich bezweifelte, dass Marco meine Antwort mitbekam, denn er hatte offenbar etwas entdeckt und steuerte nahe an eine panzergraue Yacht heran, die etwa dasselbe Format hatte wie die unsere. Schnittig, schnell und irrsinnig teuer. Etwas in Marcos Miene veränderte sich. Oben, am Steuer des anderen Bootes, lümmelte ein Typ in Badeshorts, der ebenso blond war wie er. Die nackten Füße hatte er auf das Ruder gestellt, die Knie waren angewinkelt, und das Hemd wehte aufgeknöpft in der Brise, während er versonnen an einem Joint zog. Ich fand das unverschämt ungeniert, merkte aber, dass mich in Wahrheit aufregte, dass Marco diesen unglaublich anziehend aussehenden Burschen nicht nur kannte, sondern sogar ziemlich erfreut wirkte, ihn zu treffen.

„Davide!", rief er.

Der Kiffer drehte sich träge um. „Ah, Diamante." Und lächelte.

Ich könnte schwören, dass es ein verführerisches Lächeln war, aber hatte ich nicht heute schon mal über Signale und Missverständnisse nachgedacht? Davide löste sich vom Sitz und schlurfte an die Reling. Ich war gespannt, was jetzt kommen würde, rechnete mit etwas Privatem, und wurde enttäuscht.

„Kennst du Clara Perlo?", rief Marco.

„Die Tochter von dem Immobilienarsch?" Der Bursche lehnte sich unverschämt gut aussehend über die Reling. Ablehnend verschränkte ich die Arme vor der Brust.

Marco bedachte mich mit einem fragenden Blick, ehe er sich wieder Davide zuwandte. „Hast du sie hier gesehen?"

„Nicht sicher, ob sie es war." Nach einem trägen Schwenk nach hinten brüllte er in die Kabine: „Luca, das Mädchen am Fischladen heute Morgen! Das so nervös wirkte! War das die Tochter von diesem Perlo?"

Ein dunkelhaariger Typ kam auf Deck, schlenderte zu Davide und legte einen Arm um dessen Taille. Signale? Ich blinzelte verwirrt.

„Keine Ahnung, ob das Perlos Tochter war", gab Luca zurück. „Als ich zum letzten Mal in San Felice war, war sie noch ein Kind." Zu Marco sagte er: „Hast du ein Bild von ihr?"

Marco zückte sein Handy und suchte nach dem Foto. Luca griff nach Marcos Mobiltelefon, von dem ich fürchtete, dass es ins Wasser plumpsen würde. Nichts dergleichen geschah. Nach einer Weile, in der er das Foto betrachtet hatte, sagte er: „Klar. Ja. Das war sie heute am Fischladen. Auf Ponza."

„Wirkte sie ängstlich?", wollte Marco wissen.

„Ein wenig. So, als hätte sie Angst, verfolgt zu werden."

Marco nahm das Handy wieder zurück und schickte mir einen triumphierenden Blick, der mich zweifellos daran erinnern sollte, dass ich seine Theorie, Clara könnte die Entführung mithilfe eines Komplizen vorgetäuscht haben, abgetan hatte. Als Luca wieder im Inneren der Yacht abtauchte, dachte ich, wir wären hier fertig. Doch Davide, der Schönling, blieb. Nach einen weiteren Zug an seinem Joint griff er hinter sich nach einem Aschenbecher.

„Warte mal, Diamante." Er drückte den Joint aus. Weshalb sprach er Marco mit dem Nachnamen an? Es klang anmaßend und wegen des Namens und seiner Wirkung doch wie ein Kosewort. Diamante guckte abwartend interessiert. Ich hatte kein Recht dazu, eifersüchtig zu sein, und vor allem schien es, als hätte ich keinen Grund dazu. Davide fuhr sich mit beiden Händen durchs Haar und beließ sie einen Moment am Kopf. Mir kam das wie eine unerträglich laszive Pose vor. Ich drehte mich weg.

„Vorgestern hat es einen Unfall oder was auch immer gegeben", erklärte er. „Keine Ahnung, jedenfalls liegen die Trümmer zweier Miet-Außenborder drüben am Strand von Palmorola. Es heißt, Piero Palazzo hätte eines davon bei Mario gemietet. Das ist der Typ von der ersten Mietbude am Fähranleger."

Ich stupste Marco an. „Piero Palazzo?"

„Der Sohn", antwortete er so beiläufig, als beschäftigte ihn etwas anderes. Er sah mich kurz an und rief Davide dann zu: „Wir müssen reden!"

„Klingt ernst." Die Stimme des Burschen klang allerdings nicht alarmiert.

„Nimm mal das Steuer", bat Marco mich.

Ich schluckte schwer, ehe ich das Steuerrad übernahm, und erhaschte im Augenwinkel einen Blick auf die Übergabe des Rings.

„Lag in der Höhle am Leuchtturm!", rief Marco.

Jetzt stieß Davide einen Pfiff aus. „Antonella wird sich freuen. Sie hat die Familie genervt, seit er weg ist. Weißt du, wer dahinter steckt?"

„Ich hab' so was wie 'ne Ahnung. Giulias Schwester? Sie nervt mich jedenfalls alle Jubeljahre."

„Echt? Immer noch? Hätte ich nicht gedacht."

„Es hat sie schwer getroffen."

„Aber nach all den Jahren, Marco? Ich weiß nicht, dann ist sie echt ein Fall für die Klapse."

„Ja, ich überlege gelegentlich, ob sie immer nur dann auftaucht, um mich zu nerven, wenn sie Freigang hat." Es klang wie ein lahmer Witz, Marco lachte auch nicht. Ich war verwirrt. Immer mehr Frauen tauchten in der Geschichte auf. Antonella? Ihr schien das Schmuckstück zu gehören und nicht dieser ominösen Giulia, aber was hatte Giulia dann damit zu tun?

Die beiden murmelten noch einiges, was ich nicht verstand, und als Marco mir das Steuer, das ich reichlich verkrampft umklammert hatte, wieder abnahm, überlegte ich, ob mir entgangen war, dass ich für meinen Dienst hier in der Gegend den Bootsführerschein machen musste. Und falls ja, wie ich das überleben sollte.

Und was hat das alles zu bedeuten?
Mit geringem Tempo tuckerten wir an Davide vorbei. Auf der vorderen Liegefläche sonnte sich eine dunkelhaarige Frau, bäuchlings in ein Buch vertieft. Als sie aufschaute und Marco erkannte, hob sie eine Hand und sprang zugleich auf.

„Ah, Diamante!", rief sie, während sie zum Bug stakste.

Marco grinste deprimierend breit. „Antonella!" Vergnügt winkte er zurück.

„Es ist so schade, dass du nicht zu unserer Geburtstagsfeier kommst!", bedauerte sie und zeigte zur Brücke, als ob sie und Davide gleichzeitig Geburtstag hätten. Vielleicht war es ja so. Marco schob sich zum Erbrechen cool das Deckhaar nach hinten. Nahm dann sogar die Sonnenbrille ab. „Ich hab' ihm deinen Ring gegeben."

„Was?", rief sie in dem Moment, in dem ich es dachte.

Mit der Sonnenbrille zeigte Marco zum Bug. „Erklärt dir Davide."

Frauen ohne Ende. Ich hatte es geahnt. Ein Mann wie Marco war ohne Frauen unvorstellbar. Während sie an die Reling gelehnt nickte, zauberte offenbar Marcos bloßer Anblick die Besorgnis aus ihrem Gesicht. Mich störte ihr Aussehen. Nicht so mager, nicht so künstlich, nicht so – verdammt – schlicht und einfach nicht so, wie ich gedacht hatte, dass Frauen aussahen, die Marco gefallen würden.

„Kommt doch bitte zur Feier", schlug sie vor. „Das wäre total schön."

Schön. Nicht ‚nice'. Sie benutzte sogar normale Wörter. Es stach mich an den unmöglichsten Stellen, dass ich nichts fand, worüber ich mich lustig machen konnte. Ich hatte immer noch kein Recht zur Eifersucht. Aber jetzt einen Grund. Die Eifersucht brüllte mich wie ein Tier an.

„Geht nicht. Wir arbeiten."

„Och?" Sie sah zu mir, und ich war irritiert, dass ihre Miene Mitgefühl ausdrückte. Wahrscheinlich tat es ihr leid, dass wir nicht so nutzlos hier abhingen wie sie und ihre Bagage. Selbst in Marcos Tonfall schwang Bedauern mit, als er erwiderte: „Aber mal gucken." Dann gab er etwas Gas.

„Marco, ich weiß nicht, wie wir undercover arbeiten sollen, wenn du jedem erzählst, dass wir undercover arbeiten", maulte ich. Dabei ging es mir gar nicht darum. Ich war wegen all der Vertraulichkeiten gereizt.

Wir entfernten uns nur langsam von der Yacht, auf die ich zurückschaute. *Circe* war hellsilbern darauf lackiert. Inzwischen hatte sich der Kiffer zu der Frau gesellt und umfasste sacht ihre Taille, mit der anderen Hand hielt er sein Handy ans Ohr. Überall Signale, die ich nicht deuten konnte.

„Das sind verdammt alte Freunde, Orlando. Sie wissen, dass ich Polizist bin."

Nach einer Weile, in der wir uns immer weiter von der Yacht der anderen entfernten, kam er auf den eigentlichen Grund unseres Hierseins zu sprechen:

„Was wir gehört haben, dass sie allein in den Fischladen geht und so was, heißt nicht, dass du nicht doch recht haben könntest, Orlando. Etwas ist passiert, und die Reaktion Federicos unten am Strand war nicht koscher." Er zuckte mit den Schultern und schob die rutschende Sonnenbrille mit einem Finger nach oben. „Aber wir werden es herausfinden."

Zu meiner Schande musste ich mir eingestehen, dass mich Clara Perlos Schicksal im Moment nicht juckte. „Circe?", spielte ich auf den Namen der Yacht an. „Ist das der Name einer weiteren Frau?"

Marco lachte. „Ja klar." Er zeigte übers Meer in die Richtung des Monte Circeos, der längst außer Sichtweite war. „Der einer Zauberin. Sie hat Odysseus verführt, du erinnerst dich?"

Na toll. Danke, Marco.

„Ich war nicht dabei", scherzte ich lahm. „Die Überfahrt steckt mir noch in den Knochen." Mit dem Handrücken rieb ich mir die Stirn „Die Frau mit dem Buch … das war aber nicht Giulia, oder?" Ich musste mich dessen versichern, so renitent die Frage auch klang.

Er zog die Brauen zusammen. „Was? Nein! Das war nicht Giulia. Du hast es doch gehört. Sie heißt Antonella."

Okay, wäre das endgültig geklärt. Doch da gab es noch eine andere Formulierung, die bei mir hängen geblieben war. „Was meinte der Typ vorhin mit Familie?"

„Na, seine Familie." Marco klang, als wäre er froh, dass ich nicht weiter wegen Giulia bohrte.

Ich stellte mich neben ihn und hielt mich rücklings am Geländer fest. In mir tobten noch mehr Fragen, doch ich brachte keine heraus. Marcos kühle Hand streifte meine, als er an mir vorbei nach etwas griff. Nach was? Er griff nach gar nichts. Streifte nur meine Hand.

„Mimik und Haltung drücken Verärgerung aus", sagte er rau.

„Ich weiß nicht, was du meinst", schnappte ich.

„Orlando, du hast etwas an dir, was ablehnend ist und vor den Kopf stößt. Das meine ich. Bei dir fragt man sich andauernd, was man jetzt wieder falsch gemacht hat."

Ich atmete gegen Wut und Sehnsucht an. Suchte meinen Verstand, den ich vorhin vermutlich dem Meer geopfert hatte, und fand nur einen dürftigen Rest. Der Geruch unseres Schweißes, der Sonne, des Meeres war mit etwas durchsetzt, das ich nicht verifizieren konnte.

„Nein. Hör mal, Marco, wenn mit dem Ring was Kriminelles zusammenhängt, dann …"

„Stopp!" Wieder schaute er in den Himmel, als ob er um Hilfe flehte. „Denkst du, du wärst hier im Süden?" Er gestikulierte nach Süden. „Da unten fängt Neapel an, und abwärts davon kannst du vom Süden reden, wie du ihn meinst, okay? Was du dir vorstellst, findet hier nicht häufiger statt als im geheiligten Norden, in dem ja angeblich alles so sauber läuft."

Abwehrend breitete ich die Hände aus. „Es klingt aber, als sollte etwas vertuscht werden." Ich deutete in Richtung der anderen Yacht, die längst aus unserem Gesichtsfeld verschwunden war. „Was war vor vielen Jahren?"

„Lass mich überlegen. Der Tsunami in Asien? Regierungskrise?" Er starrte auf die glitzernde Oberfläche des Meeres.

Ich packte ihn am Arm, was er derart bedrohlich beäugte, dass ich losließ, als hätte ich mich verbrannt. Wieder schaute er nach vorne.

„Was, Marco?", beharrte ich trotzdem. „Der Ring wurde da platziert. Es ist Schwachsinn, vorzugeben, da wäre nichts …"

Er wirbelte zu mir herum. „Hör mit dem scheiß Ring auf", knurrte er.

Ich hörte nicht auf. „Je größer das Gewese ist, das du darum machst, desto weniger kann ich glauben …"

Er ließ den Schubhebel los und legte mir die Hand auf den Mund. Keineswegs fest. Aber allein die Art, wie er seine Schultern gerade hielt, ließ die Berührung bedrohlich wirken. Wir standen Seite an Seite, seine Wange lag an meiner, seine Hand, die nach Salz schmeckte und so verteufelt stark war, auf meinem Mund.

„Ich werde", zischte er, „nicht mit dir über den Ring reden."

Marco ließ los, und ich schnappte nach Luft. Unschlüssig, wie ich reagieren oder wohin ich gehen sollte, lehnte ich mich bloß an die Reling, nicht ohne ablehnend die Arme vor der Brust zu verschränken.

Zurück am Ruder unterbrach Marco das Driften des Bootes, indem er etwas Gas gab. Wäre seine Miene nicht so verhärtet, hätte ich meinen können, der Streit hätte nie stattgefunden.

Nach einigen Minuten, die wir auf den Strand einer Nebeninsel zusteuerten, flüsterte er: „Es ist jemand gestorben. Oben, am Leuchtturm."

Damit hatte ich nicht gerechnet. Ich kniff nur die Augen zusammen.

„Da oben passiert eine Menge, Orlando. Jeder von uns verbindet etwas anderes mit dem Plateau. Die erste Zigarette, den ersten Joint, Unfälle, Ficks, Freitode …" Er wischte sich den Schweiß ab, beließ den Handrücken an der Stirn und starrte auf die Planken zu seinen Füßen. „Das Gute an alten Freunden ist, dass man ihnen nichts erklären muss", sagte er dann. „Und wir beide wechseln jetzt das Thema."

Gut, er wollte nicht drüber reden. Mir sollte es scheißegal sein, war es aber nicht, allein schon, weil ich merkte, wie der Konflikt in mir nachhallte, denn eigentlich müsste ich stinksauer auf ihn sein. Erschreckt vielleicht von seiner Aggressivität. Stattdessen war ich wütend auf mich, weil mich das dominante Verhalten erregt hatte. Und doch war da Clara Perlo, um die wir uns kümmern sollten. In Gedanken versunken bemerkte ich erst jetzt, dass der

Motorenlärm erstorben war. Marco machte sich hinten am Anker zu schaffen, turnte dann seitlich an den Bug, um den dortigen Anker ins Wasser zu lassen. Als er zurückkam, stieg er schon im Gehen aus den Hosen, die er achtlos liegen ließ. Keine Ahnung, ob ich erleichtert war, dass er darunter eine Badehose trug.

„Wir schwimmen rüber", sagte er.

„Was?" Du lieber Himmel, wie sagte ich ihm, dass ich nicht schwimmen konnte?

„Schwimmen. Rüber." Ungeduldig deutete er zum Strand, der vor Badegäste barst.

„Warum können wir nicht da anlegen?" Ich zeigte zu einem Holzsteg am nördlichen Ende des Strandes.

„Weil er für die Busse reserviert ist."

„Busse?"

„Herrgott, Orlando." Er seufzte. „Die kleinen Fähren, die die Badegäste von der Hauptinsel rüberbringen. Wir schwimmen."

„Marco …" Ich stöhnte auf. „Das geht nicht. Ich …"

„Wieso nicht, eh?"

„Ich kann nicht schwimmen", gab ich zerknirscht zu und kam mir wie ein Versager vor. Als seeuntauglich hatte ich mich ja bereits erwiesen.

„Guck mal", fing ich an, mich zu rechtfertigen. „Mir wird immerhin nicht mehr schlecht." Mein Lachen kam mir selbst hilflos vor. „Auf dem Wasser, meine ich. Wahrscheinlich war ich es einfach nicht gewöhnt und …" Mein Redeschwall erlahmte, als mir auffiel, dass er mich mit gerunzelter Stirn taxierte. Ich wich dem Blick aus, schaute zum Strand, dann den Felsen hinauf. Auf der Insel stand nicht ein Haus.

Jede verdammte meiner Schwächen offenbarst du, Marco.

„Orlando", sagte er. Mehr nicht. Es war nicht nötig, weil es schlicht so klang, als könnte er es nicht fassen.

„Parma liegt nicht am Meer!" Ich warf die Arme in die Luft, verspürte aber wenig Lust, ihm von den Gängeleien zu erzählen, die ich schon als Kind im Schwimmbad über mich hatte ergehen lassen müssen. Wegen der langen Wimpernbögen. Wegen der großen Augen, den feinen Gesichtszügen und der Tatsache, dass schon Siebenjährige grausam waren.

„Du steckst voller Überraschungen", schloss er lakonisch und vollführte einen Kopfsprung ins Meer.

Ja, na und?

Krampfhaft versuchte ich, die Gereiztheit zu unterdrücken. An der Reling stehend war ich bemüht, mich mit dem Verlust meines Stolzes abzufinden, was mir nur unzureichend gelang. Allein Marco dabei zuzusehen, wie er athletisch durchs türkisfarbene Nass pflügte, schob die Peinlichkeit in den Hintergrund. Keine Ahnung, wann ich das letzte Mal derart körperlich auf einen Mann reagiert hatte, aber alles Blut in meinem Körper wollte in mörderischem

Tempo gen Süden schießen. Ich stemmte mich gegen die Erregung. Wie sollte ich neben diesem Mann schlafen? Ich musste vorschlagen, in der kleinen Wohnküche auf einer der Bänke zu übernachten, selbst wenn es mir das Rückgrat brach, denn abgesehen von meinem lausigen Vertrauen in die eigene Zurückhaltung, stellte sich eine weitere Frage – hatte ich überhaupt genügend Vertrauen zu ihm? Um in einem Bett mit ihm zu schlafen? Nach der Nummer vorhin?

Die Wellen schienen mich auszulachen. Ich schaute von Marco weg über all die Menschen und Boote. Über das Wasser bewegte sich ein zweistöckiges offenes Schiffchen, auf dem sich Leute jeden Alters drängten, die Schwimmutensilien, Bälle und Flossen an sich pressten. Es steuerte aufs nördliche Ende der Insel zu. Ich entdeckte mehr Boote dieser Art, die, vermutlich von der Hauptinsel kommend, von Insel zu Insel kreuzten und Leute ausspuckten. Ich sah zu, wie die Fußgänger von Bord stürmten. Ich war völlig durch den Wind. Bekam das mit Marco und was ich für ihn empfand, kaum vernünftig in den Griff. Fühlte mich fremd, denn hier war es kolossal chaotisch. Die Leute kifften sogar ungeniert. Klar hieß das nicht, dass alles übel war, aber mir ging der Radau momentan gehörig auf den Zwirn. Ich entdeckte Marco knietief im Wasser palavernd mit einem Mann.

Immer mehr Leute gesellten sich dazu, bis er am Ende von circa acht Männern und drei Frauen umringt war, die redeten und redeten und mal in die eine, mal in die andere Richtung zeigten. Ich folgte den Gesten, die den Trümmern zweier Boote auf der nördlichen Seite des Sandstrandes galten. Okay, das bestätigte die Aussage dieses Davides. Aber auf Höhe der Wracks entdeckte ich etwas anderes und erschrak. War das eine Windhose? Es war eine, verdammt!

Weit beugte ich mich über die Reling und brüllte: „Marco! Passt auf!"

Er hörte mich nicht. Niemand hörte mich. Ängstlich krallte ich mich an der Reling fest, starrte der Windhose nach, einem Mini-Tornado, der sich von den Wracks entfernte und sich auf die am Strand Liegenden zubewegte. Er füllte sich mit Sand. Fassungslos rieb ich mir die Augen. Die quatschende Gruppe mit Marco stand unverändert im Wasser, doch auf dem Sandstrand rasten Frauen, Männer und Kinder kreischend und mit den Armen rudernd vor der Windhose weg. Die sog einen Sonnenschirm auf und schleppte ihn mit sich. Wie ein Geschoss kreiselte der Schirm. Ich brüllte und winkte, erntete aber keine andere Reaktion als irritierte Blicke von den Leuten auf den ankernden Booten und Yachten in der Nähe. Mühselig unterdrückte ich den Impuls, ins Meer zu springen, um zu Marco zu schwimmen, damit er mich endlich wahrnahm. Doch ich konnte es ja nicht. Schwimmen. Es wäre ein Desaster geworden. Der kleine Tornado wechselte die Richtung und wirbelte aufs Wasser zu. Ein Stückchen hinter Marcos Gruppe löste er sich aus heiterem Himmel in Wohlgefallen auf, spuckte aber vorher den Sonnenschirm ins Meer. Ich atmete aus. Als wäre nichts geschehen, kehrten auf dem Strand alle wieder zu ihren Plätzen zurück. Von der Yacht neben unserer stürzte sich eine Frau anmutig ins Wasser und fing den Sonnenschirm ein, den sie an Land brachte. Ein magerer Teenager stapfte ihr im Wasser entgegen, um ihn ihr abzunehmen. Haltung und Gesten drückten Dank aus. Sie lachten. Dann war sie wieder auf dem Rückweg. Über all dem hing die Luft wie ein klatschnasser Schwamm. Ich entschied, zu duschen. Schwimmen konnte ich ja nicht.

*

Als ich komplett angezogen zurück aufs Deck stakste, war Marco schon da. Wie ein dämlicher Voyeur starrte ich auf seinen nackten Po, während er sich mit dem Süßwasserschlauch am Heck des Bootes abbrauste, und war unfähig, mich zu rühren. Mein Herz schlug schneller als sonst, mein Schädel fühlte sich wie ein Ballon an, mit Luft gefüllt und bereit, in den wolkenlosen Himmel aufzusteigen. Marco spürte wohl meine Anwesenheit. Die straffen Wölbungen seines Hintern spannten sich an, ehe er sich zu mir umdrehte, den Schlauch noch in der Hand.

„Wir fahren nach Ponza in den Hafen und fragen dort nach Clara", sagte er. „Ich habe immer mehr den Eindruck, dass es Zoff zwischen Vater und Sohn, also den Palazzos, gegeben hat."

Sein Tonfall klang bestimmt. Nicht so, als hätte er *unseren* Zoff vergessen. Ich schluckte, angestrengt bemüht, ihm nicht auf die Körpermitte zu starren. Ging da gerade eine Erektion zurück?

Verteufelt gut bestückt, wisperte eine hinterhältige Stimme in meinem Schädel. *Vergiss ihn*, eine andere.

„Federico Palazzo?", krähte ich hilflos. Wassertropfen verfingen sich im Haar, das ihm eine feine mittige Linie hell in die gebräunte Haut zeichnete. Dieser Linie wollte ich folgen. Nicht mit dem Blick, mit den Fingern. Sein Blick begegnete meinem. Das erste Mal seit dem Streit vertieften sich die Lachfältchen um seine Augen, ohne dass er mit dem Mund lächelte. Trotzdem blieb er beim Job, als er weiterredete. „Eines der ramponierten Boote wurde vom Sohn gemietet. Aber kurz zuvor hat jemand gesehen, wie der Vater ein Boot aus dem Verleih geklaut hat."

„Geklaut?" Ich verschränkte die Hände hinter dem Rücken.

„Ja, klingt kurios. Jedenfalls muss er es eilig gehabt haben."

Den Schlauch hielt er noch immer fest. Müde plätscherte ein schlapper Wasserstrahl auf Deck. Über uns flappten die Rotoren eines Hubschraubers.

„Eilig."

„Was ist los mit dir?" Er hielt den Schlauch in meine Richtung, zuerst nur zögernd, dann gezielt.

Ich hopste einen Schritt zurück. „Nichts", presste ich heraus.

Ohne sich abzutrocknen und ohne Slip, stieg er in seine Leinenhose. Sie war beige. Und nass. Alles zeichnete sich ab, wirklich alles. Wollte er mich provozieren?

„Hilf mir beim Anker lichten", verlangte er.

Erleichtert, weggeschickt zu werden, folgte ich Marcos gebellten Anweisungen, schaute dabei in den Himmel und registrierte, wie der Hubschrauber auf einer klitzekleinen Felseninsel landete, auf der mittig ein einziges weißes Haus thronte. Marco startete den Motor, und vor uns kamen die bunten Häuschen Ponzas rasch näher. In den Felsen, die wir passierten, kletterten Ziegen, als machten sie einen gemütlichen Spaziergang.

Ich verschwendete keinen Gedankenfetzen mehr an Ringe und Höhlen. Auch nicht an Frauen. Ich brachte es nicht mal zustande, zu verdrängen, was der

Anblick vorhin in mir ausgelöst hatte, und fing an, mir Sorgen um meinen Geisteszustand zu machen. Ja, ich war megascharf auf Marco. Aber ich kapierte langsam, dass es tiefer ging. Ich war rettungslos verliebt. Die Stiche der Eifersucht, als er zuerst mit Davide und dann mit der Frau so vertraut umgegangen war, bezeugten, was ich zu lange nicht hatte wahrhaben wollen. Zu häufig verlor ich aus den Augen, dass wir ein entführtes Mädchen finden und deren Entführer festnehmen mussten. Stattdessen wirbelten in meinem Kopf nur Fragen herum, die sich ausschließlich um Marco und seine Vergangenheit drehten. Hatte ihn jemand verletzt?

Reagierte er deshalb so ausweichend, wenn ich Fragen stellte? Oder deckte er ein Verbrechen, das er am Ende selbst begangen hatte?

Nicht mal dieser Gedanke stieß mich ab. Dabei hätte er mich entsetzen sollen, war ich bisher doch immer die Ausgeburt der Korrektheit gewesen. Aber ihm würde ich alles durchgehen lassen. Was er tat und was er sagte, fand ich verzeihlich, ich wollte es nur begreifen.

Ich liebte.

Rettungslos.

Hoffnungslos. Exakt das hatte ich vermeiden wollen, als ich hergezogen war. Nach allem, was mit Mauro in Parma passiert war, hatte ich mir geschworen, mich nie wieder zu verlieben. Ich hatte es sogar für unmöglich gehalten, aber so ein verfluchtes Herz schien zu machen, was es wollte. Ich schloss die Augen und atmete durch. Liebe war nicht an- oder abzustellen. Sie war einfach gekommen, um zu bleiben. Wieder stand ich ohne Rüstung da.

*

Am Hafenkai lag eine Fähre aus Neapel, die Autos ausspuckte, von denen ich mich fragte, wohin sie fahren sollten. Aus mehr als drei Reihen Häusern hintereinander schien Ponza nicht zu bestehen. Ich spähte den Berg hinter den Häuserzeilen hinauf. Ein weißes Fahrzeug klebte seitlich daran wie ein Magnet an einem Kühlschrank, nur wenn ich genau hinschaute, erkannte ich, dass es sich bewegte. Diese Straßen wollte ich nicht befahren müssen. Zu Wasser war es ähnlich desaströs. Das Einfahren in den Yachthafen gestaltete sich etwa so, wie ich mir Autofahren in Palermo vorstellte. Alle, die rein wollten, versperrten die Ausfahrt für die, die raus wollten. Es war ein einziges Geschrei und Gestikulieren, das vom Verkehrschaos an der Bootstankstelle übertroffen wurde, weil die nur eine Säule besaß. Keine Ahnung, wie es ihm gelang, aber Marco manövrierte uns, eine Kippe im Mundwinkel und mit nacktem Oberkörper, um alle Hindernisse, kurbelte und drehte, bis wir seitlich an einem Holzsteg anlandeten, auf den er sprang. Gott sei Dank war die Hose, die er anhatte, mittlerweile trocken. Ich musste schon genau hinsehen, um etwas zu sehen. Allerdings schaute ich genau hin.

„Wirf mir die Leine zu!"

Ertappt zuckte ich zusammen und warf ihm die Leine zu. „Du solltest dich eincremen!", empfahl ich.

„Bist du?"

„Was?"

Er vertäute das Boot vorn und hinten. „Eingecremt?" Er sprang zurück an Bord. Stand so nahe, dass ich mit dem Kopf nach hinten auswich, und roch an mir. „Du bist."

Von Lachen war in seiner Stimme noch immer keine Spur, und doch fühlte sich das hier wie ein Friedensangebot an.

*

Glücklicherweise zog Marco sich komplett um, bevor wir an Land gingen. In dunkelblauen Bermudas und Hemd stand er vor mir, wahrscheinlich trug er auch wieder Unterhosen. Um im Fischladen direkt am Hafen nach Clara Perlo zu fragen, streckte er mir die Hand entgegen, als wollte er mir helfen, das Boot zu verlassen. Ich ließ es zu, fing an, vor meinen Gefühlen zu kapitulieren, was mir Angst einjagte. Ich hatte ja keine Ahnung, wer er wirklich war. Ob die üblichen kleinen Sticheleien nur liebevolle Scherze waren. Oder ob sich hinter all dem eine Abneigung verbarg, die er geschickt kaschierte, um mich bei sich bietender Gelegenheit zu vernichten. Aber darüber nachzudenken war selbstzerstörerisch. Gespielt lässig schob ich mir die Sonnenbrille auf die Nase und sah mich um. Marco tat es mir gleich. Wir schlenderten los. Schon auf dem Parkplatz, der mit Autos vollgestellt war, grüßten ihn die Ersten, was natürlich nicht ohne Berührungen und Umarmungen vonstattenging. Ein paar Typen zogen ihn an der Schulter herbei, quatschten auf ihn ein und lachten. Andere wurden von ihm an der Schulter herbeigezogen. Ich beobachtete das mit gerunzelter Stirn, aber die Frage, wie wir undercover ermitteln sollten, wenn ihn hier jeder kannte, verdrängte die Eifersucht nur mangelhaft.

Wir teilten uns auf. Er ging von Bar zu Bar, und ich versuchte es im Fischgeschäft, das ich rasch fand, denn davor war ein Stand aufgebaut, den ein untersetzter Glatzkopf in Kittelschürze mit Fischen bestückte. Er warf die toten Tiere aufs Eis, dass es nur so klatschte. Ich stellte mich namentlich vor und hielt dem Mann das Foto mit Claras apartem Gesicht hin. Fragte, ob er die junge Frau gesehen hatte.

„Teresa!", schrie er nach hinten. „Das Mädchen mit der gehäkelten Tunika? Wo ging das hin?"

„Hoch in die Stadt!", kreischte Teresa aus dem Off.

Von irgendwoher tauchten immer mehr Leute auf und versammelten sich vor dem Stand, der den Eingang des Fischladens markierte. Männer und Frauen, die alle unterschiedlicher Auffassung waren, in welche Richtung Clara gegangen war. Einig waren sie sich nur in einem: Was es bei Clara zu essen gab.

„Sie hat Seeigel gekauft!", behauptete eine schlanke Brünette mittleren Alters, die sich die Sonnenbrille ins Haar schob. „Wir haben über Rezepte gesprochen."

„Für Seeigel?" Ich rümpfte die Nase.

„Man muss sie aufschneiden", schnatterte eine schmale Blondine mit rotem Pareo.

„Auf Eis servieren!", blökte Teresa aus dem Off.

„Man isst sie wie Austern", erläuterte mir ein älterer Mann geduldig, der zur Abwechslung zu den Leuten gehörte, die vollständig angezogen waren. Allerdings kam mir der Pulli, den er über den Schultern hängen und vorne an den Ärmeln verknotet hatte, übertrieben vor.

„Naaaa." Ein junger Kerl mit Dreitagebart, nur in knielangen Shorts, aber mit zahlreichen Tattoos, der im Arm einen Gleichaltrigen hielt, winkte dramatisch ab. „Sind delikater. Mit Austern nicht zu vergleichen."

„Hat ja keiner behauptet." Der Pulli-Mann guckte gekränkt.

Andere behaupteten es umso vehementer. Noch mehr Volk beteiligte sich laut und durcheinander an der Debatte. Die Tonlagen schraubten sich hoch, weil jeder seine Meinung vorrangig verkünden wollte. Hilfesuchend scannte ich die Umgebung nach Marco ab, bis ich mitten aus dem Stimmengewirr etwas heraushörte: die Worte *Palazzo* und *eilig*. Wer war das gewesen?

„Bitte!", rief ich. „Was war mit Palazzo? Wer hat das gesagt?"

Der Typ mit dem Arm des Seeigelspezialisten auf der Schulter hob eine Hand.

„Palazzo hatte es eilig?", fragte ich. „Welcher Palazzo?" Mir klebte die Zunge am Gaumen.

„Der alte. Rannte hier wie irre durch den Hafen und sprang ins Boot. Fuhr weg. Mit dem Mädchen drauf."

Endlich eine Spur. Die Aufregung versuchte ich zu unterdrücken, als ich dem jungen Burschen mein Handy mit Claras Foto vor die Nase hielt. Er nickte. Von der neapolitanischen Fähre näherten sich Schritte. Er wand sich aus der Umarmung seines Freundes, um ein Mädchen zu umarmen, das nichts als ein gelbes Bikinioberteil auf tief gebräunter Haut trug und darunter eine Jeans-Short, die so kurz war, dass sie sich die genauso gut hätte sparen können. Mit ineinander verschmolzenen Körpern tauschten sie ihre Kaugummis aus. Als er bis auf das Kaugummi nichts mehr im Mund hatte, fiel ihm wieder ein, dass er mit mir geredet hatte.

„Ach so, ja, die. Stand auf dem Boot und rief irgendwas."

„Und dann hilft ihr keiner?"

„Na, um Hilfe hat sie ja nicht gebrüllt."

Das Bikinimädchen strich dem Seeigelspezialisten, der so redete, als hielte er sich nebenher für einen Profi für Fettuccine mit Krebsen, zur Begrüßung zärtlich über den Po. Ohne in seinem Referat über ein entsprechendes Sugo, das er 2019 in Gaeta vertilgt hatte, innezuhalten, pflanzte er seinen Arm auf ihre Schultern. Vorher, so tönte er, hätte der Koch ihm die Reuse mit den Krebsen gezeigt. Dabei zog er die junge Frau näher zu sich heran, ohne sie anzusehen. Offenbar hatte er eine Vorliebe fürs Umarmen anderer Leute. Alle Männer schienen hier ein Faible fürs Umarmen oder Heranziehen anderer Menschen an der Schulter zu haben. Auch anderer Männer.

„Dazu einen weißen Sizilianer", mischte sich das Mädel ein.

Eine Welle der Empörung vermischte sich mit einer Welle der Zustimmung. Man wechselte thematisch zu Wein. Das wurde mir alles zu viel. Lieber hielt ich nach Marco Ausschau, den ich im nächsten Pulk hektisch mit den Händen Fuchtelnder ausmachte. Immerhin las er meine Gesten richtig und löste sich wortreich aus der Gruppe. Vor der Hafeneisdiele trafen wir aufeinander und schüttelten gleichzeitig die Köpfe, wollten gleichzeitig zu reden anfangen, ließen dem jeweils anderen das erste Wort, aber schwiegen am Ende beide. Stattdessen legte er mir den Arm um den Hals, um mich heranzuziehen. Automatisch zuckte ich zurück, aber dass er mich losließ, weil er meinen Widerstand fühlte, tat weh. Mit jeder Stunde wurde es unerträglicher. Was war ich nur für ein Idiot?

Warum hatte ich das nicht genießen können?

Hatte Mauro mich am Ende für alle Männer verdorben? Womöglich war er verantwortlich dafür, dass ich nur schwer Vertrauen fassen konnte, doch welche Zukunftsaussichten mochte mir das bescheren?

Vor lauter Grübeln versäumte ich Marcos Frage.

„Was?", hakte ich nach.

„Ob du ein Eis willst", wiederholte er ungeduldig. Ich schüttelte den Kopf. „Was du immer mit dem Eis hast."

Er war schon fast in der Eisdiele, als ich ihm noch nachrief, dass er mir ein Wasser mitbringen sollte. Beides vertilgten wir kurz darauf an einem der Plastiktische unter einem werbetragenden

Sonnenschirm, während ich ihm von den Berichten am Fischladen erzählte.

„Ich frage mich", schloss ich meine abschließenden Überlegungen, „warum Palazzo eine Million Lösegeld verlangt hat, wenn er doch das Grundstück will."

„Du meinst, weil die Entführung derart dilettantisch war, dass sich ohnehin jeder denken kann, wer dahinter steckt?" Marco schob seinen leeren Becher über den Tisch. „Wahrscheinlich hatte er es eilig. Im Ort geht das Gerücht um, dass die Bauunternehmer, die Palazzo für das Grundstück an der Hand hat, schon Spalier stehen. Wenn er deren Einsatz finanziert hat?" Er legte die Arme auf den Tisch. „Wir können uns später die Bankunterlagen von ihm ansehen. Aber aktuell hat er damit nichts mehr zu tun, Orlando. Er liegt im Krankenhaus im Koma."

„Ob er Komplizen hat?" Ich schaute mich nach einem Mülleimer um, in den ich die leere Plastikflasche werfen konnte, und fand keinen. Also ließ ich sie stehen.

„Oder Clara ist bei dem Sohn, und sie täuschen die Entführung nur vor", hörte ich Marco sagen.

Ich verzog den Mund. „Deine Lieblingstheorie. Gibt es Hinweise auf eine Beziehung zwischen den beiden?"

„Bis jetzt nicht."
„Na, also."

*

Nach dem Eis waren wir von Geschäft zu Geschäft, von Lokal zu Lokal gelaufen. Jeder hatte Clara gesehen, keiner wusste, wo sie war. In schreienden Menschenmengen hatten wir gestanden, die teils sogar in den Himmel zeigten, als wäre sie aufgefahren wie die Mutter Gottes. Wir waren die Häuserzeile am Hafen entlang gegangen und ein Stück bergauf links unter einem uralten Tor abgebogen. Die oberhalb der Hafenstraße verlaufende Flaniermeile hatten wir abgecheckt, in jedem einzelnen Laden hatten wir Claras Bild gezeigt und taten es weiterhin. Überall kannte man Marco, dem es in einigen Fällen sogar gelang, vorzutäuschen, er kenne Clara privat und suche sie aus persönlichen Gründen. Von Seiten der Kerle gab es dann reichlich Gesten und Zwinkern. Dass die Straße zur Hafenseite nicht bebaut war, erfüllte mich fast mit so was wie Erleichterung. Dort gab es nur eine hüfthohe Mauer, was die Anzahl der Geschäfte halbierte, die wir aufsuchen mussten. Wenn man an der Mauer stand, offenbarte sich der zauberhafte Blick auf den Hafen und aufs Meer. Allerdings gab es eine weitere Straße oberhalb der Geschäftsmeile, an der Hotels standen, die diskret wie

Privatvillen daherkamen. Man erreichte sie, indem man am Ende der Einkaufszeile, an der Kirche rechts zurücklief. Natürlich suchten wir auch dort nach Spuren von Clara, ohne weiterzukommen. Statt erneut an den Läden vorbei und durch den Torbogen zurück zum Yachthafen zu laufen, hätten wir die Treppe links von der Kirche nehmen können. Es waren lange Stufen, die nur dazu dienten, die Steigung zu brechen, damit man nicht mit Fahrzeugen darüberfuhr. Aber wir entschieden uns, wie Ausflügler über die Flaniermeile zurück zu schlendern. Da es langsam Abend wurde, verdichtete sich das Menschengewimmel. Den ersten Wasser-Bussen entstiegen gebräunte Leute, die kreuz und quer liefen, lachten und sich größtenteils an der Gastronomie nahe beim Fähranleger einfanden. Mit dem Rücken vor einem Laden stehend, der Damentuniken im Ethnostil und allerlei extravaganten Silberschmuck verkaufte, warf ich einen Blick auf die Uhr. Dann aufs Meer, an dessen Horizont sich eine Fähre abzeichnete. Ich drehte mich zu Marco um und fand ihn erst nicht, bis ich ihn in der Ladentür stehen sah, wo er mit der Inhaberin plauderte. Sie war eine Frau in Marcos Alter mit unnatürlich blondem Haar. Braungebrannt bedeckte sie sich lediglich mit einem hellen bauchfreien Trägertop über einer bunt gemusterten weiten Hose.

Obwohl sie mit ihm flirtete, folgte ich ihnen in den Laden, als sie palavernd darin verschwanden. Die Frau kramte in der antiken Registrierkasse auf dem Tresen herum und nahm Scheine heraus, die sie in einen Umschlag packte, den sie Marco zusteckte.

Dabei lachte sie. „Die Armreifen gehen am besten."

„Die sind keine Herausforderung." Grinsend stopfte er das Kuvert in die Hosentasche. Mit der Quittung, die sie ihm schrieb, verfuhr er genauso. Demnach handelte es sich um nichts Illegales, aber um was?

Ich begriff hier gar nichts, und generell hatte ich zu wenig Wasser getrunken und zu viel gekotzt. Verhalten schleppte ich mich zurück nach draußen, wo die Luft nicht wesentlich leichter war. Bemüht schnappte ich nach Sauerstoff, als wäre ich der Raucher von uns beiden, und erschrak, als Marco unvermittelt neben mir stand.

„Um acht", sagte er.

„Was ist um acht?" Ich kniff mir frustriert die Nasenwurzel.

„Haben wir einen Tisch in dem Restaurant am Torbogen." Er zeigte vage ans andere Ende der Straße. „Direkt am Rand. Mit Blick aufs Meer."

Als ich zum Torbogen schaute, entging mir nicht, wie romantisch ein Abendessen dort sein würde.

Vor meinem inneren Auge zuckten Erinnerungsfragmente auf, die eine Panikwelle auslösten. Das Parkrestaurant hinter der Uni in Parma, Mauro, seine Hand auf meiner.

Das Essen.

„Mit Blick auf den Hafen, meinst du wohl." Ich belüftete meinen Rücken, indem ich das Hemd anhob.

Marco studierte mein Gesicht derart intensiv, dass sich meine Wangen spürbar röteten.

„Scheiße, bist du unromantisch", sagte er dann und wuschelte mir durchs Haar.

Ich versuchte, seine Hand einzufangen, aber er war schneller und hörte damit auf, als er wohl die Ablehnung in meinen Gesten begriff.

„Wozu hat sie dir Geld gegeben?", wollte ich wissen, um mich abzulenken.

„Alessia?" Er wirbelte herum und winkte der jungen Frau im Laden launig zum Abschied. „Sie hat Schmuck in Kommission, den ich mache."

Verdutzt schaute ich ihn an. „Du machst Schmuck?"

„Hab' Goldschmied gelernt, bevor ich zur Polizei ging." Gleichgültig zuckte Marco die Achseln. „Ich habe nie damit aufgehört. Es fühlt sich gut an, etwas selbst Erschaffenes in Händen zu halten."

„Wow", hauchte ich. Beeindruckt lief ich zum Schaufenster des Geschäftes zurück. Hinter Glas ruhten, zwischen Zehensandalen und Flatterkleidern, silberne Ohrringe auf Samtkissen. Außerdem Armreifen und Ringe. Durchs Fenster machte ich im Laden zwei kichernde Frauen aus, die um die Schmuckvitrinen herum strichen und das, was sie sahen, mit gelegentlichen Ausrufen des Entzückens quittierten.

„Ich bin geplättet", staunte ich. „Ehrlich."

„Ach." Marco winkte ab.

Der Stil der Arbeit, gepunzt, grob behauen mit jeweils einem feinen Detail, wie einem Schmuckstein oder einer Gravur, welches das Geschick des Schmiedes bezeugte, brachte mich auf einen Gedanken. „Hast du den Ring gemacht? Den aus der Höhle?"

Er zog die Brauen zusammen. „Und?"

„Du hast ihn gemacht."

„Ich habe ihn gemacht."

„Für wen?"

Zuerst versuchte er, mir auszuweichen. „Du hast doch inzwischen mitgekriegt, wem der Ring gehört."

„Ja, Antonella. Aber was hat diese Giulia damit zu tun?"

Er sog zischend Luft ein und legte kurz die Hände an den Kopf, als wollte er sich die Haare raufen. Er ließ die Hände wieder fallen.

„Mein Gott, Orlando ... dass du keine Ruhe geben kannst."

Mein Mund war voll mit Worten, die heraus wollten. „Was? Drohst du mir wieder?"

Andeutungsweise schüttelte er den Kopf. „Wenn ich dir je hätte drohen wollen, sähst du jetzt anders aus."

Unter den Worten zuckte ich zusammen. Der wütende Blick, mit dem er mich bedachte, veränderte sich zu etwas, was ich nicht verstand. Nur so viel war deutlich – er focht einen Kampf mit sich aus.

„Also gut." Er kickte einen auf dem Pflaster liegenden Eisstiel weg, die Hände in den Hosentaschen versenkt. „Es gab eine Reihe Missverständnisse um den Ring. Jemand, der in mich verschossen war, dachte, ich hätte ihn für sie ..."

Verzweifelt legte er die Hände aufs Gesicht und rief in den Himmel: „Gott! Ich will nicht drüber reden!" Als er sich wieder zu mir drehte, tat er es doch. „Aber da war jemand, in den ich ... na ... lauter unerfüllte Teenagersehnsüchte auf allen Seiten." Verträumt, aber mit der inneren Distanz eines erwachsenen Mannes schaute er in die Schaufensterauslage.

„Das muss furchtbar gewesen sein."

Er lachte ohne jeden Humor. „Ist lange her. Man weiß, dass es hoffnungslos ist, und obwohl es einen quält, sucht man ständig die Nähe des anderen, und ist schon zufrieden, wenn dieser Mensch einen wahrnimmt. Ich wette, du kennst das. Jeder kennt so was."

„Warum so defensiv?" Ich löste mich von der Hauswand, an der ich quasi geklebt hatte. „Woran das wohl liegen könnte." Er schnaubte. Ich beobachtete ihn, versuchte, zu übersehen, dass neben dem Schmerz in seinen Augen, Wut unter den angespannten Muskeln lauerte. Was sollte ich sagen? Würde er einfach gehen? Oder fragen, ob ich endlich zufrieden wäre?

Sekunden, die sich wie Stunden anfühlten, standen wir da, sahen uns nicht an und ließen die Leute an uns vorüber flanieren.

Plötzlich packte er meine Hand und zog mich die Straße hinunter. „Okay. Komm." Er ließ mich los. „Lass uns ein Bier trinken."

*

In einer Bar unten am Hafen klammerte ich mich keine zehn Minuten später an mein *Peroni* und starrte schweigend mit Marco aufs Meer. Sie hatten Ausschnitte in den Wänden aus Holzlatten belassen, die wie riesige Panoramafenster wirkten, deren Rahmen maßlos mit Muscheln und Netzen verziert waren. Es hätte kitschig sein müssen, sah aber aus, als gewährte Gott einen kurzen Einblick ins Himmelreich.

„Wenn der Himmel aus Inseln im Meer besteht", summte ich, „muss ich wohl schwimmen lernen."

Marco schreckte wie aus einem Traum hoch. Mit dem Daumenballen wischte er sich über ein Auge. „Es würde sich auch in jedem anderen Fall lohnen." Über den Tisch gebeugt fummelte er eine Kippe aus der Schachtel neben dem Aschenbecher und wisperte: „Giulia."

Ich blinzelte. Überrascht, dass er mehr von ihr erzählen wollte.

„Sie war die Nichte des Meisters, bei dem ich gelernt hab', und hing auf einmal ständig in der Werkstatt ab." Das Feuerzeug klickte. Er inhalierte und stieß den Rauch aus, dem er noch nachsah, als er längst von der Brise fortgetragen worden war. „Zuerst fand ich es unangenehm." Ein verschämtes Grinsen breitete sich in seinem Gesicht aus. „Wegschicken konnte ich sie nicht, ohne mir mit dem Chef Ärger einzuhandeln, aber mit der Zeit gewöhnte ich mich an sie."

Er schloss die Augen. So sah er also aus, wenn ihn etwas bewegte. Seine geschlossenen Lider flatterten leicht. Atemlos wartete ich darauf, dass er weiterredete, nur um ihm näher zu sein.

„Ich hab's echt nicht kommen sehen", erzählte er leise. „Ich war siebzehn, platzte vor Überheblichkeit, solange ich mit Edelmetallen hantierte, aber ansonsten war ich eine Weichflöte. All die Tage, die ich brauchte, um das Stück unter den Augen der kleinen Maus fertigzustellen, war ich mit dem Herzen bei einem völlig anderen Menschen. Beim Gedanken, dieses unglückselige Meisterwerk seiner Bestimmung zuzuführen, ging mir die Düse. Es würde bewertet werden." Er sah mich an. „Kennst du das? Wenn man blind verknallt ist und nichts von der Welt mitkriegt, nur wissen will, was diesen einen Menschen beschäftigt, was er macht, mit wem er abhängt? Und dass dir wichtig ist, wie dieser Mensch findet, was du machst?"

Ich stöhnte gequält.

„Selbst wenn das Gefühl nicht erwidert wird", sagte er, „will man diesem einen Menschen die Welt zu Füßen legen. Das eigene Herz verschenken, mit einem Silberring obenauf. So hatte es sich angefühlt. Dabei hätte ich mir einen Diamanten nie leisten können. In Wahrheit war es nicht mal ein Geschenk von mir. Darum ging es gar nicht. Es ging darum, dass es eine Auftragsarbeit war."

„Aber eine, die passte", sagte ich leise und dachte an die Frau, der der Ring gehörte. An Antonella.

Giulia war das unglücklich verliebte Mädchen gewesen, das verstand ich nun. Und das bedeutete …

Ich wischte mir die Augen. Es bedeutete, dass er Antonella geliebt haben musste. Für sie war das Schmuckstück gedacht gewesen. Egal, wer Marco mit der Fertigung beauftragt hatte, er hatte das Gefühl gehabt, er würde es ihr schenken.

„Und ob sie passte." Fahrig drückte er die Kippe aus, um sich direkt eine neue anzustecken. Er rauchte viel zu viel. Aber vielleicht waren das die Nerven.

„Giulia hat …" Er stockte. „Als das Ding fertig war, hat sie … Mann, Orlando, nein, anders. Warte …" Er hob die Hand, zauderte, als suchte er nach Worten. „Ich weiß echt nicht, warum ich dir das erzähle. Aber in all der Zeit, in der ich an dem Stück gearbeitet habe, war Giulia da. Sie hat dauernd verträumt da rumgesessen, und ich hab' nicht mitgekriegt, dass sie *mich* anstarrte und nicht das Zeug, das ich herstellte. Ich glaube, deshalb war sie so geschockt, als der Ring fertig war und begriff, für wen …"

Der Wind hatte das meiste der aktuellen Kippe für ihn geraucht, und als er sie ausdrückte, verzichtete er auf eine neue. „Wegen des Wappens, das sie vorher nicht beachtet hatte, kam sie drauf, dass der Ring nicht für sie war. Es ist zwar nur angedeutet, aber sie hat es dann doch erkannt. Das Wappen der Familie Bracco."

Dass ich in der Kabine nach dem Wappen gegoogelt hatte, wollte ich nicht zugeben. Ich tat erstaunt. „Bracco? Sind sie adelig?"

Er winkte ab. „Amtsadel nennt man das, glaub' ich. Alte Bankerfamilie aus Florenz. Sie haben oben auf dem Berg ein Ferienhaus. Unweit der Perlos."

Ich lachte leise. „Sind sie auch so …?"

„Was?" Gespielt entsetzt sah er mich an. „Bewahre. Die sind normal. Die Kids der Familie hingen jeden Sommer bei uns in San Felice ab. Aber Giulia … Ich stand völlig planlos da, als sie … Sie hatte wirklich geglaubt, ich mache den Ring für sie." Ein Funke erlosch in seinen Augen. „Es tat mir so unendlich leid, sie so verletzen zu müssen", schob er flüsternd hinterher.

„Aber wie kam sie denn darauf?"

Kratzend schob er den Stuhl zurück. Als er weitersprach, klang er kühl. „Viel geredet haben wir nicht in all den Stunden, in denen ich an dem Ring arbeitete. Wenn überhaupt, dann über Liebe. Allerdings meinten wir jeweils einen völlig anderen Menschen. Sie meinte mich."

Er klemmte einen Zehn-Euro-Schein unter den Aschenbecher, winkte dem Barmann und trat auf die Straße.

„Und dann ist etwas in der Höhle passiert?", fragte ich, als ich ihm folgte.

Mit zusammengezogenen Brauen musterte er mich und zwang sich zu einem Lächeln. „In der Höhle passiert immer etwas. Lass uns zum Boot zurückgehen und mit dem Festland telefonieren. Vielleicht hat sich der Entführer noch mal gemeldet."

*

Bei dem Telefonat stellte sich heraus, dass sich niemand bei den Perlos gemeldet hatte. Weil die Yacht einen Hafenplatz hatte, den Marco nicht aufgeben wollte, und weil wir mit einer Schaluppe tiefer in die Höhlen fahren konnten, mieteten wir so ein Ding und fuhren damit um die Berge und in manche Höhlen hinein. Fündig wurden wir zwar nicht, aber ich fragte mich, warum alle Welt so ein Gewese um die blaue Grotte bei Capri machte, die ich nur aus dem Fernsehen kannte. Die Grotten hier waren ebenso eindrucksvoll und je nachdem, wie die Sonne aufs Wasser fiel, nicht weniger blau. Wir kehrten nach Ponza zurück, gaben das Boot ab und schlenderten verschwitzt und mit auf den Rücken pappenden Hemden zu der Yacht. In all der Zeit war Marco schweigsam gewesen, und ich drängte ihn nicht zum Reden, hing vielmehr meinen eigenen Gedanken nach. Bevor wir ins Lokal aufbrachen, machten wir uns im kleinen Bad frisch und zogen uns in der Koje um. Für den Moment war ich, zumindest mit der Geschichte, die er mir erzählt hatte, versöhnt. Dass es bei Typen wie ihm immer um Frauen ging, war keine sonderliche Überraschung, schwieriger war die Stimmung zwischen uns. Die Luft knisterte, aber die Energie darin war unmöglich zu definieren. Mit LSF 50 eingecremt lümmelte ich, die Sonnenbrille auf der Nase, auf der Bank hinter dem Ruder und verknüpfte, was Marco erzählt, mit dem, was ich gesehen hatte. Er war damals verliebt gewesen und hatte für Antonella Bracco diesen Ring gefertigt. Ich stellte mir vor, dass vielleicht ihre Eltern den Ring in Auftrag gegeben hatten. Dieses Detail war im Grunde unwichtig. Wichtiger war die kolossal romantische Vorstellung eines jungen Marco Diamante, der Goldschmied lernte. So märchenhaft, dass mich an Antonella höchstens störte, dass sie ihm damals, vor langer Zeit, das Herz gebrochen hatte, indem sie seine Gefühle nicht erwidert hatte. Ich seufzte, dachte an ihre Begrüßung von Boot zu Boot vor wenigen Stunden. Heute, viele Jahre danach, schienen sie sich ja prima zu verstehen. Und warum nicht? Herzen heilten, selbst wenn Narben zurückblieben. Bei all diesen albernen Träumereien vergaß ich wenigstens für eine Weile, dass mit der Höhle ein Ereignis verknüpft war, über das Marco nicht reden wollte. Und dass diese Weigerung dem Bullen in mir zu wisperte, dass es womöglich etwas Ungesetzliches gewesen war. Aber was?

Wenn diese Giulia ihm nach all den Jahren nachtrug, dass er sein Herz einer anderen geschenkt hatte, hatte sie nicht mehr alle Nadeln an der Tanne. Womöglich bestach sie Fake-Wahrsagerinnen, um Marco zu stalken.

Letzteres würde seine Stimmungsschwankungen erklären. Gestalkt zu werden war purer Stress. Mobbing auch.

Nachher würde ich mit Marco in einem äußerst romantischen Lokal sitzen. So wie mit Mauro in Parma, beim Startschuss der perfiden Show, die er für mich hingelegt hatte, die zu meiner Bloßstellung …

„Können wir?"

Marco riss mich aus den Überlegungen. Ich seufzte bestürzt. Es war kaum zu ertragen, wie heiß er wieder aussah. Seine Klamotten unterschieden sich stilistisch nur unwesentlich von den vorherigen. Die Bermudas dunkelblau, das langärmelige, zweimal an den Ärmeln umgekrempelte Leinenhemd dezent fliederfarben, was auf seiner gebräunten Haut himmlisch aussah.

„Ich hätte wetten können, dass du es aus meinem Schrank ziehst und mitbringst." Er feixte.

„Warum?" Ich schnaubte belustigt. „Du besitzt es schließlich. Es ist nicht so, als hätte ich dich gezwungen, was Fliederfarbenes anzuziehen."

Amüsiert schüttelte er den Kopf. Kaum waren wir vom Boot, steckte er sich auf dem Steg eine Kippe an. Es war albern, dass ich hier, an der frischen Luft, den Rauch fort wedelte, zumal ich grundsätzlich nicht so empfindlich war. Mich störte es um Marcos Willen. Neben ihm trottete ich bis zum Torbogen, unter dem weiße Stühle um quadratische Tische auf Gäste warteten. Zwischen den Torruinen, in denen man saß, und der Küche, führte die Flaniermeile hindurch. Darauf schlenderten die ersten Pärchen Hand in Hand dem Abendessen entgegen. Es *war* romantisch. Die Grüppchen Jugendlicher, die darüber tanzten, kamen mir wie Marodeure vor. Oberhalb der geöffneten Türen des Restaurants hing ein Fernseher, der, stummgeschaltet, ein Fußballspiel übertrug, das man von dort, wo wir saßen, nicht sah. Es schien nur für den Kellner von Interesse. Andauernd blieb er mit Getränken oder dampfenden Tellern stehen, um den Spielzügen zuzusehen. Manchmal kommentierte er sie fluchend. Als er uns Wein brachte, regte er sich wenig professionell über einen Spielzug seiner bevorzugten Mannschaft auf, den er uns in epischer Breite erklärte. Ich hielt die Gläser fest, die bei seinen Gesten umzustürzen drohten, und war erleichtert, dass er sich vom Tisch entfernte, um einen imaginären Ball zu schießen. Dabei stieß er gegen den unbesetzten Nebentisch. Gläser klirrten aneinander, blieben aber stehen. Marco war nett genug, etwas Belangloses zu sagen, das dem Mann recht gab. Und doch wäre es hier romantisch, wenn wir ein Date gehabt hätten. Hatten wir aber nicht. Ich verpflichtete mich, Marco so weit zu trauen, dass ich nicht mit so einer Mauro-Nummer mit Händchenhalten und Liebesgeständnissen rechnen wollte. Ich hoffte, dass er Mauros Spiel nicht spielte. Aber mein Vertrauen war brüchig.

Mein knurrender Magen hingegen erinnerte mich prosaisch daran, dass ich zu wenig gegessen hatte. Das Mittagessen unten am Hafen war schon ewig her, zudem hatte ich es unterwegs den Fischen geschenkt, was mir inzwischen wie in einem anderen Leben erschien. Die Zeit maß sich hier anders. Sie war irrelevant. Wir sprachen ein wenig über den Fall, wobei Marco darauf beharrte, sich keine ernsthaften Sorgen um Clara zu machen. Zwar war ich nicht überzeugt, doch ich fürchtete, die Stimmung zu ruinieren, wenn ich mich auf eine Diskussion einließ. Doch welche Stimmung? Immer wieder führte ich mir vor Augen, dass es kein Date war. Es gab keine Stimmung, ich sollte mich nur aufs Essen freuen. Frohlockend konstatierte ich, dass die beiden Teller, mit denen die Bedienung vor dem Fernseher stand, für uns sein mussten, und rieb mir die Hände. Der Kellner verfluchte ein Gegentor, latschte drei Schritte rückwärts, kollidierte mit einem älteren Ehepaar, und unser Abendessen ging klirrend zu Boden. Im Wortschwall seiner Entschuldigungen sprang ich vom Stuhl.

„Ich geh mal wohin", murmelte ich fuchsig. Auf dem Weg zum WC riss ich mich zusammen, um nicht in die Becher zu greifen, in denen die Knabberstangen steckten. Unsere waren längst verzehrt und hatten den Hunger nur hässlicher gemacht. Auf dem Rückweg schlug ich, wie alle anderen, einen Bogen um die drei Katzen, die sich über die zu Boden gegangenen Speisen hermachten, und fand unseren Tisch leer. Suchend sah ich mich um. Ich entdeckte Marco in der Abendsonne, wie er neben einem Mann im Maßanzug in einem der Bögen mit Aussicht aufs Meer lehnte. Sie waren sich verteufelt nah, berührten sich an den Schultern. Vor allem signalisierte mir etwas an Marcos Haltung geringfügige Nervosität. Die beiden wirkten derart vertraut, dass es jedes gute Gefühl in mir zunichtemachte. Es blockierte jeden klaren Gedanken und löschte alles aus, worüber wir im Laufe des Tages gesprochen hatten.

Dieses vermutlich zufällige Treffen war nicht wie bei der Yacht, mit deren kiffender Besatzung er unbefangen umgegangen war. Marcos Muskeln wirkten leicht angespannt. Die beiden teilten etwas, was dem Anzugträger vielleicht weniger bedeutete als Marco, denn er sah verdammt lässig aus. Verflucht, irgendwas an der Art, wie sich Marco benahm, kam mir bekannt vor. Es schmerzte, und letztlich wollte ich nur von hier verschwinden, aber dass der Typ angezogen war, als hätte ihn jemand aus einem Geschäftstermin direkt hierher gebeamt, erinnerte mich an den Hubschrauber, der vorhin über uns hinweggeflogen war. Ob er derjenige war, den man mit dem Hubschrauber hergeflogen hatte? Außerdem ärgerte ich mich darüber, dass es dem Mann gelang, nicht zu schwitzen, wohingegen ich im Anzug damit monumental gescheitert war. So vieles fühlte ich zugleich, und nichts davon war gut. Was ich sah, hatte messerscharfe Konturen. Vor allem löste es ein Zwicken aus, das mich zwang, mir diesen Zeitgenossen sorgfältig anzusehen. Womöglich war er unerheblich älter als wir. Auffallend gut aussehend, Geschäftsmann, dunkelhaarig, mit leichten Bartschatten auf den Wangen. Das dichte Haar war ordentlich in Fasson geschnitten und am Oberkopf länger belassen. Er hob die Hand, um sich das Haar zu glätten, das ihm strähnenweise in die Stirn zurückfiel. Das nahm seinen Konturen die Schärfe und ließ ihn verwegener aussehen, doch es schien, als wollte er exakt das verhindern. Er sagte etwas, was ich kaum verstand. Einzig die Wörter „Tiziano" und „Anruf", woraus ich mir nur zusammenreimte, dass der Polizist aus Florenz, der jetzt in Parma war, immer noch versuchte, mit Marco zu reden. Marco lachte darüber. Er wirkte so gelöst, als hätte der Mann eine Zauberformel gemurmelt, die alle Anspannung von ihm nahm. Eine gefühlte Sekunde danach ertränkte sich die Sonne im Meer.

Wahrscheinlich hatte sie bei dem Anblick einen Schock, dachte ich gereizt und stelzte auf die beiden zu.

„Das Essen steht auf dem Tisch", log ich.

Marco hob die blonden Brauen und sah an mir vorbei. „Macht nichts. Wenn es da stünde, wäre es al forno und noch zu heiß."

„Ach?" Ich stemmte die Fäuste in die Taille. „Das entscheidest du? Ich habe den ganzen Tag nichts gegessen."

„Was gibt es denn?", fragte der Fremde.

Ich schaute ihn genervt an und erschrak ein bisschen davor, wie cool es aussah, dass er sich mit dem Daumengelenk unter einem Auge rieb.

„Parmigiana di melanzane", ätzte ich.

„Dazu?"

„Was jetzt?" Ich runzelte die Stirn. „Das Secondo?"

Er musterte mich amüsiert. „Ich dachte an den Wein."

„Der korrespondiert", sagte Marco in einem Tonfall, der mir flüsterte, dass er nichts, aber auch gar nichts von der gereizten Stimmung mitbekam.

„Alora", meinte der Anzugträger. „Wenn er korrespondiert, lasst euch Papier und Stift geben. Mich interessiert, was sich Wein und Vorspeise zu sagen haben."

Großer Gott, ein Witzbold. Ich angelte nach der richtigen Replik, mir fiel keine ein, und Marco sagte zu mir: „Da kommt es. Fang ruhig schon mal an."

„Ich weiß nicht, wie wir hier undercover ermitteln sollen, wenn du jeden kennst."

„Der Plan war, es wie einen Kurzurlaub wirken zu lassen", gab Marco mit einem nachsichtigen Lächeln zurück. „Pärchenurlaub und so. Dann ist es egal, ob mich hier jemand kennt."

Machte er sich über mich lustig? „Das ist nicht glaubhaft." Ich schnaufte.

„Wieso nicht?", spöttelte der Dunkelhaarige. „Ihr benehmt euch wie ein Paar kurz vor der Silberhochzeit."

Wütend funkelte ich ihn an. Marco, halb auf der Mauer unter dem Bogen sitzend, lachte und gestikulierte vage zu mir hin. „Orlando, das ist Lorenzo Bracco. Lorenzo, das ist Orlando Pasqua. Mein Partner."

„Pasqua und Diamante?" Sein Tonfall war weder ironisch noch höhnisch, trotzdem verkniff Marco sich sichtbar das Lachen. Mir war überhaupt nicht danach zumute.

„Bitte, Lorenzo. Er ist unausgeglichen, wenn er hungrig ist."

Woher wollte er das wissen? War ich sein Haustier? Ich wurde immer wütender, unter anderem, weil es stimmte. War ich hungrig, wurde ich unausstehlich.

„Du machst das schon." Dieser Bracco tätschelte Marco den Arm. Mir entging nicht, dass sich Marco der Berührung entgegen lehnte.

Was, zum Teufel, verband die beiden?
Was immer es war, Lorenzo Bracco lächelte unbefangen und setzte das Gespräch, das ich unterbrochen hatte, fort, als wäre ich gar nicht anwesend. „Ob du den Anruf entgegennimmst oder nicht, Tiziano wird hier aufkreuzen. Mit Pech bringt er den Typen aus Parma mit. Der wird nicht nach dem Diebesgut suchen, denn Tiziano besteht darauf, dass der einer Obsession nachginge, die er um seinetwillen vergessen sollte. Es wäre mir lieber, wenn du … hörst du zu?" Er zog Marco ein Stück näher zu sich hin. Der nickte, wirkte aber weiterhin versunken.

„Hör auf, dich mit Sachen zu quälen, die längst ruhen sollten", sagte Lorenzo.

Längst ruhen? Der Satz katapultierte mich sofort zu der scheiß Höhle zurück. Zu dem, was da passiert sein musste.

„Es ist nicht so einfach, wie es klingt." Mit dem Daumen kratzte sich Marco eine Braue und wurde wieder geschäftsmäßig. „Wie ist der Name des Typen mit der Obsession?"

Lorenzo leerte sein Glas mit einer bernsteinfarbenen Flüssigkeit darin. Er sagte: „Mauro Berietti."

Ich war so aufgelöst, dass mich der Name nur streifte.

„Berietti ist ein lästiger Arsch" vervollständigte Lorenzo.

Stimmt, dachte ich. *Mauro Berietti ist ein …*

„Moment!", rief ich mit wackeliger Stimme. „Was hat Mauro …?"

„Orlando hat in Parma gearbeitet", erklärte Marco. „Bevor er hierher versetzt wurde. Ich nehme an, er kennt Berietti."

„Ah." Lorenzo taxierte mich. „Verstehe."

„Ist er in diese Ermittlung involviert, die diesen Florentiner Polizisten nach Parma geführt hat?", fragte ich, nicht ohne mich darüber zu wundern, wie ruhig ich jetzt klang.

„Gewissermaßen." Lorenzo lächelte. „Er ermittelt leider in die falsche Richtung."

„Das heißt?" Ich ahnte es. Mauro war dabei, etwas herauszufinden, wovon Lorenzo nicht wollte, dass er es herausfand. Bei der Obsession, die die beiden angedeutet hatten, könnte es sich um Mauros Besessenheit handeln, den einzigen Auftragskiller im Land zu demaskieren, dem man kein Gesicht zuordnen konnte. Ein Phantom, das unter zahlreichen Namen in Hotels eincheckte. Ernst genommen worden war Mauro damit in der Dienststelle nicht.

„Und was haben wir damit zu tun?", fragte ich.

„Wir?" Amüsiert hob Lorenzo die Brauen.

„Immerhin ruft dieser Tiziano Marco an."

„Ja", sagte Lorenzo leise. „Berietti wird hier aufkreuzen. Um Amtshilfe hat er schon gebeten."

„Was?" In meiner Stimme klang nur Wut. Nach allem, was Mauro mir angetan hatte, hätte sie entsetzt klingen sollen, aber auf der Gefühlsebene kam ich lange nicht richtig bei den Infos an, die ihn betrafen. Als es ankam, drohte ich, umzukippen. *Bitte nicht*, dachte ich.

Lorenzo rieb Marco über den Arm. „Ich muss los."

Bei seinen Bewegungen bemerkte ich den Ring, den er am kleinen Finger trug. Es war nicht das Schmuckstück aus der Grotte, sah ihm nicht einmal ähnlich. Aber es war ein Ring, der das Familienwappen zeigte. Meine Gedanken und

Gefühle überschlugen sich. Ich gab den Gedanken den Vorrang, wollte nichts fühlen.

Familie. Lorenzo Bracco. Antonella Bracco. Was bedeutet das?

Auf der Yacht war unmittelbar nach der Übergabe des Rings telefoniert worden. Daraufhin war der Hubschrauber aufgetaucht. Das alles hatte mit der Höhle zu tun und mit dem, was sich darin abgespielt hatte. Der Gedanke drängelte sich derart durch meine Gefühlswirren, dass ich mich an ihn krallte, als würde er mir helfen, nicht abzusaufen. Irgendetwas übersah ich. Ich hatte das Gefühl, dass mein Unterbewusstsein etwas wahrnahm, was den verfluchten Schädel nicht erreichen wollte. Dieser vermaledeite Schädel, der teils ohne mein Zutun arbeitete. Oder überhaupt nicht, weil sich das Hirn längst ins Nirwana abgemeldet hatte. „

Sie sind mit dem Hubschrauber gekommen", konstatierte ich mit Polizistenstimme. „Warum?"

Großspurig hob Lorenzo eine Braue. „Weil ich es kann?"

„Es schien eilig gewesen zu sein", beharrte ich.

Er lachte, wie man resigniert über das anstrengende Gehabe anderer Leute lachte. „Wenn du wüsstest, was passiert, wenn man den Geburtstag meiner Schwester verpasst, hättest du es auch verdammt eilig." Er wandte sich Marco zu. „Sie sagte, ihr seid eingeladen? Wir feiern rein. Es wäre schön, dich dabei zu haben, Marco."

Mit zusammengepressten Lippen stelzte ich zum Tisch, rupfte den Stuhl so zurecht, dass ich mich hinsetzen konnte, schnappte mir das Besteck, fing an zu essen und verbrannte mir den Mund.

*

Als Marco dazukam, schaute ich nicht hoch. Es fühlte sich nicht richtig an, dass wir schweigend aßen, die Kakofonie der anderen als Kulisse, doch ich konnte ihn nicht ansehen, weil meine Wut nicht schwand. Die Wirkung, die dieser Lorenzo Bracco auf Marco hatte, verunsicherte mich. Marcos Anspannung und seine wütende Reaktion auf mein Insistieren – all das war weg, war verpufft. Seit der Begegnung unter dem Torbogen wirkte er, als ruhe er in sich selbst. Als wären Ängste von ihm genommen worden. Als hätte ihn jemand überzeugt, dass alles gut werden würde. Es war, als hätte Lorenzo Macht über ihn. Was sonst in der Begegnung mit Lorenzo gelegen hatte, war mir zwar nicht entgangen, aber es zu packen und zu benennen, war unmöglich. Gleich, ob organisiertes Verbrechen oder nicht, beim Anblick der beiden war für den Bruchteil eines Moments ein Gefühl aufgeleuchtet. Eines, das suggerierte, was möglich sein könnte. Doch warum? Ich hatte Marco schon neben anderen Männern stehen sehen, aber es hatte nie so auf mich gewirkt. Ich schob es auf die Aura Lorenzos. Es war die eines Mannes, der sofort bedient wurde, selbst wenn der britische König in derselben Schlange stand. Die Macht, die er ausstrahlte, machte es mir schier unmöglich, nicht an organisiertes Verbrechen zu denken. Ich schüttete ein Glas Wein nach dem anderen in mich hinein und hatte längst den Überblick darüber verloren, die wievielte Flasche Marco bereits geordert hatte. Auf dem besten Weg zu einem Vollrausch war ich beherrscht davon, keinen Bock zu haben, in einen Geburtstag rein zu feiern, bei dem er seiner ersten großen Liebe, die ihn abgewiesen hatte, den Arsch nachtragen würde. Marco lehnte, mit einem Rotweinglas in einer Hand, lässig im Stuhl, schaute durch den Bogen hinaus aufs Meer und lauschte der Musik Cesares Cremonis, die dezent aus den Lautsprechern tönte.

„Dieser Lorenzo? Ist er auch ein alter Freund?", lenkte ich zusammenhanglos den Fokus auf die Szene im Torbogen.

Marcos Blick kehrte aus der Ferne zurück und heftete sich auf mich. „Das ist er wohl", sagte er in einem merkwürdig traurigen Tonfall. „Antonellas Bruder. Und er ist nicht, was du denkst."

„Was denke ich denn?", versuchte ich, witzig zu sein. „Das ist alles äußerst obskur."

„Was daran liegen könnte, dass ich nicht drüber reden will, Orlando."

Irgendwo in meiner Trunkenheit manifestierte sich Ärger. „Ich stelle nur Vermutungen an, Marco. Dabei richte ich mich nach den üblichen Mustern. Die Inszenierung in der Grotte. Der Ring wechselte den Besitzer bei der Yacht, ich sehe diesen Davide kurz darauf telefonieren. Eine Weile danach landete da", ich zeigte zu dem Felsen mit dem Hubschrauberlandeplatz, „ein Hubschrauber. Als Nächstes sehe ich den passenden Geschäftsmann zu der Aktion."

„Orlando, es reicht. Der Ring lag da, ja und? Lynette sagte, er lag da meinetwegen, und ich kaue schon die ganze Zeit darauf herum. Und Lorenzo?" Er deutete auf die Straße, auf der der Mann verschwunden war. „Er ist wegen Antonellas Geburtstag hier. Er hat seine eigenen Erinnerungen an den Turm. Wie jeder von uns. An diesem scheiß Turm sind eine Menge Sachen passiert, und wenn man hier aufwächst, oder Jahr für Jahr mit seinen Eltern hier Urlaub macht, kennt man jede davon. Und die Leute, die damit zu tun hatten." Er zuckte die Schulter. „Es ist genug, Orlando."

„Das sah aber vertraut aus."

Er verzog schmerzhaft das Gesicht. „Vertraut? Scheiße, ja, er ist nun mal kein Arsch, okay? Hältst du die Klappe, wenn ich dir schwöre, dass nichts Ungesetzliches passiert ist?"

Er verteilte den Rest Wein fair auf unsere Gläser. Irritiert lehnte ich mich zurück. „Weshalb erzählst du es dann nicht einfach?"

Sein Blick wurde scharf. „Was denn davon? Was nervst du so, eh? Nichts ist passiert. Gar nichts, was jetzt cool wäre. Alles würde die Stimmung verderben! Aber das hast du ja schon erledigt."

„Marco, ich …"

Mit einer Geste schnitt er mir das Wort ab. „Meinetwegen. Welche Tragödie willst du zuerst hören? Es sind so viele. Die über Missverständnisse? Über die enttäuschte Liebe eines Mädchens, das sich falsche Hoffnungen machte? Vergewaltigungen gab es da in der Höhle schon, bevor ich Polizist wurde. Drogentote? Ist immer geil, wenn da ein toter Junkie liegt, mit dem du zur Schule gegangen bist. Oder eine Geschichte über Mobbing? Über einen jungen Mann, der von einem Riesenarschloch in die Enge getrieben wurde, bloß, weil er sich in einen anderen Burschen verschossen hat, statt in ein Mädchen? So was willst du als Gute-Nacht-Geschichte? Ich dachte, gerade davon hättest du die Schnauze voll."

Ich merkte, wie mir die Geschichtsfarbe verloren ging. Diese letzte Bemerkung, der letzte Satz, löschte alles davor Gehörte fast aus. In mir krallte sich die bekannte Angst fest. Die Furcht darüber, was Marco über Parma wusste. Wie viel hatte man ihm erzählt? Was, wenn in der Wache jeder die Geschichte kannte?

Es vergingen Sekunden, in denen wir uns nicht rührten. Nichts sagten. Dann federte ich aus dem Stuhl und brüllte: „Was haben sie dir erzählt?"

Wut tobte wie Feuer in mir. Ich packte die Tischplatte mit beiden Händen und riss sie hoch.

„Was?", schrie ich in das Klirren des Geschirrs, das zu Bruch ging. Die Musik verstummte. Die Leute starrten mich an. Marco starrte mich an. Sagte er etwas? Meinen Namen vielleicht? Ich hörte ihn nicht. Es war mir einerlei. Obwohl ich eben noch hatte wissen wollen, ob er etwas über Parma wusste, war die Vorstellung, er könnte davon anfangen, eine Sekunde später unerträglich für mich. Blindlings stürmte ich auf der Flaniermeile in die Menschenmenge und ließ mich von ihr davontragen. Links unter mir der Hafen, der von bunten Lichterketten beleuchtet wurde. In mir Dunkelheit und Schmerz, der ziellos toste. In meinem Kopf spielten sich Bilder ab, ganze Filme, in denen Marco und seine Freunde einen jungen Mann in den Tod trieben, weil er nicht ihrer Vorstellung entsprach. Weil er sich verletzlich gezeigt hatte. Ich malte mir in den wildesten Farben aus, dass ich jener Junge hätte sein können.

Jäh wurde ich zurückgerissen. Da kam was. Was da herankam, der Kuss, war rasend. Energisch, wütend. Wenig in mir lehnte sich gegen ihn auf. In Sekunden hatte Marco meinen Körper gegen irgendetwas gepresst. Die Mauer? Meine Augen schwammen in Tränen, und doch gaben meinen Muskeln nach. Kurz nur erwiderte ich den Kuss.

Was machst du da, Orlando?

Ja, was? Brüsk stieß ich ihn von mir. Ich stieß ihn so fest, dass er förmlich zurückprallte und strauchelte. Zwei junge Mädchen mit Eistüten in Händen standen mit hochgezogenen Brauen da und musterten ihn vorwurfsvoll, weil er gegen sie gestoßen war, aber er stand nicht mal mehr. Auf den Knien starrte er mich verzweifelt an und wisperte:

„Oh, fuck."

Die Mädels gingen weiter, Marco kam auf die Füße, taumelte wie ein Kranker, bis er wieder festen Stand hatte.

„Bitte", konnte ich sagen, ohne zu begreifen, was ich meinte.

„Es tut mir leid", brachte er heraus.

Ich hob abwehrend eine Hand.

„Fuck, Orlando, verdammt! Es tut mir leid!"

„Verschwinde", gab ich brüchig zurück.

Er zögerte, machte einen Schritt auf mich zu, doch er musste gesehen haben, wie ich mich versteifte, also wandte er sich ab und ging. Das Gewühl hatte ihn bald verschluckt, aber mir war, als hörte ich seinen wütenden Schrei. Wut? Er war wütend? Bitte? Warum *er*?

Ich hatte allen Grund, wütend zu sein. Und alle Wut richtete ich auf Marco, mischte sich mit Fragmenten dessen, was er gesagt hatte, als weigerte sich mein Verstand, das, was hier geschehen war, zu verstehen. Homophobie. Mobbing. Der Junge, der vom Felsen gefallen war … Selbstmord?

Und falls er sich aus Verzweiflung hinab gestürzt hatte, wessen Schuld war das? Marcos? Hatte er einen jungen Mann durch Mobbing in den Tod getrieben? Mit was? Indem er getan hatte, was er vorhin getan hatte? War das seine Methode, mich loszuwerden?

Ich fühlte die Tränen kaum, während ich durch das lachende Volk in Richtung Kirche stolperte. Immer wieder drängten sich die Szenen aus Parma dazwischen. Mauros Lächeln. Wie er mich eingefangen hatte, indem er vorgegeben hatte, verliebt zu sein. Wie ich angefangen hatte, mir mehr herbeizusehnen als nur die sanften Berührungen unserer Hände, die sich auf dem Tisch im Parkrestaurant einander genähert hatten, bis sie sich, zaghaft erst, umschlungen hatten. Das Essen, der Wein, das Lachen auf dem Heimweg. Der vorsichtige, wahnsinnig zärtliche Kuss zum Abschied, wie ich die

Haustür aufgeschlossen hatte, hinter der meine Wohnung lag. Mauro war mit einem Versprechen gegangen. Ich sah ihn vor mir, sein Lächeln, als er mich zu einem großen Fest eingeladen hatte. Es war, als spürte ich jetzt wieder das trügerische Glücksgefühl, das mich durchflutet hatte, weil er mich nicht hatte verstecken wollen.

„*Wir brauchen keine Show abzuziehen, Orlando. Wir wissen nicht, wohin das mit uns führt, aber ein Geheimnis draus machen?*" Seine Lippen hatten sanft meine Wange gestreift.

Und ja, er hatte etwas öffentlich gemacht. Irgendwann spie mich das Getümmel an der breiten Treppe zum Hafen aus. Der Schmerz überwältigte mich. Ich taumelte gegen die niedrige Mauer, fing mich mit den Händen ab, spürte den warmen Stein darunter und ließ den Kopf hängen.

Es war Mauros Hochzeit gewesen, auf die er mich eingeladen hatte. In Erwartung irgendeiner Geburtstagsparty, das Herz voller Vergnügen, hatte ich mich vor einer Kirche wiedergefunden und hatte ihm dabei zusehen müssen, wie er seine Braut, ganz in Weiß, vor den Traualtar geführt hatte. *Alle* hatten es gewusst. Geifernd hatten sie auf der Piazza gestanden und auf mich gewartet. Das ganze Präsidium in Festtagsanzügen, das mich ausgelacht hatte. Ich war nie der Typ gewesen, der einen Streit körperlich austrug, obwohl ich, wenn es doch dazu kam, nicht immer den Kürzeren zog. Aber der Schmerz schnitt so tief, dass ich mich auf Mauro gestürzt und ihn von der Frau weggezerrt hatte. *„Was hast du getan?" Ich packte ihn am Kragen seines Jacketts, zog seinen Kopf nahe an meinen. „Warum hast du das getan?"*

„Ho ho ho, langsam." Höhnisch grinsend versuchte er, mich abzuschütteln. „Du bist gleich noch schöner in deiner Wut."

Ich bekam keine Luft mehr. Ließ ihn los, ballte die Faust und versetzte ihm einen Schlag ins Gesicht. Mit verdutzter Miene stieß er dabei gegen seine Frau. Sie schrie, ließ den Brautstrauß fallen. Die Kollegen, die mit Sektgläsern in der Hand nur feixend an den geschmückten Stehtischen auf der Piazza vor der Kirche standen, stürzten nach dem Schlag auf mich zu. Ich kam nicht schnell genug weg, kassierte Prügel, sackte zusammen und rappelte mich immer wieder auf. Es fühlte sich an, als wollten sie mich totschlagen. Der Pastor und die kreischenden Frauen beendeten die Attacken. Gebückt, mit der Hand auf dem malträtierten Bauch schlich ich davon. Niemand kam mir nach.

Ich war völlig benebelt und starr vor Schmerzen. Keine Ahnung, wie ich da rausgekommen war, aber irgendwann fand ich mich auf einer schmalen Straße wieder, zu beiden Seiten von dunklen Häusern gesäumt, die sich leicht schwankend über den Bürgersteig zu neigen schienen.

Man hatte mir offenbar das Hirn weich geklopft.

Wo war der Anfang dieser verfluchten Straße? Ich hatte das Gefühl, im Kreis zu gehen, stützte mich an den schweren Steinquadern der uralten Häuser ab, knickte in die Knie, taumelte, schlurfte.

Schließlich lehnte ich mich an die warme Wand eines morbiden Hauses, rutschte auf den Hosenboden. Ich spürte die Wärme der Sommernacht, spürte das Blut meine Schläfe hinablaufen, das sich mit meinen Tränen vermengte.

Wenn es bei Parma ein Meer gäbe, hätte ich mich hinein gestürzt. Aber so fegte ich bloß die Scherben auf, die mein Herz waren, und versuchte, den Namen aus meinem Gedächtnis zu löschen. Mauro Berietti. Doch der Name verhakte sich hartnäckig, so wie sein schiefes Lächeln, und was es in Wahrheit bedeutet hatte: Häme. Niedertracht und eine verquere Vorstellung von Witz.

„Es war doch nicht so gemeint." Schulterklopfen, Feixen. „Mann, bist du empfindlich."

Ich schaute auf. Sah den Sternen zu, die ins Meer stürzten.

Sternschnuppen. Nichts weiter.

Marcos Stimme in meinem Inneren. „Scheiße, bist du unromantisch."

Ich habe verlernt, romantisch zu sein, Marco. Und wenn dir einer der Sterne in die Hand fiele? Was würdest du dir wünschen?

„Dass ich mich irre", wisperte ich. „Ich will nicht glauben, dass er so ist. Ich will glauben, dass Marco anders ist."

Ein Stern ertränkte sich im Wasser. Neben mir jubelten zwei Mädchen, die sich schworen, ihren Wunsch nicht laut auszusprechen. Es war unerträglich. Ich drehte mich um, lehnte mich gegen die Mauer, und da sah ich sie. Marcos alte Freunde. Die beiden Typen von der Yacht *Circe*. Davide und den Dunkelhaarigen, die so eng nebeneinander auf der Treppe saßen, dass sie sich an den Beinen berührten. Neben ihnen eine Flasche Wein und zwei leere Gläser, bekamen sie nichts von der Welt mit. Völlig versunken küssten sie sich weich und lockend. Fassungslos starrte ich sie an. Sie waren so unbeschwert, gaben einen Dreck auf die Vielzahl von Zeugen, die gar keine Zeugen waren. Nur Passanten. Freunde. Andere Liebende. Ich keuchte. Besser hätte mir niemand die Wahnvorstellungen austreiben können. Benommen trat ich den Rückweg zum Boot an. Was hatte ich getan? Nein, was hatte ich gedacht? Traute ich Marco all das wirklich zu? Oder brachte ich bloß alles durcheinander, weil Parma und Mauro mich zerstört hatten? Oder war es so, dass ich die Zerstörung nur nicht hatte sehen wollen? Denn was wäre die Konsequenz gewesen?

Um nüchtern zu werden, wäre ich gern ins Meer gegangen. Dass ich das nicht wagte, bewies mir immerhin, dass ich nicht lebensmüde war. Davide schaute auf. Sein Blick fing mich ein. Zu seinem hellen Haar hatte er dunkle Augen, oder? Ich blinzelte. Er lächelte, sagte etwas zu seinem Freund, nahm das Glas und drängte sich durch die Menge zu mir herüber. Am Oberarm drückte er mich sacht zur Mauer, bis wir an ihr lehnten.

„Hey, Orlando."

Ich wischte mir über die Augen. „Davide", gab ich schwach zurück.

Er streckte mir das Glas hin, dessen Inhalt, der Wein, rot im künstlichen Licht der zahllosen Leuchten schimmerte. „Du siehst aus, als könntest du was zu trinken gebrauchen."

Stumm nahm ich das Glas und leerte es. „Danke", kriegte ich raus, als ich es ihm zurückgab.

„Antonellas Party fängt bald an. Bist du dabei?"

Ich schaute ihn an, dann an ihm vorbei, hin zu seinem Freund, der auf die Ellenbogen zurückgesunken war und das Gesicht dem Mond entgegen gehoben hatte.

„Nein, ich ..."

„Schade. Meine Schwester kann echt Stimmung machen, und Marco ist ..." Er lachte. „Ihr könntet euch besser kennenlernen, Marco und du."

„Was? Ich will ihn nicht …" Meine Stimme brach. Ich drehte mich um und ließ ihn stehen. Unter Girlanden bunter Glühbirnen, im Gesumme der Leute und dem Wummern der Musik, die aus den Lokalen dröhnte, streifte ich ziellos durch die immer selben Straßen.

Am Ende landete ich an einem kleinen Tisch, der zu einer Bar nahe der Treppe zum Hafen gehörte. Dass ich nur Schweppes bestellte, störte keinen. Dass ich nach vier Portionen Chinin gegen Kopfschmerzen einigermaßen beisammen war, bekam nur ich allein mit. Die Gefühle von vorhin hatte ich noch immer nicht vernünftig strukturiert. Wollte ich glauben, Marco wäre ein solches Arschloch? Warum?

Weil du darauf konditioniert bist, es zu denken. Permanent bedrängten mich Bilder und Erkenntnisse, die nicht zu dem passten, was ich die ganze Zeit über zu erwarten geglaubt hatte. Es war ein einziger Knoten gewesen, von dem ich angenommen hatte, dass ich ihn nur würde lösen können, wenn ich wüsste, was sich in der Grotte abgespielt hatte.

Aber es geht nicht um das, was da passiert ist. Zermürbt schlug ich mir die Hände vors Gesicht.

Was am Leuchtturm geschah, ist total unwichtig, Orlando. Du hast dir ein Ventil gesucht, weil du nicht darüber nachdenken wolltest, was unerreichbar für dich ist. Dabei hast du das Wesentliche übersehen.

„Und was?" Erschrocken von meiner eigenen Stimme schaute ich mich um, doch zum Glück waren alle anderen Gäste mit sich selbst beschäftigt. Niemand musterte mich irritiert. Ich lehnte mich im Stuhl zurück, setzte alle Eindrücke wie ein Puzzle zusammen, kam bei Lorenzo und Marco an, und hielt es in dem Moment, in dem mich das Verstehen durchströmte, für unmöglich. Zwar würde es alles erklären, sich viel schlüssiger anhören als alles, was ich mir bisher zusammengereimt hatte, aber mal ehrlich? Ein Mann wie Marco Diamante war doch der geborene Womanizer.

Antonella von der Yacht *Circe* tanzte durch die Menge. Sie zog ein paar Leute hinter sich her. Lorenzo, jetzt in Freizeitkleidung und mit einer drallen Rothaarigen an den Hemdzipfeln, aber auch die beiden Männer, die ich vorhin knutschend an der Kirche gesehen hatte. Antonella sah glücklich aus. Sie genoss ihre Geburtstagsfeier in vollen Zügen. Und da sah ich Marco, der lustlos neben ihr her trottete. Komisch, ich hatte erwartet, dass auch er die Party genießen würde. Dem Geburtstagskind gefiel es nicht, wie er da rum schlurfte. Sie neckte ihn, stieß ihn mit der Hüfte an, was etwas in ihm auslöste, was ihn dann doch zum Lachen brachte. Nüchtern war er nicht mehr. Er schwankte mit den anderen aus meinem Gesichtsfeld.

Ich musste dem Gewusel entfliehen, winkte nach dem Kellner, bezahlte und machte mich endlich auf den Weg zurück zum Boot.

*

An Schlaf war nicht zu denken. Ich taumelte von der Koje ins Bad, streifte die Klamotten ab und stellte mich unter die Dusche. Als ich gerade den Kopf voller Shampoo hatte, streikte die Pumpe. Fluchend spuckte ich Seifenschaum aus, probierte herum, musste aber akzeptieren, dass der Wassertank nichts mehr hergab. Ich schnappte mir ein Handtuch, wickelte es mir behelfsmäßig um die Lenden und stolperte an Deck, wo ich in den aufklappbaren Bänken nach Wasserflaschen wühlte. Damit wollte ich wenigstens das Gröbste herunterspülen. Ich wurde fündig, schraubte die Plastikflaschen auf, goss das Wasser über mich. Meine Augen brannten vom Shampoo. Nebenher schäumte es unsäglich, weil ich Wasser mit Kohlensäure erwischt hatte. Es dauerte ewig, bis das Shampoo ausgewaschen war, und in dieser Ewigkeit brachte ich es einen Moment lang zustande, über mich selbst zu lachen.

Etwas milder gestimmt hockte ich danach, nur mit dem Handtuch um die Hüften, auf der Bank neben dem Ruder, zu meinen Füßen ungezählte leere Plastikflaschen. Ich lehnte den Kopf in den Nacken.

Gedanken und Gefühle verknoteten sich mit Eindrücken und Sehnsüchten. Neue Bilderfluten strömten auf mich ein. Ein Teenager, der sich von einer Klippe stürzt. Das Mädchen in der Werkstatt eines Juweliers. Antonella mit dem Buch auf der Yacht. Marco nackt mit dem Süßwasserschlauch auf dem Boot. Ausgerechnet ... warum drängte sich mir jetzt dieses Bild auf?

Meine Reaktion auf Marco brachte mich geradewegs zu dem Streit und dem verunglückten Kuss. Ich verstand ihn einfach nicht. Wollten wir noch miteinander arbeiten, würden wir über alles reden müssen, und Reden war nicht seine Stärke. Außerdem versetzte mich die Aussicht erneut in Panik. Das würden wir nie hinkriegen. Never ... Es war noch immer drückend heiß. Der Himmel hing voller Sterne, und das Gesumme der Menschen in der Stadt kam wie aus einem anderen Universum. Ich wünschte, ich könnte schwimmen. Das Meer lockte mich, nur mein Selbsterhaltungstrieb hielt mich zurück. Und doch würde mich das Meer eher zur Vernunft bringen als das Wasser aus der schlappen, katastrophal unzuverlässigen Dusche im Inneren der Kabine. Wenn ich mich abkühlen wollte, müsste ich mir literweise Wasser aus Flaschen über den Kopf gießen.

Sieh mal zu, dass du dann stilles Wasser erwischst.

Mir kam eine Idee. Am Heck war eine Leiter angebracht. Was wäre, wenn ich nur so weit ins Wasser gehen würde, wie ich mich an ihr festhalten konnte? Das Meer dünstete einen Geruch aus, der Sehnsüchte vertiefte. Alles hier war so traumwandlerisch. Ich federte hoch und tappte zum Heck. Ließ das Handtuch zu Boden gleiten. Zuerst vorsichtig, dann mutiger, doch immer mit beiden Händen am Gestänge der Leiter, wagte ich mich ins Meer, dem ich mich wohlig seufzend hingab. Das Wasser war wärmer als vermutet. Bis zu den Schultern tauchte ich ein. Das Meer legte sich um mich wie Decke. Zum Glück knüpfte ich meine traumatischen Erinnerungen an Schwimmbäder und Süßwasser. Das Meer hatte mich nie betrogen. Ohne die Leiter loszulassen, schloss ich die Augen und träumte, bemüht, die Albträume umzuwandeln, und wenn nicht das, dann wenigstens bemüht, zu vergessen. Das Plätschern der kleinen Wellen, die gegen die Bootsrümpfe platschten, klang wie der Atem eines Liebhabers. Liebkosend, wie zärtliche Hände. Keine Ahnung, wie lang ich da so hing, doch plötzlich wankte die Yacht. Vor Schreck ließ ich das Gestänge los, schrie auf und sank. Als ich wieder hochkam, weil sich meine Beine selbstständig bewegten, spie ich keuchend Wasser aus. Panisch strampelnd versuchte ich, an der Oberfläche zu

bleiben. Ich dachte nichts. Hielt den Kopf krampfhaft über Wasser, doch der Anblick des sich entfernenden Bootsrumpfes versetzte mich weiter in Panik. Die Zeit wurde zu nichts. Warum fuhr er fort? Warum …?
Die Beine schwer wie Blei wurden mir eiskalt. Das Salzwasser brannte mir in den Augen. Es existierten nur Angst und Wasser, das mir durch die Nase in die Kehle rann. Irgendwie erreichte ich die Oberfläche. Mit dem Gefühl, als wäre es das letzte Mal, füllte ich meine Lungen. Aber ich verlor die Kontrolle, schluckte Wasser, hustete und sank einfach. Meine Gliedmaßen gehorchten mir nicht mehr, so wenig wie mein Verstand.

Das war's dann, Orlando.

Doch etwas packte mich. Im ersten Moment wurde die Angst dichter, legte sich wie ein Ring um meine Brust, als wollte sie den letzten Rest Leben aus mir pressen. Es war nicht das, womit ich rechnete, ich fühlte jedoch, wie ich an die Oberfläche gezerrt wurde. Mein Kopf durchbrach die Wasseroberfläche, und in derselben Sekunde sog ich zischend Luft ein, hustete, atmete. Da war nichts als Erleichterung und das Gefühl, ein Geschenk erhalten zu haben. Ganz gleich, wer mich rettete, ich klammerte mich an ihn. Eine Stimme bat mich, ruhiger zu werden.

Das geht nicht.

Ein paar Mal schnappte ich nach Sauerstoff. Dann war klares Sehen wieder möglich, und ich begriff wenigstens, dass niemand die Yacht bewegt hatte. Wie war das möglich? Hatte ich mich vom Rumpf fortbewegt?

„Geht's wieder?", fragte die Stimme. Ich versuchte, zu antworten, doch am Rand meiner Wahrnehmung hörte ich nur meinen keuchenden Atem.

„Ich leg jetzt einen Arm um deine Brust, okay? Ich zieh dich rückwärts zum Boot."

Ich schien ein Nicken zustande gebracht zu haben, denn wir setzten uns in Bewegung. Über nichts dachte ich mehr nach. Weder über meine Nacktheit noch über Leuchttürme. Ich gab die Verantwortung ab, vertraute. Es fühlte sich fremd an, und alles, was geschah, zerfaserte in Eindrücke. Wirbel von Wasser, Luft und Energie, und mittendrin eine Frau, die mich mit der Hilfe meines Retters über die Leiter nach oben zog. Die ihm half, mich durch den schmalen Durchgang zu bugsieren, bis wir uns zu dritt auf dem breiten Bett der Koje wiederfanden, wo sie mich in das Laken wickelte. Verschwommen hatte ich das Gefühl, der Mann könnte Marco sein.

Er würgte. „Scheiße." Und raste ins Bad.

Er war es zweifellos. Unüberhörbar drehte er seinen Magen auf links und kotzte sich die Seele aus Leib. Ich musste einen Schock haben, denn sinnlos streckte ich die Hand in Richtung Bad aus.

„Marco", krächzte ich.

„Er hat gesoffen." Die Frau drückte mich an der Schulter aufs Bett zurück. „Alte Wunden und neuer Liebeskummer vertragen sich nicht gut."

Meine Hand, die eben nach Marco greifen wollte, der unendlich weit weg schien, tastete nach ihrem Gesicht. „Circe", ächzte ich.

Sie runzelte die Stirn, aber ihr Ausdruck wurde weicher. „Meinetwegen. Aber ich heiße Antonella."

Sie warf einen Blick zum Durchgang, doch Marco kam nicht zurück. Stattdessen hörten wir ihn an der Küchenzeile herumtorkeln. Er schien überall anzuecken. Dann ging der Kühlschrank auf. Da war das Zischen, das entstand, wenn man eine Flasche Bier öffnete. Seine leisen Flüche.

Antonella kniete in einem Kleid, das mit Zitronen bedruckt war, auf dem Lager, als bewachte sie mich, und am Rande meines wirren Bewusstseins registrierte ich, dass sie nachdachte. Unvermittelt sprang sie auf und fing an, in Marcos Tasche zu wühlen, bis sie eine blaue Shorts rauszog, mit der sie in die Küche flitzte. Ich hörte sie streiten. Wie sie versuchte, ihn zu überreden, die nassen Klamotten auszuziehen. Sie war harsch, aber erfolgreich, denn sie kam zumindest mit seinem nassen Hemd zurück, das sie schlicht auf den Boden warf.

Dann legte sie sich wieder hin, drängte sich neben mich und flüsterte: „Hör zu. Es geht ihm beschissen, und es wäre cool, wenn du aufhören würdest, ihn mit Fragen zu nerven."

Ihr Gesicht verschwamm mir vor Augen. Sie warf einen Blick über die Schulter, wischte meine Hand weg, die träge wieder nach ihrer Wange greifen wollte, und redete schneller.

„Der unselige Ring. Mein ältester Bruder, Lorenzo, gab ihn in Auftrag, um ihn mir zum achtzehnten Geburtstag zu schenken, verstehst du?"

Irgendein zustimmendes Geräusch musste ich von mir gegeben haben, fest davon überzeugt, zu verstehen. In Wahrheit verstand ich so viel, als wäre ich betrunken, und nicht Marco, der sich an einer Flasche Bier und an der Kabinentür festhielt. Die trockene Hose hing ihm tief auf den Beckenknochen.

„Sie hat heute Geburtstag", lallte er, stieß sich vom Rahmen ab und stürzte zu uns. Die Flasche polterte auf die Planken und lief aus.

Antonella lag zwischen uns und rollte sich resigniert auf den Rücken. „Es wird nicht besser, wenn du mehr trinkst, Marco."

„Hab' 'nen Schock", murmelte er.

Als wäre sie wütend, drehte sie sich von ihm weg, zu mir hin, doch er drängte sich an ihren Rücken, als suchte er bei ihr Geborgenheit. Ich war zu schwach für Eifersucht. Tatsächlich empfand ich sie nicht mal, ich war Teil von etwas Großem. Vielleicht Freundschaft? Mittlerweile lagen wir drei da wie Löffel in einer Besteckschublade.

„Komme von ´ner Party und Orlando strampelt um sein Leben", hörte ich seine verwaschene Stimme. Über Antonella hinweg strich er mir über die Wange. Ich seufzte wie ein Kind, als er meine Hand nahm, und seine Finger mit seinen verflocht. Antonella setzte sich ruckartig auf, wovon ich nicht viel sah, aber ich fühlte es. Die Bewegung zerriss das Band zwischen Marco und mir. Ich trauerte dem Gefühl seiner Hand in meiner nach.

„Ihr seid schlimm", maulte sie.

„Ihr?", fragte ich.

„Ja, ihr. Ihr begreift gar nichts." Sie schien Marco unsanft wegzustoßen, der nur leise protestierte. Ich drehte mich endlich zu ihr um. Sie kniete zwischen uns und umfasste mein Gesicht mit beiden Händen, zwang mich so, sie direkt anzusehen.

„Lorenzo, mein Bruder, hat mir damals den Ring zum Geburtstag geschenkt, Orlando. Mach was aus der Info."

„Der auf der Yacht?", flüsterte ich.

„Nein, das ist mein Zwillingsbruder, Davide." Sie sank auf den Rücken zurück. „Sieht man nicht, ich weiß."

„Wenn Remus Romulus getötet hätte, hieße Rom jetzt Rem." Marco lachte leicht irre.

Sie stöhnte liebevoll gereizt.

„Dein Geburtstag." Marco, den ich kaum richtig sah, weil ich mich nicht bewegen konnte, schien jetzt neben ihr auf dem Rücken zu liegen. Antonella, unverändert zwischen uns, deckte mich bis zum Kinn zu, weil ich zitterte.

„Weißt du noch?", wollte Marco wissen. „Rein gefeiert hatten wir. Fondue. Ich hasse Fondue."

„Ich aber nicht", gab sie spitz zurück. „Und es war mein Geburtstag. Natürlich weiß ich es noch. Es war einer der beschissensten Tage meines Lebens."

„Was ist denn passiert?" Meine Stimme klang schrecklich belegt, und nur halb realisierte ich, dass die Antwort auf diese Frage Marcos desolaten Zustand erklären würde.

„Was passiert ist?" In ihrem Ärger schwangen Tränen. „Mein Bruder brachte den Ring und die hingerotzte Nachricht, dass jemand gestorben war. Wir wussten nicht mal, wer."

„Doch", brummte Marco. „Ich wusste, dass es Giulia war. Ich musste nur in Muriels Gesicht sehen, als Lorenzo sagte, warum die Martinshörner den Berg hoch heulten. Es war …" Ohne den Satz zu vollenden, stemmte er sich hoch und schwankte in die Küche.

„Muriel?", fragte ich scheu.

„Giulias Schwester", erklärte Antonella, die zur Tür und so Richtung Küche schaute.

Ich wollte sie wieder Circe nennen. Sie anfassen. Vielleicht, weil ich glaubte, zu verstehen, warum Marco sie geliebt hatte. Aus der Küche hörten wir Glas klirren. Das nächste Bier ging zischend auf.

„Ich will nichts davon hören!", brüllte Marco. „Die remische Republik!" Er kicherte. „Das remische Imperium, dem Untergang geweiht."

„Noch mehr saufen hilft nicht!", rief Antonella.

„Muriel!", schrie er. „Komm her! Sag es mir ins Gesicht!"

Muriel? Was für ein komischer Name. Er kam mir schwer über die Lippen. Wieder fühlte ich ein Beben durch meinen Körper ziehen. Antonella … Circe zog mich an sich.

„Giulias Schwester. Sie stand plötzlich im Bad unseres Ferienhauses und fing mit etwas an, dass mir auf ewig Geburtstage verhagelt hat."

Antonella, damals

Als ich die Tür der Duschkabine aufschieben wollte, klemmte sie. Ich zog und zerrte, aber sie gab keinen Millimeter nach. Fluchend und tropfend überlegte ich, wen ich um Hilfe rufen sollte, denn wir hatten in meinen Geburtstag hinein gefeiert und das Haus war voller halb bewusstloser Freunde. Niemand würde von meinem Gebrüll wach werden. Ich fror und war ratlos, als es einen Knall gab und das Milchglas der Duschkabine zersprang. Wie mein Schreckensschrei wurde der Lärm als vielfaches Echo von den Fliesen zurückgeworfen. In Einzelteilen rieselte die Duschtür zu Boden und verteilte sich um meine nackten Füße in der Wanne. Ich fühlte etwas Warmes an meinem Bein hinabrinnen. Zischend vor Schmerz tänzelte ich auf Zehenspitzen um die gröbsten Scherben herum, um mir das Duschtuch vom Klositz zu schnappen, als ich die Gestalt entdeckte.

Muriel, die mit einem Nothämmerchen für Sicherheitsglas einen Schritt auf mich zu machte und zischte: „Du miese Schlampe."

„Muriel! Was soll die Scheiße?" Ich wickelte mich in das Handtuch. „Überall liegt zerbrochenes Glas rum! Es ist ein Wunder, dass ich nur ein paar Kratzer habe!"

Zornbebend wollte ich mich an ihr vorbei drängen, die sich mit einem irren Grinsen im Gesicht nicht ein Stück von der Tür wegbewegte.

„Was ist mit dir los? Hast du was eingeworfen?" Ich schubste sie einfach zur Seite und tappte durch die Diele in die zum Ess- und Wohnbereich hin offene Küche, Muriel dicht auf den blutenden Fersen, als etwas geschah, was die Irre zum Leben erweckte. Marco Diamante kam von draußen durch die geöffnete Haustür. Sie machte einen Schritt auf ihn zu, verharrte dann aber doch, als wüsste sie nicht, was sie tun oder sagen sollte. Wenigstens hatte sie mich nicht mehr im Blick. Obwohl ich keinen Schimmer hatte, warum sie das tun wollte, traute ich zu, dass sie mich mit dem Notfallhammer traktieren würde. Marco legte das mit Papier umwickelte Papptablett voller Cornetti mit Nutella auf den Esstisch, auf dem die Fondue-Reste vom Vorabend vor sich hin krusteten. Dabei taxierte er Muriel kritisch. Sie gehörte nicht zum Freundeskreis, war nicht auf der gestrigen Party gewesen und sie war ohne Zweifel nicht ganz bei Trost. Jeder konnte das in ihrer Miene lesen. In meiner Miene lag sicher auch etwas: Eine Menge Wut.

„Muriel hat die Duschkabine zertrümmert", keifte ich, während ich eine Schublade nach der anderen aufzog, auf der Suche nach Pflastern.

„Hast du hier übernachtet?", zischte Muriel, die mit dem Hammer in der Hand auf Marco zu ging,

„Meine Fresse, hat das gedauert, bis der Groschen fiel!", schrie ich zornig. „Klar hat er das!"

Marco guckte verwirrt. „Und? Es gab eine Party."

„*Du hast hier übernachtet! Bei dieser Hure!*" *Muriel schnellte vor, erwischte zwei Fonduegabeln vom Tisch und stocherte damit auf Marco ein, der die Attacken nicht alle abwehren konnte.*

Im Hintergrund schossen Rettungsfahrzeuge jaulend den Berg hinab. Einer unserer Freunde, Daniele, kam nur in Shorts die Treppe heruntergehetzt, wobei ihm das Haar nicht nur vom Schreck zu Berge stand. Chiara tauchte hinter ihm auf. Ihr zerzauster Schopf lugte an seiner Schulter vorbei. Sie blieb auf der untersten Stufe stehen, als Daniele vorstürmte und versuchte, Muriel zu fassen zu kriegen, bevor sie Marco, der beide Arme vors Gesicht hob, ein Auge ausstach. Aber diese griff nun nach beiden Seiten an.

„Verdammte Axt, Muriel!" Es war mein Bruder Davide, der sie von hinten umklammerte und hochhob. Ihre Beine traten ziellos in die Luft, trafen Marco, der ihr das Fonduebesteck entwinden wollte. Er stöhnte, hielt sich die Schläfe und prallte gegen den Esstisch, der mit sämtlichem Geschirr der Party bestückt war. Alles dreckig und verklebt. Teller klirrten mit Fleisch- und Soßenresten auf die Fliesen. Ein halb leeres Weinglas fiel um. Der Wein floss träge, von einem angebissenen Stück Weißbrot gebremst, auf den Boden.

Ein durchdringender Pfiff beendete alles. Muriel befreite sich schnaufend. Wir starrten meinen Bruder Lorenzo an, der mit einem mit Schleifchen versehenen

Geschenkpäckchen im Türrahmen stand. „Was ist hier los?"

„Eh?" Davide hob beide Arme und ließ sie wieder fallen. Er fand wohl, dass es nichts zu erklären gab.

Lorenzo kam ganz herein. „Davide. Versuche es. Ihr führt euch wie Verrückte auf." Lorenzo zupfte den Zipfel der verrutschten Tischdecke vom schmutzigen Geschirr mit manierierten Bewegungen hinunter.

Auf den Ballen meiner verpflasterten Füße balancierte ich zu ihm hinüber, um ihn mit Küssen zu begrüßen. Dabei legte er den Kopf leicht schief, als beäugte er einen Kindergarten. Das war seine Attitude, und normalerweise nervte sie.

„Ich habe nicht mit dir gerechnet", sagte ich, statt Davide Zeit für eine Erklärung zu lassen. „Was machst du hier?"

„Dir dein Geschenk bringen. Und ich wollte das Fondue holen, aber es sieht aus, als würde ich ein neues fürs Boot kaufen müssen."

„Brennt es irgendwo?" Marco, der mit dem Arsch ans Sideboard gelehnt eine Weile damit befasst gewesen war, Lorenzo anzustarren, als wäre er der Heiland, zeigte jetzt nach draußen und meinte offenbar die Martinshörner.

„Nein", sagte Lorenzo ausdruckslos. „Es scheint sich ein Mädchen die Klippe runter gestürzt zu haben. Liebeskummer heißt es."

„Giulia!" Kreischend flog Muriel auf Marco zu und traktierte ihn mit ihren kleinen Fäusten. „Meine Schwester! Du hast meine Schwester umgebracht."

„Was?" Hilflos guckte Marco um sich, halbherzig damit befasst, ihre Hände einzufangen. „Ich habe nicht ... Ich war doch gar nicht da."

Mittlerweile war der Raum voller verpennt aussehender Teenager, die sich teils Laken um die halb nackten Körper gewickelt hatten. Vereint in ihrer Irritation schauten sie auf das Spektakel mit Mienen, wie sie vermutlich die Eingeborenen Amerikas gezogen hatten, als die ersten Europäer an Land gerudert waren. Es war eine vollkommen absurde Situation. Die, die später heruntergekommen waren, begriffen nicht, was los war, und schon gar nicht Muriels Verhalten. Wir anderen waren geschockt. Marco sogar richtiggehend verzweifelt. Meine Füße taten mir weh, ich konnte nur auf den Ballen laufen, aber ich wünschte, jemand würde Muriel von Marco wegziehen, denn ich stand nahe genug, um zu sehen, wie sich seine Augen mit Tränen füllten.

„Du hast ihr das Herz gebrochen!", schrie Muriel ihn an.

Es war Lorenzo, der sie schließlich einfing. Sei es auch nur mit seiner trügerisch sanften Stimme.

„Liebchen, keiner von uns hat irgendetwas mit dem gebrochenen Herzen deiner Schwester zu tun."

Marco schaute ihn flehend an. Aber Lorenzo hatte ja genauso wenig Ahnung von Giulias Verliebtheit wie wir *anderen. Für einen Moment sah Muriel wie irre von einem zum anderen, dann rannte sie raus. Wir hörten Bremsen quietschen. Einen Schreckensschrei, dem Flüche folgten. Dann nichts mehr.*

Jetzt
Der Nebel in meinem Schädel löste sich allmählich auf. „Das Mädchen, das dachte, er würde den Ring für sie machen. Giulia. Sie hat sich …"

Antonella, die aufrecht im Bett saß, nickte energisch. „Der Ring war in dem Päckchen, das Lorenzo in den Händen hielt."

„Der ältere Bruder", kapierte ich.

„Ja. Er hatte mit unseren Feten damals nichts am Hut, weil er etwas älter ist." Sie stupste mich sacht an. „Er war das übrigens auch am Restaurant. Als du euch den Abend versaut hast."

„Ich weiß. Aber ich hab' nicht …" Schwerfällig setzte ich mich auf. *Doch, ich hatte.* „Es tut mir leid."

„Sag es ihm." Sie deutete mit dem Daumen in Richtung Durchgang. „Aber in Wirklichkeit hat Muriel diesen Abend versaut. Weil sie den Ring geklaut und in die Grotte gelegt hat. Weil sie nach all den Jahren nichts unversucht lässt, Marco die Schuld am Tod ihrer Schwester zuzuschieben. Jedes Jahr an meinem Geburtstag." Sie stand auf. „Hilf mir."

„Wobei?"

„Hörst du ihn nicht schnarchen? Wir müssen ihn in die Koje schleppen. Oder willst du ihn in der Küche liegen lassen?"

Nein, das wollte ich nicht. Ich überwand das Zittern meiner Knie, half Antonella dabei, den halb komatösen Marco ins Bett zu schleifen, und verabschiedete mich hölzern von ihr, als sie erklärte, sie würde auf die Yacht *Circe* zurückkehren. Hölzern, denn etwas in mir flüsterte von dem Gefühl, das mich durchströmt hatte, als ich Marco neben Lorenzo beim Restaurant gesehen hatte. Es war Eifersucht gewesen. Sie kam mir plötzlich richtig vor und zugleich total schwachsinnig. Ich musste mich irren!
Sie war es. Sie hatte er geliebt, und sie hatte ihn zurückgewiesen. Etwas anderes ist undenkbar.

*

Am frühen Morgen erwachte ich neben dem leise schnarchenden Marco und versuchte, die zurückliegenden Ereignisse zu gliedern. Doch ich war außerstande, alle Fragmente der Nacht zusammenzusetzen. Ein blasser Sonnenstrahl schien mir durchs Bullauge auf die Haut. Alles in mir schmerzte. Die Knochen, die Muskeln, sogar das Blut. Außerdem fragte ich mich, wie ich in diese Unterhosen gekommen war. Am Bein waren sie ein wenig zu groß. Sie mussten Marco gehören, denn seine Oberschenkel waren wesentlich muskulöser als meine. Am wahrscheinlichsten war, dass ich nur blind in die Reisetasche gegriffen und sie herausgezogen hatte. Ich drehte mich auf die Seite, zu Marco hin, der mir im Schlaf den Rücken zugewandt hatte. Sein Schnarchen verriet mir, dass die Menge Alkohol, die er vernichtet hatte, immens gewesen sein musste. Mir fiel Antonella wieder ein, die ihn nach Hause gebracht hatte. Vermutlich hatte sie ihm nicht zugetraut, dass er in dem Zustand den Weg zur Yacht fände, oder sie fürchtete, er würde verunglücken. Was auch immer, es erklärte jedenfalls, wie das relativ große Boot derartig hatte schwanken können, dass ich vor Schreck die Leiter losgelassen hatte. Wahrscheinlich war Marco mehr an Bord gefallen denn gegangen und hatte Antonella mit sich gerissen. Und doch war er in der Lage gewesen, meinen Schreckensschrei und den Notfall nicht nur zu erfassen, sondern mir auch nachzuspringen. Ich empfand Dankbarkeit. Vermutlich weniger für die Lebensrettung als für die Augenblicke der Erinnerung, die er mir geschenkt hatte. Unauflöslich würde die Angst um mein Leben mit seinen Berührungen verknüpft sein. Berührungen?

Er hat geweint, sein Gesicht an meinen Körper gedrückt. Nein.

Er hat an meinem Schlüsselbein geknabbert. Unsinn. Ich wischte mir fahrig die Locken aus der Stirn.

Aber er hat dich berührt.
Natürlich hatte er mich berührt. Das musste er ja, anders hätte er mich nicht aus dem Wasser ziehen können, aber war da nicht mehr gewesen? Seine Finger, die sich mit meinen verflochten hatten. Wirklich?

Die Wärme, die von Marco ausging, der neben mir lag und tief schlief, lockte mich, ihn anzusehen. Das Laken bedeckte ihn hüftabwärts, das Haar stand wirr vom Kopf ab und er roch nach Salz und Schweiß. *Und ein bisschen nach saurem Atem, aber was soll's?* Warum schien er nichts anzuhaben? Ich nahm all meinen Mut zusammen und hob das Laken an, um zu schauen, ob er wirklich nackt war. Keine Ahnung, ob ich Erleichterung oder Bedauern fühlte, als ich die blaue Shorts entdeckte, in die er in der Nacht geschlüpft war. Nichts wollte ich mehr, als ihn anzufassen, und hielt mich doch zurück. Wie lange würde ich das durchhalten? Oder hatte er alles zerstört, weil er Grenzen nicht akzeptierte? Und warum hatte er sie überhaupt überschritten?

Gestern Abend … Was, zur Hölle, war das gewesen?

Der Streit, der energische Kuss, die Einladung zur Party …

Zeit darüber nachzudenken, hatte ich nicht. Auf dem Bootsdeck turnte jemand herum.

„Hallo?", rief ich leise, aus Angst, Marco zu wecken. Oben tappten Schritte, bei denen ich mir zuerst nicht vielmehr dachte, als dass ich gern wüsste, wer das wäre. Doch dann drängte sich mir ein Gedanke auf, der vor lauter Gefühlswirren in den Hintergrund geraten war. Wir waren hier, weil wir einen Fall hatten. Wir suchten ein entführtes Mädchen, und auch wenn Marco nicht daran glauben wollte, dass es in Gefahr war, bestand diese Möglichkeit durchaus. So wie es möglich war, dass der oder die Entführer gemerkt hatten, dass wir nach ihr suchten. Besonders vorsichtig waren wir ja nicht gewesen. Ich sprang förmlich aus dem Bett, wühlte in der Reisetasche nach meiner Waffe und schleppte mich, geschwächt vom nächtlichen Schock, die vier Stufen hoch. Oben stieß ich die Tür auf und prallte vor dem Sonnenlicht zurück. Schützend legte ich einen Arm über die Augen, blinzelte mehrfach, schlich zur Brücke, und guckte auf die Rückenansicht einer Frau, die sich über eine der aufgeklappten Außenbänke bückte. Da ich dachte, dass sie mich nicht gehört hatte, näherte ich mich ihr diskret von der Seite. Failed. Sie wirbelte herum und warf mit einer Dose aus dem

Werkzeugkasten nach mir. Das Teil traf mich an der Stirn. Ich ächzte. Die Dose knallte an die Kabinenwand und prallte von dort zurück an meine Schläfe.

„Ah!" Ich ließ die Waffe fallen und kippte seitlich über die Reling. Im Wasser schnürte es mir sofort die Luft ab, doch nach einigen Schrecksekunden strampelte ich ausreichend, um die Oberfläche zu durchbrechen.

Ich brüllte. „Hilfe!" Schwimmen konnte ich schließlich immer noch nicht. „Ich bin Nichtschwimmer!"

Neben mir platschte ein Styroporbrett für Schwimmübungen ins Wasser, das ich fast mit den Füßen weg gestrampelt hätte. Verzweifelt angelte ich danach, bis ich es zu packen bekam und krampfhaft an mich presste. Als Nächstes tauchte das gebräunte Oval des Gesichtes der Frau über der Reling auf, das von dunklen Locken umrahmt wurde. Es war Antonella. Hatte sie nicht zurück auf ihre Yacht gewollt?

„Hör auf zu schreien! Es ist sieben Uhr morgens! Du weckst den gesamten Yachthafen!"

Ich zappelte. „Du weißt doch … Ich kann nicht …!"

„Ich hab' dich doch nicht ins Wasser geworfen, du Vogel! Was schleichst du dich auch an mich heran wie ein Verbrecher? Mit dem Brett wirst du es zur Leiter schaffen! Nur mit den Füßen paddeln!"

Ich klammerte mich an das Brett. „Was, zum Teufel …!" Ich spuckte Wasser aus.

Minuten später half sie mir die Leiter hoch und plapperte schnell. „Von unserem Boot aus haben wir die *Stasera* gesehen, aber du wirst sie nicht finden. Ortsfremd und so. Ich fahre."

Vor mich hin tropfend bekam ich, zusammen mit einem Handtuch, einen Wust Fakten um die Ohren geschmissen.

„Alle sind weg", ratterte sie runter. „Die Jungs sind nach Capri, die anderen Partygäste auf dem Weg zum Festland." Sie zeigte in die Luft. „Und weil Marco so besoffen war, fanden es alle besser, dass ich euer Boot hinsteuere. Es ist verzwickt. Die *Stasera* liegt ziemlich clever zwischen den Felsen. Am besten sieht man sie vom Frontone-Strand."

Bei den Erläuterungen sprang sie hin und her wie ein Matrose, um die Leinen loszumachen.

„Und Marco?" Ich starrte zur Kabine, als erwartete ich, ihn jeden Moment dort hochkommen zu sehen, aber sie winkte ab.

„Rechne nicht mit ihm. Du weißt doch, wie besoffen er war."

„Wegen des entsetzlichen Selbstmordes", kratzte ich mir die Geschichte der letzten Nacht zusammen. „Und weil die Schwester des Mädchens ihn stalkt."

In der Arbeit innehaltend guckte sie mich konsterniert an. „Ist das alles, was du dir gemerkt hast?"

Das nicht vertäute Ende der Leine, die sie in der Hand gehalten hatte, klatschte auf den Steg, als sie zurückkam, um sich auf die Kante des Kapitänsstuhls zu setzen. Ich warf einen Blick in den Himmel, auf dem sich zwei Schäfchenwolken gegenseitig jagten. Mein Blick wanderte zu ihr zurück.

„Hol mal zwei Wasser." Sie klang genervt, also holte ich zwei Wasser, warf ihr eine der beiden Plastikflaschen zu und wartete geduldig, bis sie sie halb geleert hatte.

„Nicht nur deswegen, Orlando. Auf meiner Party diese Nacht hat er sich den Liebeskummer taub gesoffen. Er hat echt kein Talent. Immer sind es die Falschen. Aus den unterschiedlichsten Gründen."

Ich rieb mir die schmerzende Schläfe. „Er hat Liebeskummer?"

„Ja, er ist unglücklich in jemanden verliebt, der andauernd an ihm herum meckert und ihm Vorschriften macht. Eincremen, weniger Rauchen. Mit Fragen nerven und so was." Sie machte ein Geräusch, das ein wenig nach Verachtung klang, und musterte mich mit einem rätselhaften Blick. Was wollte sie hören?

Ich stimmte ihr zu. „Wie kann man sich in so jemanden verlieben?"

„Frag' ich mich auch." Sie federte vom Stuhl und balancierte an den Steg, um die Leinen endgültig zu lösen. Die Yacht driftete vom Steg weg, während Antonella zurückkam und sich in den Ledersessel vor dem Ruder warf, um den Motor zu starten.

„Hast du es gemerkt, damals?", fragte ich.

Sie guckte mich an, als wäre ich ein begriffsstutziger Schüler. „Orlando, er war nie in mich verliebt, okay? Wenn ich dir mehr erzähle, wäre es übergriffig. Es ist sein Job, mit dir zu reden! Mehr als mit überdimensionalen Hinweispfeilen drauf zeigen, kann ich nicht!"

Ich blinzelte. „Was?"

Eine Antwort bekam ich nicht.

Welche Hinweispfeile? Der Gedanke, der in der Nacht kurz aufgeblitzt war, zuckte erneut, tauchte aber sofort wieder unter. Ich wollte glatt noch mal fragen, aber sie konzentrierte sich aufs Steuer. Während sie das Gefährt geschickt aus dem Hafen lenkte, klammerte ich mich an der Reling fest und sah blinzelnd in den grellen Sonnenschein. Erneut bedauerte ich mein Verhalten im Restaurant. Nein, ich verfluchte mich von ganzem Herzen, weil ich mich seit dem Ring-Fund nie vernünftig aufgeführt hatte. Alles, was ich gesagt oder getan hatte, hatte Marco immer wieder auf seine Schuldgefühle gelenkt. Er hätte Ablenkung gebraucht. Aber wie hätte ich das wissen können, wenn er nicht mit mir redete?

Antonella gab Gas. „Wir ankern hinter den orangenen Bojen!" Ihr Tonfall verdeutlichte unmissverständlich, dass sie das Thema nicht weiter zu vertiefen beabsichtigte. „Und schwimmen das Stück …"

„Ich kann doch nicht …!" Ich befürchtete, dass der Motorenlärm meine Stimme verschluckte.

„Mit dem Brett wird's klappen."

Dass ich mich nicht vom Fleck bewegte, hatte weniger mit der Angst vor dem Wasser zu tun. Ich hatte das Gefühl, nicht richtig in der Welt zu sein, was Antonella eindeutig fehldeutete.

„Mann, bist du schwer von Begriff! Wir ankern, schwimmen an den Strand und leihen uns vom Bademeister den Rettungskatamaran zum Rudern. Dazu brauchst du deinen Dienstausweis."

„Und wo soll ich den hin packen?"

„Du lieber Gott! Auf jeder Yacht sind wasserfeste Bauchtaschen. Such einfach!"

*

Beim Geschaukel und Getöse der von Antonella initiierten Abfahrt wühlte ich in der Kabine nach Badeshorts und dem Bauchgurt. Beides fand ich flott in einer der quadratischen Schubladen des Einbauschranks neben dem Bett. Die Tasche legte ich erst mal in ein Regalfach mit Büchern, um in die Shorts zu steigen. Umgezogen griff ich nach der Tasche, suchte in meinen Papieren nach dem Dienstausweis, schob ihn dort hinein und schnallte sie mir um den Bauch. Dabei hatte ich den Blick auf Marco geheftet, der, mit weit von sich gestreckten Gliedmaßen rücklings und halb nackt, quer über dem gesamten Bett lag und kreuzerbärmlich schnarchte. Das wenigstens bezeugte sein Weiterleben, denn auf meine Ansprache reagierte er nicht. Mit dem unbändigen Verlangen, mich bei ihm zu entschuldigen, hockte ich mich an den Rand des Bettes. Doch ich beherrschte mich. Ihn zu berühren und dabei genau zu wissen, dass er es nicht mitbekam, wäre falsch. Und doch wollte ich ... Meine über seinem Gesicht schwebende Hand zog ich rechtzeitig zurück, als er irgendetwas murmelte. Ich beugte mich wieder vor. Seine Augen waren fest geschlossen.

„Was?", hauchte ich.

„Be...te."

Empfahl er mir, zu beten? Es wäre womöglich keine so üble Idee. Immerhin wurde von mir erwartet, dass ich schwamm. Ich schwang auf die Beine zurück und hastete an Deck.

*

Antonella stand am Ruder und taxierte mich mit verengten Augen. Sie hatte etwas an sich, was jeden Zweifel ausräumte. Es war denkbar, dass sie mir mehr zutraute als ich mir selbst, was dazu angetan war, meine Bedenken über Bord zu werfen. Jedenfalls für den Moment. Geschickt zielte sie mit dem Boot auf die Reihe orangener Bojen vor dem Sandstrand einer der kleineren Inseln. Sie hielt sich südlich. Nahm Motorkraft weg, da wir zwischen zwei anderen Yachten, einer immens großen und einer wie unserer, anscheinend den richtigen Platz gefunden hatten.

„Was ist?", wollte Antonella wissen. „Hat er was gesagt?"

„Ich glaube, er empfahl mir, zu beten."

Sie schnaubte. „Wie witzig er wieder ist. Wir schwimmen jetzt da rüber."

Mutlos spähte ich zum Strand. Die Strecke kam mir verflucht weit vor.

Als hätte sie meine Gedanken erraten, erklärte sie, während sie den hinteren Anker zu Wasser ließ:

„Siehst du die bogenförmigen Felsformationen da links?"

Bogenförmig? Das sah wie ein Po mit Beinen aus, die fest im Meeresboden standen, aber ich nickte brav.

„Dahinter, und nah bei den anderen Felsen, liegt die *Stasera*, sodass man sie bloß vom Strand aus sieht. Wenn wir ranfahren, machen wir den Entführer auf uns aufmerksam. Deshalb der Katamaran."

„Das ist mir klar, Antonella, aber ich bezweifle trotzdem, dass wir unbemerkt rankommen. Yachten sind recht groß."

„So groß ist der Höhenunterschied auch nicht. Hast du dir die Rettungskatamarane mal angesehen? Sie haben einen äußerst hohen Sitz, damit der Bademeister den Überblick behält." Sie stieg aus der Jeans, löste den Knoten des weißen Hemdes, das sie über dem Bikinioberteil trug, und stand kurz darauf im Zweiteiler vor mir. Ich war durchaus imstande, weibliche Schönheit zu erkennen, und da war sie. Sie sah aus wie eine schwarzhaarige Marilyn Monroe in *Misfits*, mit dem Benehmen eines Matrosen. Als Teenager dürfte sie nicht anders gewesen sein. Du lieber Himmel, mir wurde immer klarer, wie sich Marco als Siebzehnjähriger in sie hatte verlieben können. Der kurz aufflammende Gedanke, er könnte damals vielmehr in ihren Bruder Lorenzo verliebt gewesen sein, verendete unter diesem Anblick.

Sie wedelte mit der Hand vor meinem Gesicht herum. „Hallo? Noch Fragen?"

„Ich würde schon gern wissen, weshalb Marco meinte, dass ein Gebet jetzt das Richtige wäre."

„Was redest du da für einen Scheiß?" Sie hackte mit der Handkante durch die Luft, als wollte sie weiteren Blödsinn unterbinden. „Das mit dem Beten war nur ein verdammt lahmer Witz! Und jetzt zack, zack, an die Arbeit, Leichtmatrose! Was machen wir?"

Sie brachte mich zum Lachen und schob so die Angst davon. „Wir requirieren den Katamaran des Bademeisters und rudern zur *Stasera*. Dort versuchen wir, Clara Perlo auf unser Rettungsschlachtschiff zu kriegen. Zu Befehl!"

Lachend sprang sie ins Wasser. Ich kraxelte über die schmale Leiter hinterher, das Schwimmbrett fest an mich gepresst. Dann ließ ich mich ins Wasser. Zwar kam ich verblüffend gut voran, doch Antonella war flotter. Sie stapfte schon an den Strand, als ich noch auf Höhe eines Tretbootes mit Rutsche strampelte, was in der Nähe der orangenen Bojen von Kindern bewegt wurde. Verzweifelt damit befasst, das Brett nicht zu verlieren, war ich dankbar für die geringe Strömung. Marcos Freundin, die schon mit in die Hüften gestemmten Händen neben dem Bademeisterturm stand, strahlte Ungeduld aus. Zuerst dachte ich, die Ungeduld galt mir, weshalb ich einen Zahn zulegte, als meine Zehenspitzen den Sand erfühlten. Doch anscheinend haderte sie damit, dass der Bademeister sie nicht beachtete. Der stand breitbeinig auf dem Turm, lief mal bis an den Rand und zurück, gestikulierte und trillerte Richtung Wasser. Was war da los?

Mit einem Blick über die Schulter erfasste ich die Kids mit dem Tretboot. Mir war unklar, was der Bademeister an ihnen auszusetzen hatte, aber ich war so erleichtert, das Ufer erreicht zu haben, dass es mir scheißegal war. Der Schweiß rann mir die Schläfen hinab, derweil ich, das Brett an die Hüfte gedrückt, wie andere Leute ein Surfbrett, an Land tappte, und mich neben Antonella einfand. Der Bademeister trillerte sich in Rage.

„Hallo!", brüllte ich zum Turm hoch. „Orlando Pasqua, Polizei!. Wir müssen ihren Katamaran borgen!"

Trillernd wedelte er mit den Händen in der Luft herum, kam dann aber herunter. Hatte ich geglaubt, er würde sich mit meinem Anliegen befassen, hatte ich mich getäuscht. Er ignorierte mich und stapfte wutschäumend ins Wasser. Okay, das war offenbar nicht autoritär genug gewesen. Ich sah mich um, in der Hoffnung, etwas zu finden, das laut genug wäre, um damit seine Aufmerksamkeit auf mich ziehen zu können. Eine Pauke? Ich unterdrückte das Lachen, das ohnehin unangemessen wäre. Trotz der frühen Stunde lagen die ersten Leute auf Handtüchern und Liegen. Eine Frau, die ihrem Mann den Rücken eingecremt hatte, schraubte die Sonnenmilchflasche zu, stand auf und stakste in Flipflops zu uns herüber. Es trillerte. Was hatte der bloß mit den Kindern?

„Hallo!", brüllte ich. „Polizei!"

Die Replik war einzig ein flüchtiger Blick. Na, toll. Ich guckte aufs Meer. Die Kinder, die auf dem Tretboot wie ein Wespenschwarm auf einer reifen Birne hingen, glotzten dröge zurück. Es trillerte erneut.

„Was willst du eigentlich von den Kids, eh?" Die Frau mit der Creme hatte zu dem Bademeister aufgeschlossen.

Er trillerte und zupfte die Pfeife aus dem Mund. „Es sind zu viele auf dem Boot. Am Ende fällt einer runter."

„Dann fallen sie ins Meer", schnappte Antonella.

„Schon", mischte sich ein schlanker Mittzwanziger ein, der dazu gekommen war. „Aber wenn der Nächste fällt, trifft er den Ersten am Ende mit dem Fuß am Kopf."

„Es sind Kinder!", argumentierte eine weitere hinzugekommene Frau im Bikini. „Blaue Flecken gehören dazu."

Der Bademeister trillerte die Kinder an. „Es ist nicht gestattet, mit mehr als sechs Personen …", versuchte er es danach.

„Ja, aber wer kontrolliert das?"

„Ich. Deshalb bin ich …!" Er trillerte.

„Ich finde, du solltest die Kinder in Frieden lassen."

„Es sind Ferien!"

„Wenn aber …"

„Gott … aufpassen."

„… Rettungshubschrauber …"

„Spaß. Lasst ihnen ihre Freude!"

Panisch registrierte ich, dass wir mittlerweile zu einem Pulk von sieben Personen angewachsen waren, der erregt darüber debattierte, wie viele Kinder auf einem Tretboot zulässig waren, und wer überprüfte, ob die Zahl überschritten wurde. Selbst Marcos Freundin hatte dazu eine Meinung und war schnatternd in das Durcheinander verstrickt. Nebenher verstand ich endlich die allgegenwärtige Geste in den Himmel. Sie hieß nichts weniger, als dass Gott sein wachendes Auge über allem hatte. Dass schon nichts passieren würde. Oder dass nur er allein wüsste, wie es weiterging, wer wo war und was das alles bedeutete. Ich beschloss, einzugreifen.

„Polizei!", rief ich.

„Dafür gleich die Polizei zu holen", murrte jemand.

„Wegen des Tretbootes bin ich nicht hier", wandte ich ein. „Ich …"

Ich gab es auf. Die Diskussion hatte sich thematisch längst in Richtung Polizeigewalt und Verhältnismäßigkeit verlagert. Ich griff nach Antonellas Arm und zog sie aus dem Pulk. Sie sträubte sich.

„Was?", blaffte sie mich an.

„So kommen wir nicht weiter."

Endlich nickte sie, sah sich um und sprintete auf den Katamaran zu. „Komm mit!"

Ich kam mit. Wir waren gerade dabei, ihn ins Wasser zu ziehen, als der Bademeister uns an trillerte. „Was machen Sie da?", kläffte er.

„Wir haben versucht, mit Ihnen zu reden." Ich fummelte den Ausweis aus dem Bauchgurt. „Wir benötigen das Ding."

Mit einer Hand strich er sich das schulterlange Haar zur Seite, während er den Ausweis studierte.

„Gut", entschied er. „Aber vorsichtig damit umgehen."

„Ja, ja", schnaubte Antonella, die schon drin saß und nach den Riemen griff. Mir kam es schäbig vor, sie rudern zu lassen. Sie deutete mein Zögern korrekt. „Denk nicht mal drüber nach."

Beschwichtigend hob ich eine Hand und kletterte dazu. Nach einer Weile näherten wir uns vorsichtig dem Heck der *Stasera*, ohne sie zu touchieren. Auf dem Schiff war es still, wir hörten weder Schritte noch Stimmen, und als wir unterhalb des Bugs anlangten, paddelte Antonella das Boot etwas zurück, um besser zu sehen.

„Guck du!", befahl meine neue Freundin, die wieder von der Yacht weg ruderte, damit ich hochsehen konnte. Ich wunderte mich, dass es mir nichts ausmachte, aufzustehen und mich breitbeinig auszutarieren, um nicht wieder ins Wasser zu fallen. Als ich hoch spähte, entdeckte ich etwas. In einem Nichts von einem Bikini, auf dem Rücken liegend und eingeölt wie eine Sardine, genoss Clara Perlo die Morgensonne. Auf der Nase ruhte ein Minisonnenschutz für die Augen, wie es ihn in Sonnenstudios gab. Sie rührte sich nicht. Ich setzte mich wieder.

„Da ist Clara", wisperte ich.

Antonella nickte. Wir ruderten näher heran. Der Katamaran schwankte heftig, als Antonella aufstand, und sich mit den Händen am Rumpf der *Stasera* abstützte. Sehen konnten wir Clara so nicht mehr. „He!", zischte sie. „Clara."

Nichts tat sich. Antonella versuchte es noch mal, und als sich wieder nichts tat, zuckte sie mit dem Kinn zur Reling der Yacht. Dann zu mir.

„Was?" Entsetzt zeigte ich mir auf die Brust.

„Du sollst ja nicht aufs Boot. Nur einen Klimmzug an der Reling machen."

„Äh, also, ich weiß nicht, ob …"

„Bist du Polizist oder nicht?"

Ich spannte den Mund. Natürlich war ich das. Antonella paddelte nahe an die Stoßfänger, hielt sich an einem der angebundenen Teile fest und verhinderte so, dass der Katamaran weg dümpeln würde, sobald ich den Sprung an die Reling wagte. Ich atme tief ein. Taxierte die Reling, und tatsächlich – es bedurfte nur eines kleinen Hüpfers, bis ich die Stangen packen konnte. Das restliche Stück zog ich mich hoch und konnte Clara Perlo deutlich sehen. Die mumienähnliche Gestalt regte sich, indem sie den Augenschutz lüpfte und darunter hindurch linste.

„Wir sind von der Polizei", wisperte ich. „Klettern Sie rüber."

Clara richtete sich in einer Art Sit-Up auf, der mich tief beeindruckte. An ihrem schlanken Körper war kein Gramm Fett. „Was? Nein."

„Nun machen Sie schon."

„Ich will hier nicht weg."

Also doch. Marco hatte recht gehabt. Allerdings erklärte die fingierte Entführung die Bootskollision nicht. Und auch nicht, inwieweit Federico Palazzo involviert war. Aber das würden wir später klären. Das Mädchen war nicht volljährig und hatte ein

Verbrechen vorgetäuscht. Wir mussten es nach Hause bringen. Mir zitterten die Muskeln.

„Clara, Sie machen sich strafbar", versuchte ich es.

Doch Clara schüttelte vehement den Kopf. „Nein. Sie verstehen das nicht. Pieros Vater will nicht, dass ich mit ihm zusammen bin."

„Es ändert nichts daran, dass Sie ein Verbrechen begehen, wenn Sie behaupten, entführt worden zu sein."

„Komm sofort her!" Antonella, von unten rufend, wirkte deutlich ungehaltener, als ich es war. Die Verzögerung, Claras Weigerung, war brandgefährlich, und ja, auf dem Boot bewegte sich jemand. Clara hatte es auch bemerkt und warf den Kopf zurück. „Piero!"

Er reagierte prompt. Ich ließ mich auf den Katamaran zurückfallen, als ich hörte, wie die Ankerkette rasselte. Der Motor dröhnte. Antonella hangelte sich die Yacht hoch, schrie, als sich das Ding in Bewegung setzte und sie mit dem Po hart auf dem Katamaran aufsetzte. Ich kletterte auf den erhöhten Sitz und verhinderte in letzter Sekunde hektisch rudernd, dass die Yacht uns rammte. Leider hämmerte ich mir das Ruder an ein Auge, doch in dem Durcheinander war keine Zeit für Schmerz. Die Yacht entfernte sich zuerst langsam von uns, um sich zwischen den anderen ankernden Yachten durch zu lavieren, dann gab der Bursche Schub.

„Was jetzt?", brüllte ich.

„Rüber!" Antonella zeigte auf unser Boot, in dem Marco selig schnarchte. Und dessen Anker sich verselbstständigt hatte. Die Yacht dümpelte sacht gegen den Po-Felsen.

„Scheiße", fluchte ich. „Er hat das Ding nur geliehen." Ich legte mich mächtig in die Riemen.

„Was?"

„Geliehen! Das Boot!"

„Es ist seins."

„Was? Warum hat er das nicht gesagt?"

Wir näherten uns.

„Was weiß ich! Vielleicht wollte er den Eindruck vermeiden, er wäre käuflich? Er hat mir erzählt, dass du eine Reihe voreiliger Schlüsse ziehst, und die Dinger kosten nun mal ein Vermögen!"

Wir erreichten das Heck, und Antonella kraxelte über die Leiter, von wo aus sie mir die Hand entgegenstreckte. Ich packte ihre Hand, ließ mich hochziehen und bekam kaum mit, wie sich meine Partnerin auf den weißen Ledersitz am Steuer warf, den Motor startete und sofort Vollgas gab. Wir touchierten den Katamaran, der in den Wellen, die wir verursachten, auf und ab hüpfte. Ohne Rücksicht jagte die Hasardeurin der fliehenden *Stasera* nach, die

Kurs aufs Festland nahm. So, wie sie das Boot übers Wasser peitschte, wurde mir klar, dass Marco gestern äußerst schonend gefahren war. Zerknirscht erinnerte ich mich an das Theater, das ich gemacht hatte. Ich meckerte ohnehin immer nur an ihm herum. Mir wurde klar, dass ich so meinen Frust an ihm ausließ, weil er nicht erwiderte, was ich für ihn empfand. Das musste aufhören. Unterwegs in die Kabine stieß ich an alle möglichen Möbel und Wände. Ich wollte sehen, wie es Marco ging und ob er inzwischen aufgewacht war, aber er lag noch immer auf dem Rücken und schnarchte. Ich ließ mich ins kleine Bad schleudern, beäugte mich kritisch im Spiegel und tastete die Schürfwunden und Prellungen im Gesicht vorsichtig ab. Die Haare lagen mir verklebt am Kopf, ich sah zum Kotzen aus, aber jetzt gab es Wichtigeres.

Als ich wieder auf die Brücke torkelte, malten sich die Konturen des Monte Circeo am Horizont ab. Fast hatten wir die *Stasera* eingeholt. Wir näherten uns unaufhaltsam, aber was sollten wir dann tun? Erwartete Antonella von mir, dass ich mich wie ein Pirat hinüber schwang, um die *Sta*sera zu entern? Verbissen klammerte sie sich ans Ruder und starrte voraus. Ich befürchtete, dass sie das am Ende selbst übernahm. Mittlerweile hatte ich gesehen, wozu sie imstande war.

„Such das Megafon!", schrie sie.

Ich erwachte aus meiner Lähmung, klappte eine Bank nach der anderen auf und war nur nebenher verblüfft, dass es überhaupt ein Megafon auf der Yacht gab. Als ich es gefunden hatte, klebten wir der *Stasera* beinahe am Heck. Der Berg näherte sich unaufhaltsam.

Ich stellte das elektrische Ding an. „Polizei!", brüllte ich blechern. „Gebt auf!"

Der Monte Circeo rückte beängstigend näher. Die Schwimmer, die auf ihre Boote zu kraulten und hochkletterten, wirkten schon nicht mehr wie Punkte. Ausflugsboote nahmen vor uns Reißaus, zogen dabei weiße Schaumlinien hinter sich her. Von der *Stasera* sprangen zwei Gestalten ins Meer, die sofort untertauchten. Ängstlich krallte ich mich an die Reling. Die *Stasera* preschte auf den Berg zu. Wir ...?

Ich warf den Kopf zum Steuer, das Antonella herum riss und uns in der Sekunde in die Schräge legte, in der Marco völlig verknautscht auf dem Deck auftauchte, wo er sich mit beiden Händen festhielt. Er sah erbärmlich aus.

„Was ist denn hier los?", brummte er.

„Oh, mein Gott!", rief ich. „Wie geht es dir?"

„So mittel."

„Zieh ihn runter!", gellte es vom Ruder. „Zu Boden! Beide!"

Was? Warum? Ich warf den Kopf herum und sah es. Die *Stasera* prallte krachend in den Berg und zersplitterte in tausend herumfliegende Teile. Eine Planke traf Marco am Kopf. Er kippte aus den Latschen. Sofort stürzte ich mich neben ihn aufs Deck, rüttelte ihn an der Schulter, tastete sein Gesicht ab.

„Marco?"

Er hob lasch eine Hand, was ich als gutes Zeichen durchgehen lassen wollte. Inzwischen driftete unser Boot nur noch.

„Orlando! Nimm das Ruder!", rief Antonella.

Zweifelnd sah ich sie an. Marco jetzt loszulassen, kam mir fahrlässig vor. Vor allem aber wollte ich es nicht. Allerdings nickte er, und ich löste mich schweren Herzens von ihm, um Antonella das Steuer abzunehmen. Mit einem Fernglas suchte die Kapitänin die See nach den beiden Jugendlichen ab. Dann feuerte sie den Feldstecher irgendwohin, ließ den Anker herunter, machte den Motor aus und sprang kopfüber ins Wasser.

„Ruf die Küstenwache!", befahl sie mir, als sie wieder auftauchte. „Sie sollen ein Rettungsboot mitbringen. Für Marco. Erklär die Situation."

„Äh?" Ratlos hob ich die Schulter.

„Der Motor ist aus! Du kannst das Ruder jetzt loslassen, verdammt!"

Okay, wenn sie das sagte. Einige Sekunden sah ich ihr nach. Manchmal wippte ihr Kopf zwischen den Trümmerteilen. Ausflügler, die bis jetzt gedacht hatten, verschont zu bleiben, schwammen sicherheitshalber zu ihren Booten zurück, auf denen andere Leute hektisch gestikulierten und durcheinander palaverten. Die Gesten in den Himmel wurden inflationär. Wie in Trance erreichte ich das Funkgerät und bestellte die Küstenwache. Ein Blick zum Berg zeigte mir die beiden Verliebten, die in den Felsen herum kletterten. Das sah schwerer aus, als es war, denn ich entdeckte in den Fels gehauene Stufen, über die Badegäste zum Wasser gelangen konnten. Weit unter den beiden kraxelte ihre Verfolgerin. Aus dem Hotel *Il Faro* strömten Personen, die viel gestikulierten. Ich glaubte nicht mehr, dass die beiden entwischen würden, holte ein Eispack aus der Kühlung in einer der Bänke und eilte zu Marco, der zwar am Boden lag, mich aber schon müde anlächelte und versuchte, sich aufzurichten. Seine Hand, mit der er in seinem Gesicht herum tastete, schob ich sacht zur Seite und drückte das Eispack auf die Stelle. Es würde ein monströses Veilchen werden, aber die Platzwunde am Jochbein war nicht groß.

„Scheiße, was ist los, Orlando?"

„Bleib liegen." Ich drückte ihn sanft zurück. „Rettung ist unterwegs."

„War das Antonella?", quetschte er heraus.

„Ja. Das war Antonella." Ich musste mich schwer zusammenreißen, um ihm nicht zärtlich das verschwitzte Haar aus der Stirn zu streichen. „Sie tauchte plötzlich hier auf, wusste, wo die *Stasera* liegt, riss die Befehlsgewalt an sich, zwang mich zum Schwimmen, und ... na ja, den Rest siehst du ja."

„Okay." Seine Stimme hauchte es nur dahin, aber mit einem derartig verträumten Grinsen, dass es alle Beteuerungen, nie in sie verliebt gewesen zu sein, Lügen strafte. Es schmerzte.

„Ihr seid gute Freunde?", brachte ich trotzdem heraus.

Er hob lahm den Daumen. „... Pferde stehlen. 'Ne Bank ausrauben, alles." Schwach drückte er meine Hand. Ich erwiderte den Druck, wünschte, dass die Berührung niemals endete. Er schloss die Augen. Öffnete sie dann wieder und lächelte geschunden.

„Du siehst ramponiert aus, Pasqua."

Ich drückte seine Hand fester. „Du solltest dich mal ansehen, Diamante."

*

Neben Marco, der mit geschlossenen Augen an Deck lag, wartete ich auf die Küstenwache, die schließlich jaulend mit vier Booten kam – und an uns vorbeiraste. In Panik versetzte mich das nicht mehr.

Sie würden merken, dass sie falsch gefahren waren und zurückkehren. Und tatsächlich, ich sah sie am Horizont eine Kurve beschreiben. Der Fels selbst war inzwischen voller Polizisten, die die beiden Fliehenden einzufangen versuchten, und irgendwie gelang es, ohne dass sich Antonella dabei schwere Verletzungen zuzog.

Schließlich wurden wir alle, einschließlich der flüchtigen Teenager, ins Krankenhaus nach Sabaudia geschaukelt. Die Carabinieri-Boote mit uns an Bord rasten am Lungomare vorbei, machten eine Kehrtwende vor Ostia und pesten zurück zum eigentlichen Ziel. Dort hätte jeder außer Marco zu Fuß an Land gehen können, aber der Notarzt und die Sanis verlangten, dass wir uns alle auf Tragen legten. Gegen solche Legionäre wehrte man sich nicht. Am Sabaudia-Strand, wo wir an Land gingen, tanzten alle, was ich total befremdlich fand. Musik tönte blechern aus Lautsprechern, und Leute in Bikinis, Badeanzügen und Badehosen, zappelten ekstatisch. Offenbar war ein Fest im Gange, durch das man uns auf unseren Bahren im Laufschritt hindurch schleppte, wie verletzte Soldaten während des Gefechtes an der Front. Ich begriff, dass es vergleichbar war. Die Saison steuerte unaufhaltsam auf Ferragosto zu, ein dionysischer Kampf um Vergnügen um jeden Preis. Verunglückte waren

Kollateralschäden, die man zügig entfernte, um den Spaß nicht zu verderben. Man verfrachtete uns in bereitstehende Krankenwagen, die ihrerseits jaulend los und am Krankenhaus vorbei rasten. Kurz vor Latina wendeten sie in einem Kreisverkehr, preschten versehentlich zuerst in die Gärten von Ninfa, fanden den Weg aber am Ende doch. Man versorgte uns sogar in ein und demselben Krankenhaus, was mich angesichts des allgegenwärtigen Durcheinanders verblüffte. Clara und Piero, die sich aufführten wie Romeo und Julia, erduldeten die Untersuchungen mit Leidensmienen. Nachdem man ihre Schürfwunden verarztet hatte, schickte ich sie gemeinsam auf ein Zimmer und postierte einen Polizisten vor der Tür. Von uns allen ging es Marco am schlechtesten. Ich war nicht sicher, ob es an der Planke lag, die ihm an den Kopf geflogen war, oder am Alkohol.

Irgendwann saßen Antonella und ich auf den Plastikschalensitzen im Krankenhausgang und warteten auf ihre Freundin, die sie abholen wollte. Als diese endlich durch die Scheibe im Zwischengang winkte, verabschiedete sich Antonella von mir. Sie streckte mir ihre Hand entgegen, die ich festhielt.

„Ich weiß nicht, was ich sagen soll, Antonella. Der Leuchtturm. Das Mädchen. Ich hab' ein unerträglich schlechtes Gewissen, weil ich Marco so genervt habe."

Sie entzog mir die Hand und pustete sich eine Locke aus dem Gesicht. „Wieso kapierst du nicht, dass es scheißegal ist, was da oben passiert ist?"

Ich blinzelte sie an. „Ich habe keine Ahnung, wie du das meinst."

Sie sank neben mich auf den freien Schalensitz zurück. „Na gut." Sie strich sich das Haar hinter die Ohren. „Du bist echt schwer von Begriff."

Ich lachte humorlos. „Die Frau, die den Ring in der Höhle platziert hat", sagte ich. „Wie lange …?"

Sie brachte mich mit einer Handbewegung zum Schweigen. „Vergiss sie."

„Aber wie ist sie an den Ring gekommen?"

„Keine Ahnung." Sie hob eine Schulter und beließ sie eine Weile so. „Sie muss ihn mir gestohlen haben. Weil das doofe Ding wieder da ist und ich sie nicht anzeigen werde, wird es keine polizeilichen Untersuchungen geben. Vielleicht hat sie als Zimmermädchen gearbeitet? Ich lebe nicht in Italien und habe unterwegs ein paar Tage in Rom verbracht." Ihre Schulter sackte wieder herab.

Ich legte mir beide Hände aufs Gesicht und befahl dem Polizisten in mir, die Klappe zu halten.

„Was mein Bruder Lorenzo damit zu tun hat, erzählt dir Marco am besten selbst."

Verblüfft nahm ich die Hände vom Gesicht. „Lorenzo?"

Gereizt verzog sie den Mund. „Meistens geht es mir auf die Nerven, dass die Leute die falschen Fragen stellen." Ihre Mundwinkel hoben sich. Sie legte mir eine Hand auf den Oberschenkel. „Ihr müsst mal miteinander reden. Ist nicht immer leicht, ich weiß. Jeder hat ein Recht auf seine Geheimnisse. Du hast bestimmt auch welche."

Sie stand auf und eine Weile unschlüssig vor mir herum.

Geheimnisse? Ja, die hatte ich. Eine Million Erfahrungen, mit denen ich erst selbst zurechtkommen musste, bevor ich bereit war, sie zu teilen.

Ich nickte schwach. „Danke, Antonella."

„Sag Nelly." Sie wippte kurz auf den Zehenspitzen, ehe sie sich zu der Entscheidung durchrang, nichts mehr zu sagen, und ging davon. Ich brütete vor mich hin und beschloss, mich nicht mehr länger mit dem Ring und allem zu befassen, was mit ihm zusammenhing. Womöglich würde ich die komplizierten Verstrickungen eines Tages vergessen. Wenn ich mich beispielsweise in jemanden verliebte, bei dem ich eine Chance hätte. Ich lehnte mich verbittert zurück. Unvorstellbar. Ich war völlig von Marco eingenommen, egal, was er tat oder sagte, und hockte hier nur noch, weil ich auf ihn wartete, denn ich machte mir Sorgen um ihn. Nach einer gefühlten

Ewigkeit öffnete sich unter dem Licht flackernder Neonröhren am Ende des Ganges eine Tür. Heraus trat Marco. Als er mich entdeckte, stand ich auf und lief wie ferngesteuert auf ihn zu. Beinahe schien es, als würden wir immer weiter beschleunigen, um uns am Ende in die Arme zu fallen, aber ich bremste in letzter Sekunde scharf ab und schaute ihm bloß verlegen ins Gesicht. Die Platzwunde am Jochbein war genäht worden. Sie schien doch größer zu sein, als ich angenommen hatte. Marco hingegen behielt die Dynamik der Bewegungen ebenso bei wie das breite Grinsen. Er legte den Arm um mich und wuschelte mir durchs Haar, bevor er mich losließ. Mein Herz hämmerte wie eine Kriegstrommel, doch ich stemmte mich nicht gegen das Glücksgefühl. Immerhin waren wir Freunde.

„Na, Großer", feixte er. „Da sind wir noch mal davongekommen."

„Was meinst du?"

„Es ist immer lebensgefährlich in Nellys Nähe. Komm mit. Die Kids schulden uns ein paar Antworten, bevor wir Clara zu ihren Eltern zurückbringen."

*

Sie saßen auf dem Bett und umklammerten sich, als hätten Capulet und Montague das Gift schon geschluckt. Sie starrten uns entgegen, als wir durch die Tür traten. Ich lehnte ich mich abwartend gegen die Wand, die Arme vor der Brust verschränkt. Marco zog sich einen Stuhl heran und setzte sich breitbeinig vors Bett, Finger ineinander verflochten hinter dem Kopf, in einer Pose, die ich sexy fand, ohne zu begreifen, warum. Bei allen anderen Typen hatte ich sie bisher zum Würgen gefunden.

„Ich will nicht heim", jammerte Clara, ohne Piero loszulassen, der sich in die Brust warf.

„Du wirst aber müssen", sagte ich trocken.

Marco winkte ab und beugte sich vor. „Alles klar, Süße. Fingierte Entführung, Vortäuschen einer Straftat …"

„Aber er hat mich doch entführt!", kreischte sie. „Pieros Vater! Er hat mich entführt!"

Sie hatte sich von ihrem Freund freigemacht, heulte jetzt in ihre Hände, während er die Arme um sie legte und uns anklagend beäugte. Ein schmucker Bursche. Ich wünschte ihm von Herzen, dass er sein volles Haar nicht derart früh verlor wie sein Vater, dessen Schädel nur noch umkränzt war. Ach ja, Federico Palazzo lag immer noch im Koma.

„Das musst du mir erklären." Marco täuschte einen verwirrten Gesichtsausdruck vor.

Clara schluchzte. Piero sprach ihr wispernd Trost zu, schob sie dann zärtlich von sich weg.

„Wir waren auf Ponza, Clara und ich", begann er rau. „Morgens mit der Fähre rüber und wollten die Rückfähre um 18 Uhr nehmen. Wir haben das nicht geplant oder so. Es ging alles tierisch schnell."

„Na, dann erzähl mal", meinte Marco lässig.

Auf Ponza – zuvor

Piero wippte auf den Fußballen, während er am Pavillon wartete, unter dem Mario Marotte die Formalien für den Bootsverleih abwickelte. Das Geld, das man brauchte, um den kleinen Außenborder mit dem Sonnensegel zu mieten, hielt Piero lose in einer Hand, in der anderen die Tasche mit den Badeutensilien. Die Sonne brannte. Er wäre froh, wenigstens unter dem Pavillon stehen zu können, aber Mario laberte und laberte mit dem Kunden vor ihm. Ein Ami mit geblümtem Hawaiihemd, der sicher keinen Plan hatte, in welchem Teil der Erde er sich aufhielt. Mario hatte Clara schon erlaubt, sich ein Boot auszusuchen. Piero seufzte lüstern bei ihrem Anblick, während sie im Bikini über die Schiffe turnte. Über dem Zweiteiler nichts als eine durchsichtige Tunika, die nur knapp ihren Po bedeckte. Jetzt hatte sie eines gefunden. Breitbeinig gegen das

Schaukeln stellte sie sich in die Mitte und gestikulierte fragend zu ihm hin. Piero hob den Daumen. Sie lachte hell auf.

Der Ami vor ihm war endlich fertig und walzte von dannen. Wahrscheinlich würde er kentern. Die Außenborder waren schmal. Piero trat vor, wechselte ein paar Gesten und Phrasen mit Mario, der sich mit einem Stofftuch den Schweiß aus dem Gesicht wischte und die Geldkassette aufklappte. Irgendwo klampfte jemand auf einer Gitarre. Ein Jetski, gelenkt von einem Muskelprotz, raste zwischen den Yachten umher.

„Hilfe!!!!"

Clara?

Der Schrecken fuhr Piero durch Mark und Bein. Hektisch warf er den Kopf herum, um zu gucken, was los war, und Mario die Kröten in die Kasse, als er das Boot sah, das sich rasend schnell entfernte. Clara!

„Hiiiiilfeeeee!" Claras Stimme verschmolz mit dem Heulen des Außenborders. Hals über Kopf sprang Piero in das erstbeste Boot, in dem leider der Ami stand, der dabei war, ein paar Fotos vom Hafen zu machen. Piero schubste ihn kurzerhand über Bord. Der Mann schrie. Sofort hob sich das Boot ein Stück aus dem Meer. Praktischerweise hatte der Tourist bereits den Außenborder gestartet. Piero nahm direkt die Verfolgung auf.

„Zuerst hatte ich Angst", räumte Clara ein. Sie kuschelte sich an ihren Liebsten, seufzte und fing an, zu erzählen. Marco und ich folgten ihren Ausführungen wie gebannt.

Clara hatte Federico Palazzo, der das Boot mit ungeheurer Präzision durch das Dickicht aus Felsen, Yachten, Schwimmern und kleine Schaluppen lenkte, sofort erkannt, als er im Laufschritt auf sie zugekommen war. Sie hatte die Stirn gekraust. Sich gefragt, was er wollte. Als er aufs Boot gesprungen war, hatte sie nur ein „Äh", herausgekriegt. Er hatte sie mit einem Kabelbinder an eine der Befestigungsstangen des klappbaren Sonnensegels gefesselt. Irritiert hatte sie gefragt: „Was ...?"

Erst, als er Gas gegeben hatte, war sie imstande gewesen, zu begreifen, was überhaupt passierte. Sie hatte begonnen, um Hilfe zu rufen. Seither behielt sie hoffnungsvoll die heran nahende Schaluppe im Auge, in deren Heck Piero den Außenborder lenkte. Sein Vater, ihr Entführer, jagte um einige größere Felsen. Piero schien sie verloren zu haben. Sie verengte die Augen, aber sie fand ihn nicht. Da dümpelten die üblichen Yachten und Boote. In einem kleinen Außenborder stand eine Frau im Pareo, die Sonnenmilchflasche in der Hand, und deutete auf das Boot mit ihr und Pieros Vater, als wäre ihr aufgefallen, dass darauf etwas nicht stimmte. Aber sie entfernten sich rasch. Claras Hoffnung auf Hilfe, die dieser dürftigen Geste entsprang, wurde immer kleiner. Palazzo lenkte das Boot dicht an einen schroffen Felsen und ließ es driften. Er legte die Hand als Schirm gegen die Sonne an die Stirn, fischte das Handy aus der Tasche seiner Shorts, grinste zufrieden und wählte eine Telefonnummer. Eine nasse Zigarette hing ihm wie ein Regenwurm zwischen den wulstigen Lippen.

„Du hältst die Klappe. Ich telefoniere", tönte er. „Gib mir mal den Lappen." Dabei zeigte er auf ein ölverschmiertes Tuch, das neben ihr auf dem Boden lag. Sie linste hin. Überlegte, dass sie es trotz der Fesselung erreichen und es ihm hinwerfen könnte. Aber sie wollte nicht.

„Warum sollte ich das machen?", schnappte sie.

„Donnerwetter! Aufsässig, was?" Das klang bedrohlich. Trotzdem kam er nicht zu ihr, um sie zu schlagen oder so etwas. Er zog seine Hose aus, knautschte sie zusammen und hielt sie zwischen sich und das Handy, um die Stimme zu verfälschen.

„Ich habe Ihre Tochter!", knurrte er.

Clara glotzte auf das baumelnde Gemächt und hoffte, dass Piero nicht nach seinem Vater kam. Für eine Weile blendete sie Palazzos doofes Gelaber einfach aus. Als sich ein Motorengeräusch näherte, das wie ein wütender Rasenmäher klang, schärfte sie ihre Sinne. Sie erkannte Piero, der sein Boot schnurgerade auf das ihre zu lenkte. Begeistert quietschte sie. Winkte mit der freien Hand wie eine Schiffbrüchige. Palazzo wirbelte mitten im Telefonat herum und bekam riesige Augen. Sofort plumpste er auf die

Bank zurück, packte das Ruder und floh vor dem heranrasenden Sohn in Richtung Palmerola-Strand. Clara beschloss, dem Liebsten zu helfen. Nur wie?

Sie scannte das Bootsinnere und entdeckte eine vergessene Dose Lack, nach der sie zuerst vergeblich angelte. Am Rand ihrer Wahrnehmung hörte sie Palazzo weiter in sein Telefon schreien. Das Boot hüpfte wie ein Flummi übers Wasser, die Dose rollte näher an Clara heran, und in der nächsten Kurve bekam sie sie zu packen. Sie riss den Deckel ab, beugte sich so weit zu Palazzo vor, wie es ihre Fessel erlaubte, und sprühte ihn an.

„Lass das!" Er hob abwehrend einen Arm, der sich grün färbte. „Hör auf!", befahl er, dann kläffte er fast gleichzeitig ins Telefon: „Nein, ich rase direkt darauf zu!"

Im gleichen Moment oder nur eine Sekunde danach kollidierten die Boote.

Jetzt

„Das Gestänge brach durch", wisperte Clara in ihr Tüchlein, mit dem sie sich die Nase schnäuzte. „Deshalb war ich rasch an der Wasseroberfläche." Verliebt blinzelte sie Piero an. „Die Leute hielten es für einen Unfall und halfen." Sie zuckte die schmalen Schultern. „Andere halfen seinem Vater aus dem Wasser. Wir überredeten das Paar, das uns rausfischte, uns ans Festland zu bringen, und als wir vor dem Hotel *Stasera* standen, hatte Piero die Idee, die Entführung …" Seufzend ließ sie den Kopf hängen.

„Unsere Eltern sind gegen unsere Liebe", proklamierte der junge Montague.

„Na ja", räumte Clara zerknirscht ein. „Bei meinen Eltern stimmt das so ja nicht."

Piero zuckte zurück. „Deine Mutter hat mich mit Wassermelonen beworfen!"

„Es waren Honigmelonen", widersprach Clara. „Wassermelonen sind für sie zu schwer."

„Aber …"

„Piero." Sie nahm seine Hand. „Sie haben nur was dagegen, wenn du nachts vor unserem Ferienhaus auftauchst und singst."

„Echt?"

Sie nickte. „Ja, Papa hat gesagt, wenn du mit dem Gejaule aufhörst, überlegt er sich, ob er deinem Vater das Grundstück überlässt. Als Hochzeitsgeschenk oder so."

Sie guckte uns an, während Piero an der Information und auf der Unterlippe kaute. „Wie geht es Signore Palazzo?", fragte sie. „Er soll hier im Krankenhaus sein. Was ist ihm eigentlich passiert?"

Ich schlackerte mit dem Handgelenk. „Vor einer Befragung getürmt und gegen ein Bademeistertürmchen gelaufen. Geschwindigkeit, Maße und so was."

Ich wiegte den Kopf. „Sieht nicht prima für ihn aus."

„Oh, Piero!" Sie nahm dessen Hände in ihre. „Du bist allein."

„Äh?" Er befreite sich, um sich am Kopf zu kratzen. „Mein Herz", sülzte er dann und versank mit ihr in einen leidenschaftlichen Kuss.

Marco räusperte sich. „Ich werde deinen Eltern Bescheid geben, Clara. Sie werden euch abholen."

„Ich habe sie schon angerufen", piepste sie.

„Umso besser. Aber haltet euch zur Befragung bereit. Wir müssen das Protokoll aufnehmen."

Die beiden nickten eifrig und synchron.

*

„Die Liebe ...", murmelte Marco später auf dem Gang, als wir dem Ausgang entgegen schlenderten.

„Ja", sagte ich leise. „Antonella hat erzählt, du hättest gestern Abend so gesoffen, weil du Liebeskummer hättest."

Abrupt blieb er stehen. „Was hat sie ...?"

Ich hob die Hand. „Nichts. Nur das Nötigste, als ich gefragt habe, was mit dir los war. Es war ja eine bemerkenswerte Nacht." Ich wandte mich von ihm ab, damit er nicht sah, wie ich errötete.

„Ich habe dich gerettet." Er lächelte vage. „Du hast rumgeplanscht wie ein Kleinkind."

„Ja, sehr lustig, Marco." Mit der Hand lockerte ich meine Locken auf. „Aber wenn du einen Tipp von mir annehmen willst … Versuch's mal mit Rosen."

Wir gingen weiter.

„Rosen?", fragte er verdutzt.

„Funktioniert im Notfall bestimmt auch bei Frauen", ätzte ich. „Ein Besuch, ein Strauß Rosen und die Einladung in ein romantisches Lokal. *Il Faro* zum Beispiel."

Die Türen glitten auf. Wir starrten in die Sonne, setzten die Sonnenbrillen auf und liefen an der Umweltsau vorbei, dem Mann, der den Becher aus seine Wagenfenster geworfen hatte.

„Das ist übrigens Perlo. Claras Vater." Marco deutete vage auf den hektischen Mann, der voller Sorge um sein Kind ins Gebäude rannte.

„Ach?", sagte ich.

*

Die nächsten Tage telefonierten wir ausschließlich. Wegen meines Umzuges hatte ich Urlaub, daher besprachen wir die Feinheiten für die Berichte am Telefon. Marco fehlte mir. Nur seine Stimme zu hören, ohne die raumgreifenden Bewegungen zu sehen, reichte mir schlicht nicht. Indem ich mich mit dem Ausräumen der Umzugskartons beschäftigte, versuchte ich, zu ignorieren, was mein Herz vehement forderte. Es fühlte sich unglücklich an, in das Haus mit der Apotheke zu ziehen, weil ich ja vermutete, dass die Besitzerin, Dorina, etwas mit Marco verband. Ich hockte auf dem Bett, das gerahmte Foto meiner ersten großen Liebe, Andrea, in den Händen, als ich eine Entscheidung traf: Wenn es mich nervte, dass Marco nachts bei der Frau antanzte, würde ich mir eine neue Bleibe suchen. Versonnen schaute ich das Foto an, dachte an Geheimnisse und verstohlene Treffen. Mir war unbegreiflich, warum ich in Sachen Beziehungen ständig in die Scheiße griff. Meist fingen sie vielversprechend an, verursachten Herzrasen, Purzelbäume im Bauch und mündeten in Ernüchterung. Sie scheiterten am Unwillen, sich zu dem zu bekennen, wer man war. Oder manchmal, wie im Falle Mauros schlicht daran, dass sie eine Falle waren.

Während ich das Bild weit von mir hielt, kam mir in den Sinn, wie unfair es war, Andrea mit Mauro in einen Sack zu stecken. Andrea war nur ein Mann, der sich bis heute nicht traute, ehrlich zu seiner Frau zu sein. Hätte ich nicht auf Klarheit bestanden, würde ich weiter neben ihm erwachen können. Zumindest gelegentlich. Ich löste die Ösen, um das Bild aus dem Rahmen zu nehmen. Ohne es anzugucken, riss ich es entzwei, dann noch mal, stand auf und ging ins Bad. Die Schnipsel warf ich ins Waschbecken, wo ich sie verbrennen würde, sobald ich in den Kisten und Kartons ein Feuerzeug gefunden hatte. Ich lachte gequält, denn dieses Detail brachte mich wieder zu Marco, der sicher ein Feuerzeug hätte. Wenigstens hatte es mit meiner ersten großen Liebe erinnerungswürdige Augenblicke gegeben. Bei Marco sah das anders aus. Sein Herz war bei einem Mann ins Stolpern geraten, der…

„Was?", hörte ich mich sagen und schlurfte matt in mein kleines Wohn-Schlafzimmer zurück, in dem ich abrupt neben dem Sofa stehen blieb. Moment! Erste große Liebe? In meinem verfluchten Schädel knirschte es gewaltig. Ich keuchte. Konnte es sein, dass ich mein Hirn in den Urlaub geschickt hatte? Jetzt war es offenbar zurück und traktierte mich mit unsortierten Informationen. Während des Falls Perlo war eine Menge passiert, dienstlich und privat. Innerhalb von nur zwei Tagen hatten sich die Ereignisse überschlagen. Zwei Tage war ich zwischen dienstlichen Anforderungen und intimen Überlegungen hin und her geschleudert worden wie eine Flipperkugel. Ich musste das alles strukturieren. Aber wie?

In mir tobte der Drang, vor mir selbst fortzulaufen oder mich schlicht zu bewegen. Es war ein einziges Durcheinander. Hierbleiben konnte ich nicht, ich musste raus. Im Gehen riss ich den Schlüssel von der

Kommode, behielt ihn in der Hand und stürmte aus dem Haus. Aber das reichte nicht. Ich joggte über die leere, in der Mittagspause ruhende Flaniermeile und durchquerte, um eine Abkürzung aus der Stadt hinaus zu nehmen, rennend die Polizeiwache.

„Kollege Pasqua", grüßte mich jemand.

„Ciao, Pasqua", ein anderer.

Ich hob nur die Hand, stieß die Tür der Wache auf der anderen Seite der Stadtmauer auf und blieb so abrupt stehen, als wäre mir endlich aufgegangen, wie irrsinnig diese Flucht war. Denn vor was war ich abgehauen? Wohin wollte ich eigentlich?

Der Ring. Eine Auftragsarbeit. In der prallen Sonne stützte ich mich vornüber gebeugt auf den Oberschenkeln ab und bemerkte, dass ich total bescheuert angezogen war. Ich trug nur knielange Shorts. Überrascht riss ich die Augen auf. Barfuß war ich. Weshalb verbrühte ich mir auf dem Asphalt nicht die Fußsohlen?

Ohne die Haltung zu verändern, linste ich nach links auf den Stamm der gigantischen Schirmpinie, in deren Schatten ich stand. Die Zikaden kreischten kreuzerbärmlich. In der Ferne rauschte das Meer wie Blut in meinen Ohren. Oder vielleicht war es mein Blut? Von unten lärmte ein Auto heran. Als es um die Kurve kam, entpuppte sich der Radau als ein Maserati-GT-Cabriolet mit offenem Verdeck. Das wäre nicht weiter bemerkenswert gewesen, wenn der Fahrer nicht neben mir in die Eisen gestiegen wäre.

„Orlando? Alles klar?", fragte er.

Schweißgebadet richtete ich mich auf, wischte mir übers Gesicht und sah den Fahrer mit brennenden Augen an. Es war Antonellas Bruder Lorenzo. Die Bilder aus Ponza schoben sich in mein Bewusstsein. Marco und Lorenzo im Torbogen am Restaurant. Meine diffusen Gefühle bei dem Anblick.

Es war Eifersucht, Orlando! Das hast du da bereits gewusst, aber du wolltest es ja nicht glauben.

Dort hatte Marcos Haltung eine vergangene Geschichte erzählt. Erlebte Gefühle, und ich hatte es instinktiv gewusst. Mein Herz hatte längst begriffen, was nicht in meinen verfluchten Kopf gewollt hatte. Ich versuchte, Lorenzo mit Marcos jüngeren Augen zu sehen. Mit siebzehn oder achtzehn, noch von den eigenen Empfindungen verunsichert, weil man wusste, dass sie nicht so waren, wie es erwartet wurde, war jemand wie Lorenzo exakt das, was man sich ersehnte: ein wenig älter, gut aussehend und vor allem selbstsicher. Jemand, der den Eindruck erweckte, Probleme fortwischen zu können. Ich brachte ein Winken zustande.

„Alles in Ordnung, Lorenzo. Danke."

Im selben Moment schwankte ich gegen den Stamm der Pinie.

Lorenzo beäugte mich zweifelnd. „Sicher?"

Ich lehnte mit der Stirn an den Baum, winkte rücklings, dass alles okay wäre, aber ich hörte, wie der Motor erstarb. Dann eine Tür. Schritte. Eine Hand auf meinem Rücken. Ich zuckte nicht zusammen.

„Soll ich dich irgendwohin fahren?"

Diese beunruhigend ruhige Stimme beruhigte mich. In diesen Sekunden fühlte ich mich als Teenager. Ich rezipierte die Sicherheit, die er ausstrahlte. Dann drehte ich mich um, spürte das warme kratzende Holz des Baumstamms am Rücken und registrierte, dass Lorenzo einen Schritt rückwärts machte, um das Gefühl, mich zu bedrängen, nicht erst entstehen zu lassen. Distanz, geboren aus Respekt. Nicht aus Widerwillen. Wie bei den anderen. Na gut, nicht bei allen. Aber vielen.

„Es geht schon, wirklich." Ich versuchte mich an einem Grinsen.

Lorenzo schaute auf eine Weise an, als läse er in mir. „Verstehe." Er lächelte dünn. „Du hast es kapiert."

„Ja", krächzte ich.

„Wann?"

Längst, dachte ich. Ich log: „Gerade eben."

Mit in die Hosentaschen geschobenen Händen schüttelte er resigniert den Kopf. „Sicher, dass du so …?"

Ich sah an mir herunter. „Ich wohne hier."

Statt zu antworten, ging er rückwärts die ersten Schritte zum Kiosk, der neben der Pinie den Beginn des kleinen Parkplatzes vor der Stadtmauer markierte. Als ob er befürchtete, dass ich doch noch umkippte, kam er mit einer Flasche Wasser zurück, die er mir in die Hand drückte. Ich war so kraftlos, dass sie mir entglitt. Der kleine Eiertanz, den wir aufführten, als wir versuchten, sie aufzuklauben, ohne uns die Köpfe zu stoßen, brachte mich zum Lachen. Lorenzo erwischte die vor Kälte beschlagene Flasche, schraubte sie auf, um sie mir zu geben, und ging zum Auto, während ich sie nahezu leerte. Den Motor hatte ich gar nicht gehört, aber als ich aufschaute, sah ich den Wagen mit Warnblinklicht auf dem Parkplatz stehen, und Lorenzo stand wieder neben mir. Sacht und doch dominant schob er mich zu der Luxuskarre, bis wir beide an der Karosserie lehnten.

„Ich schwanke, ob ich dich jetzt allein lassen sollte", sagte er.

„Ich brauch' nur eine Minute."

Er schnaufte leise. „Es hat Antonella irre gemacht, dass du glaubtest, sie wäre Marcos erste große Liebe gewesen."

Ich atmete einige Male bewusst in den Bauch. „Antonella", sagte ich dann. „Sie ist …"

„Verdammt geduldig mit dir gewesen, Orlando." Jetzt grinste er breit, aber etwas in seiner Miene erzählte mir die Geschichte seiner tiefen Gefühle für diese energiegeladene Schwester.

„Sie nannte das da in deinem Kopf …" Er gestikulierte dezent zu meiner Schläfe, „Bastelei aus Wolle und Draht, das du deinen Verstand nennst."

Ich lachte gequält. „Wann?"

„Sie hat mich angerufen, um sich Luft zu machen. Sie wollte um alles auf der Welt vermeiden, dass sie dich aus Frustration heraus massakriert."

Eine Weile schwiegen wir, und in diesen Sekunden lächelte ich in mich hinein, weil ich eine Ahnung von ihr bekam. Ich hatte sie ja schon für impulsiv gehalten, aber das war vermutlich die Light-Version gewesen.

„Möchtest du noch ein Wasser?", fragte er mich.

„Nein. Nein, es geht schon. Ich … ich gehe jetzt heim, weil ich …"

Weil ich was? Mit der Hand klatschte ich sacht gegen die Bastelei aus Wolle und … Wie war das gewesen? Ich löste mich vom Wagen. Lorenzo tat es mir gleich, doch bevor er um das Auto herumging, um einzusteigen, sah er mich noch einmal fest an. „Ihr werdet das aber doch hinkriegen."

„Ich weiß nicht", erwiderte ich.

„Okay." Offenbar war das Zusage genug, denn er stieg ein.

Ich hob zum Abschied die Hand, warf die leere Flasche in den Mülleimer neben der Pinie und machte mich auf den Heimweg. Wieder nahm ich die Abkürzung durch die Wache. Da ich dieses Mal schlenderte, ließ ich mich gutwillig auf das Gespött der Kollegen ein. Weil es ein anständiges Witzeln war. Eines ohne Niedertracht, denn mal ehrlich? Wenn ein Kollege halb nackt in seiner Freizeit durch die Wache spazierte, kostete es Selbstbeherrschung, darüber kein Wort zu verlieren. Auf dem tranceartigen Weg über die leere Piazza in meine Wohnung kam langsam Struktur in alles, was in den letzten Tagen geschehen war. Jede Szene ergab plötzlich Sinn. Einschließlich unseres missratenen Abends im Lokal auf Ponza, den ich am liebsten aus meiner Erinnerung verbannen würde. Marco mit Lorenzo im Torbogen. Meine Eifersucht, von der ich nicht geahnt hatte, dass sie sich auf etwas Zurückliegendes bezog. Zudem auf etwas, was nie stattgefunden hatte. Lorenzo. Der damals bestimmt nicht wenig hilflos gewesen war, aber Marco nicht verspottet hatte. Als ich zehn Minuten später in meiner Wohnung unter der Dusche stand und mich von dem schlappen Duschstrahl berieseln ließ, schimpfte ich mich einen Volltrottel. Im selben Atemzug erreichte es endgültig mein Herz.

Es war die Sekunde, in der es mir überschwappte. Ächzend rutschte ich an der gefliesten Wand hinunter und blieb mit angezogenen Beinen dort sitzen. Ich versuchte, nicht vor Glück zu sterben.

Du kannst immer noch voll danebenliegen.

Nein. Ich leckte das Wasser von meinen Lippen. Doch.

Ich stieß mich vom Boden ab, griff mir ein Handtuch, mit dem ich mich nur spärlich abrubbelte, und beschloss herzklopfend, Marco einen unverfänglichen Besuch abzustatten. Das musste ich tun, auch wenn ich es fürchtete. Es hinter mich bringen, unbedingt. Ohne Spiegel entknotete ich gerade meine Haare mit einer Bürste, als ich aus dem Hausflur Schritte vernahm. Erstaunt riss ich die Brauen hoch. Ich erwartete niemanden. Dann klopfte es. Zuerst zaghaft, dann fester. Ich hatte keinen Schimmer, wer das sein könnte, hastete aber zur Tür und zog sie auf. Ohne Vorwarnung hatte ich massenweise Rosen im Gesicht.

„Wollen wir essen gehen?", hörte ich Marcos Stimme, die eigenartig verzagt klang. „Oben im Faro? Mir sagte jemand, Rosen und eine Einladung zum Essen könnten funktionieren."

„Ja. Soll helfen", brachte ich mühselig hervor.

Er hob die Blumen leicht an, als wollte er sie loswerden, also nahm ich sie ihm ab, behielt sie aber in der Hand. Sie kratzten an den Oberschenkeln, aber mich störte es nicht, denn ohne das Gestrüpp zwischen uns konnten wir uns anschauen. Wir blinzelten nicht. Und wir rührten uns nicht. Es war, als hätten wir den Plan verlegt, verlernt, uns zu bewegen, bis er mir eine Hand behutsam auf die Wange legte.

„Ich kann oft nicht glauben, dass du echt bist."

Ich blinzelte. „Warum hast du nichts gesagt?"

Er schob die Hände in mein Haar und beließ sie an den Schläfen. „Pasqua, ich habe geredet und geredet …"

Statt zu antworten, ließ ich die Blumen fallen. Alle Worte küsste ich fort. Marco erwiderte die Leidenschaft, dann wurde er sanfter, als hätte er sich vor sich selbst erschrocken. Ich krallte mich in sein Hemd, um zu verhindern, dass er aufhörte. Stöhnte in seinen Kuss. Seine Hände tasteten über meinen nackten Oberkörper. Wir strauchelten zwischen die Kartons, hinein in das Chaos, in dem er das Handtuch von mir zog, sodass ich nackt vor ihm stand. Das Tuch verendete irgendwo im Flur. Unbeholfen werkelte ich an seinem Hemd herum, um es loszuwerden. Er lachte. Half mir, fing mich auf, als meine Beine wegknickten, weil ich die Lust in seinen Augen gesehen hatte.

„Weißt du, wie schön du bist?", summte er an meinen Hals.

„Ich habe eine Idee davon", quietschte ich. Und küsste ihn wieder. Tastete nach seinen Hosen, suchte den Reißverschluss, fand ihn schließlich und bekam ihn auf. Der vergessene Knopf darüber wurde das Opfer unserer Wildheit. Ich schmeckte Marcos Haut. Das Salz, das Ureigene. Das Unerforschte. Ich spürte das Pulsieren seines Blutes, ohne zu wissen, ob es meines war. Seine Verblüffung war meine. Meine Erleichterung, mein Glück waren seins. In uns purer Einklang inmitten des allgegenwärtigen Chaos eines Sommers im Süden.

II Cherubino

Ich erinnerte mich nicht, wann ich jemals zuvor so viel gelacht hatte wie in den darauffolgenden Tagen. Zum ersten Mal absolut glücklich zu sein, weil weder verlangt wurde, dass ich ein Geheimnis aus unserer Liebe machte, noch an mir herum gekrittelt wurde, erlaubte mir, selbst das hiesige Durcheinander mit anderen Augen zu sehen. Es wie Marco normal zu finden, gelang mir allerdings nicht. Ich nahm es schlicht hin. Wartete auf den Zeitpunkt, an dem es mir zur Gewohnheit werden würde. Rückblickend musste ich mir eingestehen, dass das Brett vor meinem Kopf die Dimension einer hundert Jahre alten Steineiche gehabt hatte. Ich erduldete feixend, dass Marco mich hin und wieder damit aufzog. So wie ich schwimmen lernte. Schwer fiel es mir nicht. Es war bei Weitem verzwickter, sich bei all den Berührungen im und unter Wasser nicht ablenken zu lassen. Wir redeten nicht wirklich viel miteinander, was sich als Fehler erweisen sollte. Denn manchmal, in stillen Minuten, zuckte der Gedanke an Mauro in mir auf. Nicht, weil ich weiterhin damit kämpfte, ihn zu vergessen, sondern weil es da diesen Fall gab, der ihn hierherführen würde. Der Diebstahl in Florenz, dieser

Polizist Tiziano und die Möglichkeit, dass Mauro an dessen Seite hierherkam. Ich hatte Marco nicht erzählen können, was genau in Parma passiert war. So wenig, wie er mir erzählen konnte, unter welchen Umständen er Lorenzo kennengelernt, wie er sich in ihn hatte verlieben können. Abends nahm ich mir häufig vor, das Gespräch zu suchen, doch ich schaffte es nicht, hier war alles auf Verdrängen ausgelegt. Der Sommer am Meer im Süden glich einer einzigen Party, als gäbe es drei Monate im Jahr, in denen jeder seine Sorgen vergaß. Oft feierten wir mit im rettungslos überquellenden San Felice. Aus an den Laternenpfählen montierten Lautsprechern dröhnte ununterbrochen Musik. Das erste Feuerwerk lotste die wogende Masse des Nachts in den neuen Tag. Man bewegte sich tanzend und singend vorwärts, taumelte bei Sonnenaufgang erschöpft ins Bett, um anderntags, matt am Strand liegend, der nächsten Party entgegenzufiebern.

Das Unausgesprochene, Mauro und Lorenzo, blieb als vage Bedrohung meines Glücks. Ich kapierte, dass ich, war er nicht anwesend, noch immer eifersüchtig war.

Er war einer der Unerreichbaren.

Das hatte die Apothekerin geflüstert, und ich konnte nur hoffen, dass ihn hier niemand erreichen wollte. Die Braccos waren hier keine Unbekannten.

Seit jeher hatte die Familie das Ferienhaus auf dem Berg, und es gab eine Reihe älterer Leute, die die Kinder der Familie von klein auf gekannt hatten. Über deren Erwachsenenleben wusste hier vom Bäcker bis zum Tankwart wenigstens fragmentarisch Bescheid.

Ah, Antonella? Sie ist damals nach Colonia, nach Köln, gezogen zu ihrer Mutter, nachdem es passiert war.

Ah, Tiziano? Den habe ich zuletzt gesehen, warte mal ... Vier Cornetti wurden Marco in die Papiertüte gepackt *... Pah, muss Jahre her sein. Ist ja auch Polizist geworden, bestimmt, weil das passiert war.*

Lorenzo war den Sommer hier, Marco. Marco nickte schweigend. *Ist ja nicht oft hier. Seitdem es passiert war, eigentlich nur im Herbst oder Winter.* Aus allem Gehörten bastelte ich mir zusammen, dass Lorenzo demnächst eine Frau namens Luisa heiraten würde. Es sollte mich beruhigen. Doch ich hörte auch Geschichten über Küsse, die er als jüngerer Mann mit einem Freund ausgetauscht hatte, die weit über das allgegenwärtige Anfassen und Umarmen hinaus gegangen sein mussten.

Was passiert war?

Danach fragte ich nicht, es kam nicht mal bei mir an, und das sollte mir demnächst auf die Füße fallen. Statt über diese allgegenwärtige, im Flüsterton geäußerte Andeutung eines dramatischen Ereignisses der Vergangenheit nachzudenken, zerdachte ich

Optionen und Gefahren – eindeutig hatte ich ein Eifersuchtsproblem.

*

An einem Mittwochmorgen wurde Marcos Hilfe bei einem Fall in Foggia erbeten, weil er den Verdächtigen vor Jahren mal im Visier gehabt hatte. Ein notorischer Einbrecher, der mir keine Kopfschmerzen bereitete. Doch Marco war weg, was mir wie ein Verlust vorkam. Wenn er nicht da war, drängten sich all die Fragen in mir auf. Und alle Geschichten, die ich selbst nicht erzählt hatte. Die Angst davor, Mauro hier antanzen zu sehen. Draußen fegte ein Wind, da braute sich mehr zusammen, und es herrschte stockfinstere Nacht. Trotzdem wollte ich raus. Vielleicht gerade deshalb zum Meer, um die Gedanken wegspülen zu lassen. Ich parkte den Wagen beim Hafen und ging das letzte Stück dorthin bergab zu Fuß. Wegen des Wetters war kaum jemand auf der Straße. Ich versuchte, meine Gedanken nur auf das Gute zu fokussieren, was mir hier widerfahren war, kam aber immer wieder auf das Gefühl zurück, dass die Geschichte von Marco und Lorenzo nicht auserzählt war. Das Fahrlicht eines Autos strahlte an mir vorbei. Im Gebrüll des Meeres hörte ich den Motor spät und machte einen Satz auf die Seite. Nach einem Blick auf die Uhr, die halb drei anzeigte, wunderte ich mich, wer mitten in der Nacht unterwegs war. Die Saison war vorbei. Ich zuckte die Achseln und erreichte den Hafen. Schon im Näherkommen sah ich die Segel der kleinen und mittelgroßen Yachten wippen. Sie neigten sich mal nach rechts, mal nach links. Schaukelten wie verrückt, als fänden sie ihre Position nicht. Als ich mich dem Hafenbecken zuwandte, den wippenden Masten, den schwankenden Motorbooten, entschied ich, mich auf die Parkbank mit der abgeblätterten blauen Farbe zu setzen, die so idiotisch platziert war, dass einem der Benzingestank der kleinen Bootstankstelle in die Nase kroch.

Aber was soll's? Hier hast du den besten Blick auf die tosende See.

Ich schalt mich einen Idioten, weil ich mein Glück nur genießen konnte, wenn Marco um mich war, und an ihm zweifelte, sobald er fort war. Einen eifersüchtigen Narren, weil sich in den Augenblicken, in denen ich drohte, einzuschlafen, sofort der Gedanke festsetzte, er könnte sich irgendwo mit Lorenzo Bracco treffen. Wie um mich zu trösten, umschlang ich mich mit den Armen. Hinter dem Hafenbecken ankerten zwei Kabinenschnellboote, die offenbar keinen Platz am Steg mehr hatten ergattern können. Seltsam. Die eine sah so ähnlich aus wie die Bracco-Yacht, die ich bei Ponza das erste Mal gesehen hatte. *Circe*? In der anderen, etwas größeren, brannte Licht. Ein schaukelndes Gelb auf den Wogen eines wütenden Meeres. Auf der *Circe* flackerte es. Ich verengte die Augen. Das Flackern …?

Lange fokussierte ich die Yacht, war nicht sicher, ob das Flackern … es wurde mehr. Das Licht tanzte ausgefasert umher. Ich sprang auf und machte zwei Schritte zur Hafenkante. „Scheiße."

Die Yacht brannte. Fahrig fingerte ich nach dem Handy in der Jackentasche, den Blick starr auf die Yacht gerichtet. Ich musste die Feuerwehr anrufen, danach die Kollegen. Vor Schreck schrie ich auf, als ich hinter mir eine Bewegung wahrnahm. Außer mir gab es hier doch niemanden! Oder war das der Typ aus dem Auto, das mich überholt hatte? Durch den stürmischen Wind drang seine Stimme zerfetzt zu mir durch. Er wandte mir den Rücken zu und telefonierte. Er warf einen Blick über die Schulter, ich sah, wie sein Haar aus der Stirn flog, wie er es zurückstreifte, eine Hand am Kopf beließ und auf mich zukam.

„Ich habe die Feuerwehr informiert", sagt er beruhigend. „Und deine Kollegen."

Fieberhaft nickend steckte ich das Handy fort und schaute neben ihm dabei zu, wie sich die Flammen auf der Yacht ausbreiteten. Sirenen heulten heran. Privatfahrzeuge tauchten auf dem Parkplatz auf. Im Gebäude mit der Bar im Untergeschoss flammte auf der oberen Etage ein Licht an. Autotüren knallten. Neben uns stand jäh ein verschlafen aussehender Typ, dem das längere Haar in Wirbeln vom Kopf abstand.

„… Besitzer sind an Land …", hörte ich ihn sagen, war aber immer noch durch den Wind. Endlich registrierte ich, dass es der Hafenmeister war, der mit mir sprach. Aber ich sah nur den Mann aus dem Auto an, der die Feuerwehr informiert hatte, und sagte schließlich: „Hallo, Lorenzo."

Er nickte nur. In seiner Miene lag Besorgnis, die wie ein Funken zu mir rüber sprang und Panik auslöste.

„Ist das die *Circe*?", bekam ich mühsam raus.

Er fuhr sich mit beiden Händen durchs Haar und nickte erneut.

„Ist Marco da drauf?", kiekste ich.

Seine immens dunklen Augen weiteten sich verblüfft, was seiner Besorgnis etwas die Schärfe nahm. „Weshalb sollte Marco auf meiner Yacht sein?"

Ja, warum, Orlando? Weil dich die Eifersucht zerfrisst?

„Schon gut", ächzte ich.

Über das Wasser jagte ein Feuerwehrboot auf das zu, was sich im Sturm zu einem kleinen Inferno auswuchs. Das Feuer sprang auf die zweite Yacht über. Auf der machte ich eine Bewegung aus. Mein Herz stand in Flammen. Wer war das? Feuerwehr überall jetzt. Wie einen vom Sturm gedämpften Film mit verteufelt schlechtem Ton nahm ich das ausbrechende Tohuwabohu wahr. Nur Wortfetzen, schwere Stiefel, Gerenne, Befehle. Und diese eine Bewegung auf der Yacht? Wieder wirbelte ich zu Lorenzo herum.

„Ich glaube", rief ich, „das von einem der Boote jemand runter gesprungen ist!"

„Kann nicht sein", quasselte der gehetzte Hafenmeister. „Wir wissen ja, wem die Yachten gehören. Alle sind an Land."

Ich verengte die Augen. „Woher denn?"

„Orlando!"

Ich wirbelte herum und fing endlich an, wie ein Polizist zu denken, denn es war der Leiter der Feuerwehr, der nach mir gerufen hatte. Lorenzo stand da, mit in die Manteltaschen versenkten Händen, und sah aufs Meer. Aus der Innentasche fingert er sich eine Zigarettenschachtel, hielt sie mir hin, doch ich musste arbeiten. Koordinieren. Ich schüttelte den Kopf.

„Okay?", murmelte er, während er versuchte, sich bei dem tosenden Sturm eine Zigarette anzuzünden. „Sag Marco, er soll zum Ferienhaus kommen. Er weiß, wo es liegt."

„Deines?" Ich wunderte mich, dass ich ihn duzte, weil er so unnahbar wirkte, ohne dass ich erklären könnte, was ihn ausmachte. Er drehte sich vom Wind weg, der ihm folgte, als gäbe es nichts Wichtigeres, als zu verhindern, dass er rauchte. Ich wertete das mal als ein Ja. Das Haus, in dem vor einer Ewigkeit der leidvolle Geburtstag Antonellas gefeiert worden war.

„Marco ist in Foggia!", rief ich über den zunehmenden Krach aus Stimmen, Sirenen und immer mehr krakeelenden Menschen.

„Ruf ihn an. Sag ihm, es wäre wichtig."

Aha, dachte ich. *Und wenn du behauptest, es wäre wichtig, tanzt er an?*

Aber ich sagte nichts, fing endlich an, zu arbeiten, wobei ich die Silhouette, die ich geglaubt hatte, von der Yacht springen zu sehen, nicht vergessen konnte. Die ich nicht aufhören konnte, mit Marco zu verknüpfen. Doch weshalb sollte er auf der *Circe* gewesen sein? Aber warum war Lorenzo hier? Auf dem Weg zum Leiter der Feuerwehr drehte ich mich noch einmal nach ihm um. Er schnippte die Kippe ins Hafenbecken und wandte sich seinem Wagen zu. Das war das Letzte, was ich in jener Nacht von Lorenzo zu sehen bekam.

*

Mein matter Anruf erreichte Marco am nächsten Morgen in der Früh. Der Sturm hatte nachgelassen. Das, was von den Yachten übrig geblieben war, wurde nach Terracina geschleppt, und ein Versicherungsermittler ging mir auf den Zwirn. Marco erriet an meinem Tonfall, dass etwas passiert war, zeigte sich aber verdutzt, dass Lorenzo in San Felice herum stromerte. Eigentlich hätte das mein eifersüchtiges Herz beruhigen müssen, doch seine nächste Frage irritierte mich erneut.

Er fragte: „Ist Tiziano auch in San Felice?"

„Tiziano?" In Unterhosen hockte ich auf unserem Bett und angelte nach dem halb leeren Wasserglas auf dem Nachttisch. Ich hatte vielleicht eine Stunde geschlafen.

„Nicht wichtig. Der Polizist aus Florenz. Wenn er da wäre, würde er ... Er wäre dir aufgefallen."

„Der, der aus Parma angerufen hatte?", wollte ich wissen, nachdem ich einen Schluck abgestandenes Wasser getrunken und das Gesicht verzogen hatte.

„Ja, genau der. Ich komme sofort zurück."

„Sind die Ermittlungen in Foggia denn abgeschlossen?", fragte ich, während ich mich in die Aufrechte stemmte und gen Küche schlurfte.

„Nein."

„Aber ..." Ich öffnete den Kühlschrank und starrte hinein.

„Es ist wichtig", sagte er.

„Ja", ätzte ich. „Das sagte Lorenzo bereits. Aber hol mich ab."

Aus dem unteren Fach zog ich eine Flasche Wasser. Naturale, was mich nicht begeisterte. So wenig wie Marcos Zögern. Doch, verflucht noch mal, ich wollte zum Verrecken nicht, dass er allein zu Lorenzo Braccos Ferienhaus fuhr und dort auf ihn traf. Wichtig hin oder her. Nach einer Weile, in der ich ein Glas aus dem Schrank geholt und mir Wasser eingegossen hatte, hörte ich Marco antworten.

Er sagte: „Okay. Ich hol dich ab."

*

Es beruhigte mich nicht, dass unsere Begrüßung fahrig geriet. Ein flüchtiger Kuss, Marcos besorgte Miene, die Art, wie er stur geradeaus schaute. Aber ich wollte nicht fragen, nicht wieder nerven, obwohl alles in mir in Flammen stand. Als wir zum Ferienhaus auf dem Berg fuhren, fühlte ich mich nicht mehr so müde, wie es die schlaflose Nacht verlangte. Es war Marco anzusehen, dass es ihm missfiel, mich mitzunehmen. Dass er es trotzdem tat, milderte meine Eifersucht nur wenig. Der Wagen schraubte sich die kurvige Straße hoch. Links und rechts zeugten schmiedeeiserne Tore von den Pfaden vereinzelter Häuschen, deren rote Ziegeldächer aus dem Grün lugten. Auf der Landseite breitete sich oberhalb der Häuser mit ihren Schirmpinien, Oleander und Zypressen ein dichter Eichenwald aus. Zur Seeseite nur wenige Eichen, dafür schroffer Fels. Wie immer. Darüber, dass das Bracco-Haus zur Seeseite lag, hätte ich mich nicht wundern dürfen. Es war die teuerste

Seite. Gereizt verzog ich den Mund. Marco stieg bei laufendem Motor aus, schob das quietschende Tor auf, schwang sich zurück auf den Fahrersitz und parkte den Wagen auf knirschendem Schotter direkt vor der Tür. Ein kleines, weißverputztes Haus im maurischen Stil erwartete uns. Mit einem runden Turm, in dem wahrscheinlich die Treppe auf die einzige obere Etage untergebracht war. Romantisch sah es aus. Verwunschen zwischen all dem Grün und der Blütenpracht, die davon zeugte, wie viel wärmer der Herbst hier strahlte als in Parma. Oder Florenz.

„Geht es?" Marco öffnete mir die Tür, als wäre ich ein Invalide.

„Sicher." Ich schüttelte seine Hand ab. „Was soll das Theater?"

Er war nervös. „Orlando, ich …" Er strich mir das Haar hinter die Ohren. „Ich vertraue dir blind."

„Geht das weniger kryptisch?", fragte ich.

„Vergiss es." Er ging vor. Durch die Diele im Turm erreichten wir ein Wohnzimmer mit gemütlichen Möbeln und einem Kamin. Verputzte Wände, offene Holzbalken – komisch, ich hätte bei Lorenzo auf modernen Minimalismus gesetzt. Der Raum öffnete sich zu einem Essbereich, hinter dem eine kleine Küchenzeile lag. An der geöffneten Kühlschranktür stand ein Mann in knielangen Sweatshorts, darüber nur ein geripptes Unterhemd, der sich, mit einer

Flasche Milch in der Hand, umdrehte, und die Tür leise schloss. Er lehnte sich an den Kühlschrank und musterte mich ausdruckslos. Mir sank das Herz, ohne den Grund zu begreifen. Das war nicht Lorenzo Bracco.

Das Unterhemd, dachte ich. *Wie Bruce Willies in Stirb langsam.*

Sonst hatte er aber nichts mit Bruce Willies gemein. Der Unterschied begann mit seinem dichten dunkelblonden Haar. Doch es waren seine schiefergrauen Augen, die mich festnagelten.

„Hallo." Ich winkte albern. Erleichtert hörte ich Marco näher kommen. Leider kam er nicht allein. Irgendwo zwischen Auto und Küche musste er Lorenzo getroffen haben. An mir vorbei sah der Fremde die beiden an.

„Das ist …?", fragte er kühl und meinte mich.

Lorenzo stellte eine Tasche ab und zerrte dabei an einem Schal, der obenauf lag und an einem Tischchen hängen geblieben war. Erst da entdeckte ich Lynette, die hinter ihm her dackelte. Ausgerechnet Lynette, die den Schal beäugte, der durch den Kontakt mit dem Tisch aufgeriffelt war.

„Sorry, Lynette", murmelte Lorenzo.

„Das macht nichts", sprang sie ihm mit heller Stimme bei. „Er ist nur aus Restwolle."

„Restwolle?" Lorenzo runzelte die Stirn.

„Seltsames Tier."

„Was?" Sie blinzelte.

„Schafswolle, Mohairwolle, Restwolle." Lorenzo legte den kaputten Schal auf einer Sessellehne ab. „Die Frage ist: Ist ein Rest ein Säugetier?"

Der Fremde in der Küche stellte die Milchflasche auf dem Küchentresen ab. „Ich dachte, du wolltest wegen Luisa ab jetzt jemand anderes sein."

„Es ist witzlos." Lorenzo hob eine Schulter. „Ich hole mich immer wieder ein."

„Weshalb der Schal?", verlor der Bruce-Willies-Typ die Frage nach meiner Identität aus den Augen.

„Tiziano!", schrie Lynette so schrill, dass meine Ohren knackten. Im nächsten Augenblick rannte sie auf ihn zu. Der Mann im Unterhemd umfing sie mit gespielter Verzweiflung, und am Ende hing sie ihm im Arm wie ein Äffchen. Tiziano. Da war er. Dann konnte Mauro nicht fehlen. Die beiden ermittelten schließlich zusammen. Wenn das hier ein dienstliches Gespräch werden sollte, stellte sich die Frage, was Lorenzo Bracco damit zu tun hatte.

Der lächelte amüsiert. „So viel hoffnungslose Liebe."

Während sich Lynette von dem Mann löste, wurden ihre Wangen tiefrot. „Der Schal", sagte sie verlegen. „Ich dachte, weil du im Wasser warst. Wegen Erkältung und so."

„Das Wasser hat 24 Grad, Lynette."

Tiziano? Der Polizist war von Bord der brennenden Yacht gesprungen?

Lorenzo berührte sie so liebevoll, wie man eine geliebte Katze anfasst. Irgendwie war das ätzend. Doch mein Blick, der von einem zum anderen gegangen war, blieb bei Marco hängen, der sich mit angespannten Muskeln auf eines der beiden Sofas des Wohnzimmers gesetzt hatte. Etwas an dieser Konstellation schien ihn zu belasten. Lorenzos Stimme durchbrach meine verwirrten Gedanken.

„Das ist Orlando." Er zeigte auf mich und setzte sich neben Marco. Es war ein Dreisitzer. Ich setzte mich auf der anderen Seite neben Marco.

„Ist er vertrauenswürdig?", wollte Tiziano wissen, der seinen Platz am Küchentresen nicht aufgab.

„Wenn nicht, wäre er nicht hier."

„Das heißt?"

„Wenn Marco ihn mitbringt, wird Orlando verkraften müssen, was wir hier besprechen." Damit legte Lorenzo Bracco ein Bein über das andere und stützte sein Kinn auf die Hand des Armes, den er auf die Sofalehne gestützt hatte. Das war eine Pose, die ihm sofort das Verspielte nahm und deutlich machte, dass er hier das Sagen hatte.

„Vielleicht ist es ja ein Omen", sagte Lynette. Sie stand scheu an die Kommode gelehnt, beide Hände rücklings am Möbel, als traute sie sich nicht, tiefer in den Raum reinzugehen. „Ich meine, weil Orlando aus Parma kommt."

„Was?", fragte ich.

Ganz ohne Verkleidung hatte sie eine bitterernste Miene aufgesetzt, der anzusehen war, dass sie fürchtete, weggeschickt zu werden.

„Lynette." Lorenzo seufzte fast liebevoll. „Ich finde dich ja originell, und wir sind dir dankbar, dass du Tiziano aus dem Wasser gefischt …"

„Ich habe ihn nicht gefischt." Sie wedelte mit der Hand. „Er ist zu mir gekommen, weil er weiß, dass er mir vertrauen kann." Sie schaute Tiziano verliebt an. „Er war nass und verletzt", schob sie leiser nach.

„Du hast den Schlüssel zu diesem Haus." Tizianos Lächeln war von der Art eines Mannes, der nicht oft lächelt.

„Ich putze hier", erklärte sie tiefrot und beäugte die blitzsauberen Fliesen.

„Das ist aktuell irrelevant", entschied Lorenzo. „Es ist verzwickt. Vielleicht gefällt es Orlando nicht. Dann sollte er jetzt gehen."

„Du redest von einem Verbrechen?" Ich versuchte, ihn streng anzusehen, erhaschte aber im Augenwinkel einen Blick auf Tiziano. Ich rechnete damit, dass er lachen würde, und war dankbar, dass er es nicht tat.

„Ja und nein." Lorenzo lehnte sich zurück, sodass ich den Platz neben Marco aufgab und mich an einen frei stehenden Sessel lehnte, um besser in ihm lesen zu können. Leider stand er auch auf. Er traf eine Entscheidung. „Es gibt zwei Möglichkeiten, Orlando. Entweder erzählen wir dir die Geschichte von Anfang an und sitzen übermorgen noch hier, weil sie lang ist. Und vor allem wird sie dir Kopfzerbrechen bereiten, denn darin gibt es weder schwarz noch weiß. Nur eine Menge Grauschattierungen."

Ich schluckte. „Oder?"

„Oder du verlässt dich auf deine Instinkte", er nickte zu Marco rüber, „und hörst dir das aktuelle Problem an."

Nervös rieb ich mir die Hände. Kopfschmerzen klopften an. „Das aktuelle Problem, bitte."

Lorenzo nickte nachdenklich. „Gut. Tiziano."

Der löste sich endlich aus der Küche und ging auf die Sitzgarnitur zu. Dabei umfasste er Lorenzo verdammt kurz an der Taille, und es wirkte, als würde der sich in die Berührung lehnen.

„Der Fall. Parma. Es geht um den Diebstahl einer Brosche, die ein paar hunderttausend Euro wert ist, der in vielerlei Hinsicht zu einer persönlichen Angelegenheit geworden ist."

Mauro, dachte ich und erwischte mich dabei, dass ich mich panisch umsah, als rechnete ich damit, dass er die Treppe runterkam. „Persönlich?", fragte ich zittrig.

Er verschränkte die Hände ineinander. „Es ist ein Erbstück. Der Bruder der Besitzerin versucht, es ihr bereits so lange zu stehlen, um es zu veräußern, dass sie es nicht mal mehr auf festlichen Events trägt. Der klassische Fall einer Hassliebe zwischen Geschwistern, die sich in puren Hass verkehrt hat." Er hob den Blick. „Die Spur führte zuerst nach Parma, wo der Mann versuchte, an einen Hehler zu kommen. Dort traf ich den Kollegen Berietti." Ich bildete mir ein, etwas Abfälliges in Tizianos Stimme gehört zu haben.

„Ihr werdet Berietti bald treffen", sagte er, als er sich neben Marco setzte, der alle Muskeln anspannte. „Denn der Täter hat einen Hehler in Sperlonga gefunden, der uns bekannt ist. Besonders dir, Marco. Im Rahmen der Arbeit hier."

„Pinso?", fragte Marco.

Tiziano nickte. „Ja, Marco. Aber das ist nicht das Problem. Das Problem ist, dass Berietti dabei war, Cherubino zu enttarnen."

„Was?" Ich verstand gar nichts mehr. „Wer ist Cherubino?"

Lorenzo klaubte die Zigarettenschachtel vom Tisch, fingerte eine Kippe raus und sagte wie nebenher: „Seit meiner Kindheit habe ich zwei Freunde." Mit der nicht angezündeten Kippe zeigte er auf Tiziano. „Er ist einer davon."

Marcos Hände zitterten leicht, als er sagte: „Tiziano ist ein bisschen mehr als ein Freund."

Das brachte ihm einen scharfen Blick Lorenzos ein, der sich die Kippe anzündet. „Ich warne dich." Dieses Mal deutete er mit dem Glimmstängel auf Marco. Sonnenklar, was der Wortwechsel bedeutete. Hier stand ein Mann, der sich nicht bekennen konnte. Hier war Marco, der nicht so hoffnungslos verliebt gewesen war, wie ich gedacht hatte – aber spielte das angesichts dessen, was ich hier erfuhr, überhaupt eine Rolle?

„Cherubino ist der andere", riet ich.

„Exakt."

„Und als was soll er enttarnt werden?"

Die drei wechselten Blicke, derweil Lynette in der Küche in den Schränken herum suchte. Sie schien etwas kochen zu wollen. Es wurde immer absurder.

„Das spielt keine Rolle", entschied Tiziano. „Die *Circe* musste in Flammen aufgehen, weil Berietti sonst dort die Beweise gefunden hätte, die seinen Verdacht bestätigt hätten. Wir bitten euch darum, ihn von der Spur abzubringen, wenn er wegen der Amtshilfe und der Zusammenarbeit hier aufkreuzt."

„Wie hängt Cherubino überhaupt in der Geschichte drin?", verlangte Marco eine Antwort.

Lorenzo machte eine lasche Handbewegung. „Die bestohlene Frau hat ihm einen Auftrag gegeben."

„Als was?", mischte ich mich ein. „Ist er Privatdetektiv? Hat sie …?"

„Warum hilfst du ihm überhaupt, Tiziano?", grätschte Marco mir dazwischen. Es war, als versuchte er krampfhaft, Hohn in seine Stimme zu legen, was ihm nicht recht gelingen wollte. „Obwohl du doch nicht einverstanden bist, mit dem, was er tut. Als Polizist und …"

„Bruder?", herrschte Tiziano. „Deshalb, Diamante. Weil er mein verfluchter Bruder ist, und es bleiben wird, selbst wenn er in einem Nonnenkloster marodiert hätte."

Marco reagierte mit einer Provokation. „Bist du sicher, dass er das nicht getan hat?"

Ich erschrak, denn Tiziano sprang auf. Marco kam etwa gleichzeitig in die Gerade, als hätte er Sprungfedern. Aus der Küche ertönte der schrille Aufschrei Lynettes. Mir hämmerte das Herz im Hals. Sie würden sich schlagen. Doch Lorenzo riss Marco zurück. Leider gab er ihn nicht sofort wieder frei.

„Hört auf, euch wie Kinder zu benehmen", zischte er, während er Marco bei den Schultern hielt. Fast berührten sie sich an der Stirn. Marco, der den Blick auf seinen Kontrahenten geheftet hatte, der sich wieder ins Sofa gelehnt hatte, atmete lange aus.

„Kannst du das?", wollte Lorenzo wissen. Dann sah er mich an. „Könnt ihr das? Berietti von der scheiß Idee abbringen?"

Ich wusste nicht, warum in mir kurz Empörung aufwallte, als ich Marco sagen hörte: „Alles klar. Das wird nicht so schwer sein." Er schaute mich an. „Nicht wahr?"

„Nein!" Es sollte scharf klingen, aber ich klang wie ein patziges Kind. Alle sahen mich an. Es war seltsam, der einzige Blick, in dem ich so was wie Verständnis für meine Ablehnung erkannte, war der Tizianos. Lorenzo hingegen neigte den Kopf und sah mich an, als wäre ich ein seltenes Insekt.

„Er ist ein Krimineller", riet ich. „So ist es doch, oder?" Ich schaute von einem zum anderen.

Marco lief, mit den Händen auf dem Gesicht, durch das Wohnzimmer, schüttelte den Kopf und sah mich dann flehentlich an, ohne etwas zu sagen. Wahrscheinlich dachte er, dass ich ihn hier blamierte. Lorenzo rieb sich die Nasenwurzel und beäugte den Teppich, als würde der ihm erzählen, was er tun oder sagen sollte, um mich umzustimmen. Lynette stand hinter dem Küchentresen und knetete ein Geschirrtuch. Obwohl er von allen hier im Raum am ehesten gewirkt hatte, als würde er mich ablehnen, war es Tiziano, dessen Wut auf Marco erstaunlich rasch erloschen war. Seine Miene war immer noch abweisend, doch in mir keimte der Verdacht, dass die Ablehnung niemandem hier im Raum galt.

„Ich mache das auch nicht gern, Orlando", sagte er hart.

„Warum machen Sie es dann?" Ich legte die Hand aufs Herz. Es schien schon wieder rausspringen zu wollen.

„Ich sagte es eben. Er ist mein Bruder."

„Als was kann er denn nun enttarnt werden?", fragte ich. „Drogenhändler? Zuhälter? Oder …"

„Red' nicht so einen Scheiß." Marcos Worte klangen wie eine Bitte.

„Woher soll ich es wissen?" Ich breitete die Hände zur Seite aus.

Tiziano nahm eine Wasserflasche vom Tisch, aus der einen kräftigen Schluck nahm, stellte sie wieder ab und sagte: „Lass uns runter zum Strand."

„Was?" Entgeistert sah ich ihn an.

„Ich erkläre es dir. Allein. Okay?"

Sollte ich? Was, wenn das eine Falle war?

„Und was wollen Sie mir sagen? Was Berietti gegen Ihren Bruder in der Hand hätte, wenn Sie die *Circe* nicht abgefackelt hätten?"

„Auch. Aber die Sache ist komplizierter. Ich werde offen sein, und du kannst mir glauben, dass es mir schwerfällt. Lass uns gehen."

Hilfesuchend sah ich zu Marco, der mittlerweile auf einem Sessel saß und endlich die Hände vom Gesicht nahm. Flehentlich nickte er mir zu. Ich nahm all meinen Mut zusammen und verließ mit Tiziano das Haus.

*

Im Auto lehnte ich mich erschöpft gegen die Seitenscheibe. Alles in mir schlug Purzelbäume, leider auch mein Magen, den ich kaum beruhigen konnte. Die Kurvenfahrt abwärts machte es nicht besser.

„Sag Tiziano, okay?"

Ich antwortete nicht. Schielte nur zu seinem scharfen Profil und registrierte, dass er erschöpft aussah. Und genervt. Und unwillig.

„Schätze, dass du eifersüchtig bist, und deine Entscheidung mehr damit zu tun hat, als mit der Frage, ob du uns helfen willst, Cherubino zu decken", murmelte er.

Ich ruckte von der Scheibe weg und sah ihn an. An der nächsten Kreuzung bog er rechts ab und überholte den blauen Linienbus. Vehement wollte ich widersprechen. Ich war Polizist geworden, um Kriminelle zu schnappen. Nicht, um sie zu decken. Ich zögerte vielleicht nur, weil mir eine innere Stimme flüsterte, dass er zumindest teilweise recht haben könnte. Mir gefiel der Gedanke, dass Marco da oben mit Lorenzo allein war, nämlich nicht.

„Sie …", fing ich an, „… du bist ja selbst eifersüchtig. Auf Marco."

Er schnaufte leise. „Wir kommen da nicht mehr raus. Fallen in alte Verhaltensmuster zurück, das ist alles."

Ich brachte all meinen Mut auf für die Frage und stellte sie erst, als wir schon auf der Viale Europa fuhren. Die Bäume bogen sich im Wind. Der Himmel war dunkel und jagte die Wolken förmlich dahin.

„Lorenzo und du …"

„Stopp!" Er hob eine Hand, ohne mich anzusehen.

„Lorenzo und ich, das ist eine Sache, die nur uns angeht. Wir müssen vorn anfangen, Orlando. Dann wirst du verstehen. Denn auch das ist nicht so, wie du denkst."

„Nicht?", fragte ich.

„Ich lebe in einer Beziehung mit einem jüngeren Mann. Lorenzo hatte immer Beziehungen mit Frauen."

„Heißt das was?"

„Nicht unbedingt. Und jetzt hör mir zu. Wir können gern bei Marco anfangen, weil es das ist, was dich umtreibt. Aber er spielt nur eine kleine Rolle in dieser beschissenen Story. Wie alt bist du?"

„Neunundzwanzig, warum? Ich weiß, dass er sieben Jahre älter ist als ich, aber was hat das …?"

„Das ist er. Und etwa fünf Jahre jünger als wir. In Antonellas Alter. Wenn wir in den Ferien hier waren, hing er schon als Kind mehr mit ihrer Clique rum. Wir Älteren waren einfach da. Ein Stockwerk über ihnen." Er lachte humorlos und hätte fast einen Radfahrer umgemäht. Der Mann gestikulierte wütend. Wir waren offenbar dort angekommen, wohin Tiziano gewollt hatte. Er stellte den Wagen auf den leeren, zum Parken gedachten Seitenstreifen ab. Stellte den Motor aus, stieg aus und ging einige Schritte auf den Strand zu. Ich sah mich um. Die Strandbars hatten wegen des Unwetters geschlossen, doch vereinzelt liefen Leute herum, die aufräumten. An dem Strandabschnitt nebenan hantierten drei Teenager mit Müllsäcken, in die sie den angespülten Abfall warfen. Massenweise Plastikflaschen. Styroporkisten, wie sie Fischer benutzten. Ich stieß die Tür auf, stieg aus und hastete Tiziano nach bis zur ersten Liegenreihe am Wasser. Als er meine Hand nahm, um mich neben sich auf eine leere Liege zu ziehen, zuckte ich zusammen.

„Es ist etwas passiert", murmelte er.

Da war es.

Ich hatte es bei aller Tuschelei, bei allem Gerede ignoriert. Wie dumm. Denn das, was passiert war, schien von größerer Bedeutung zu sein als alles Liebesgeflüster der Vergangenheit. Stumm schauten wir aufs Wasser. Niemand wollte heute baden. Der Sturm der vorherigen Nacht hatte alles durcheinandergewirbelt. Einige Liegen waren umgekippt. Gummitiere lagen wie bunte Flecken in dem Durcheinander verstreut. Zwischen zwei Liegen lugte der Hals eines verendeten Plastikschwans hervor. In der Ferne, auf dem Wasser, kämpfte ein vermutlich wahnsinniger Windsurfer.

„Als wir jung waren …" Tiziano schluckte. „Wir sind Zwillinge, Cherubino und ich. Zweieiig zwar, doch es kann sein, dass was dran ist, an der Behauptung, dass es die Bindung enger macht, selbst wenn man sich dagegen stemmt. Als wir sehr jung waren, hatte es eine Ermittlung gegeben. Ein Staatsanwalt in Florenz hatte eine Gruppe hochgenommen, die man dem organisierten Verbrechen zuordnen konnte, und zwei Söhne des Capos inhaftiert. Das konnte der nicht auf sich sitzenlassen. Er entführte die Söhne des Staatsanwaltes, um seine Brut freizupressen."

Ich sog zischend Luft ein.

Er zuckte mit einer Schulter. „Einer der beiden konnte entwischen. Der andere nicht."

„Oh." Das war alles, was ich raus brachte.

„Der Staatsanwalt hat den Deal gemacht. Der verlorene Sohn kam frei. Um den anderen, den, der entwischt war, hat er sich nicht geschert, hat ihn nur mit Vorwürfen überhäuft. Der Staatsanwalt …"

Tiziano hatte die ganze Zeit zum Meer gesprochen, doch nun wandte er sich mir zu. „Es ist schwer, darüber zu reden." Eine Pause. „Diese Söhne waren wir. Sie hatten Cherubino. Dass ich abhauen konnte, hatte ich ihm zu verdanken, und ehe du fragst, unser Vater war ein Riesenarschloch."

„Großer Gott", krächzte ich.

Er nickte, ohne den Blick von den Wellen zu nehmen, die brandeten und mehr vom Strand überspült hatten als üblich. „Die Polizei hatte ermittelt und plötzlich einen Kronzeugen, der kurz davor stand, auszusagen. Dann wären sie alle hochgegangen. Aber Cherubino traf eine Entscheidung."

Erneut drehte er sich zu mir hin. Seine grauen Augen schimmerten, als er seine Geldbörse aus der Gesäßtasche fummelte, um sie auszuklappen. Er zog etwas raus, das er mir in die Hand gab.

Ein verblichenes Polaroid. Vier Personen waren darauf abgebildet, und Marco war keiner von ihnen. Drei Jungs auf einer Kirmes, im Hintergrund das riesige Kettenkarussell. Teenager, Halbstarke, die jeweils die Arme um die Schulter des Nebenmannes liegen hatten, und vorn ein dunkelhaariges Mädchen, das Lorenzo ähnlich sah.

„Das ist Antonella", stellte ich ängstlich lächelnd fest. „Wie alt war sie?"

„Etwa vierzehn. Das ist aufgenommen worden, ehe das alles passierte."

Leicht abwesend, als würde der Gedanke an die Zeit vorher schmerzen, sagte er: „Marco hat das Foto mit der billigen Kamera gemacht, die er auf der Kirmes gewonnen hatte. Du weißt ja, wie das ist, im Kettenkarussell. Derjenige auf dem Außensitz lehnt sich raus, um das Lederband von der Stange neben dem Karussell abzureißen, damit er einen Gewinn einstreichen kann. Marco muss um sein Leben gefürchtet haben, so wie Antonella seinen Sitz in die Richtung gestoßen hat." Halb verzweifelt lachte er. „Wir drei, Cherubino, Lorenzo und ich, wir waren nicht mit ihnen hingefahren. Wir haben sie nur zufällig dort getroffen. Sie hatten ihre eigene Tour, und wir haben zugesehen, was er riskiert hatte, und ihn angefeuert. Mit uns als Zeugen wurde er waghalsiger. Vielleicht weißt du es selbst, aber vor den großen Jungs wollte man nie als Loser dastehen."

Darüber wollte ich nicht mal nachdenken. Vor den großen Jungs hatte ich immer als Loser dagestanden. Lieber betrachtete ich das Foto.

„Das rechts bist du, oder?"

„Ja."

Das links musste demnach Cherubino sein. Ich musste gestehen, dass er seinem Namen gerecht wurde. Er sah aus wie von Michelangelo erschaffen, und trotzdem faszinierte mich Lorenzo mehr, der von beiden flankiert wurde. Mutwillig sah er aus. Sein dunkles, lockiges Haar lag ihm wild und tief in die Stirn. Im Mundwinkel die allgegenwärtige Kippe, mit der er dennoch auf eine Weise lachen konnte, als wollte er einen zur nächsten Schandtat anstacheln. Mir kam der Gedanke, dass es diese Wildheit war, die er nun hinter seiner akkuraten Frisur verbarg, und dass er seine widerspenstigen Locken nur deshalb andauernd zurückstrich, um sich selbst zu disziplinieren. Damals hatte er das wohl noch nicht für notwendig befunden.

„Es ist lächerlich", durchbrach Tiziano meine Gedanken. „Für wie stark wir uns hielten. Ziemlich cool, wie das so ist, wenn man noch nichts vom Leben weiß. Dann reißt der Boden auf. Die Hölle tut sich auf. Und am Ende war Lorenzo der Einzige, der wirklich stark war. Willst du weiter zuhören? Es könnte dir nicht gefallen."

„Ja", hauchte ich.

„Dann kannst du nicht mehr zurück."

„Ich weiß."

„Also gut." Er rückte ein Stück von mir weg. „Ich versuche, es kurz zu machen. Cherubino besorgte sich eine Waffe und nahm das Gesetz selbst in die Hand. So simpel war es. Und wieder nicht. Gefühlsmäßig war es ein Desaster." Wieder seufzte er. „Der Kronzeuge war der Erste, der dran glauben musste. Die anderen folgten. Es hört sich kaltherzig an. Aber du kannst mir glauben, dass alles, was folgte, dazu geführt hatte, dass ich …"

Er stockte. „Ich will dir hier nicht mein Leben erzählen. Aber diese Entscheidung hat uns alle auf immer verbunden. Auch Marco. Weil er verliebt war und in diesem Hafen auf einen erschöpften Lorenzo traf. Erschöpft, weil er sich dabei zerrissen hatte, Cherubino von seinem Vorhaben abzubringen und gleichzeitig zu verhindern, dass ich mir das Leben nahm."

„Himmel." Ich beäugte den Surfer, der vom Wind weiter Richtung Hafen geschoben wurde. Ich schwieg lange, um das Gehörte zu verarbeiten. Ich fand nur Schmerz auf allen Seiten.

Dann fragte ich: „Wie kommt man, wenn man so jung ist, an eine Waffe?"

„Lorenzo hat sie ihm besorgt."

„Was? Wie das denn?"

Tiziano rieb sich mit beiden Händen das Gesicht. „Du hast das Foto gesehen, oder? Er war einfach jemand, der alles besorgen konnte, was man brauchte. Damals wie heute."

Eine Bö trieb mir Sand in die Augen. Ich blinzelte ihn weg, war unfähig, Tiziano anzusehen. Stattdessen dachte ich über Lorenzo nach. An den Moment unserer Begegnung, als ich endlich begriffen hatte, was Marco für mich empfand. Oben, an der Stadtmauer. Lorenzos Besorgnis, die mir gegolten hatte. Wahrhaftig mir.
Das Meer spülte ein Sandförmchen in der Form eines Herzens an. Es wippte näher, wurde zurückgezogen.

„Vielleicht will er das gar nicht", überlegte ich laut. „Vielleicht macht er nur deswegen alles mögliche, um den anderen zu helfen."

Ich erschrak, als Tiziano mir den Oberschenkel drückte. „Wenn du das denkst, bist du näher dran, Lorenzo zu verstehen, als ich es nach Jahren war."

Ich lächelte elendig. „Was willst du mir eigentlich sagen?"

„Berietti. Als ihr zusammengearbeitet habt, hatte er da schon …?"

Ich schnaufte. Dachte an Momente, in denen Mauro herumstolziert war wie ein Pfau und verkündet hatte, er würde etwas offenbaren, was uns andere alt aussehen lassen würde.

„Er ist geltungsbedürftig", sagte ich leise. „Und er hatte da was, worum er ein Geheimnis machte. Aber gesagt, was es ist, hat er nie."

Tiziano räusperte sich. „Es geht ihm darum, zu beweisen, dass der namenlose Auftragskiller, der von allem La Forca genannt wird, identisch mit dem verschwundenen Sohn eines zurückgetretenen Staatsanwaltes ist."

„Verschwunden?" Ich blinzelte.

„Cherubino ist nicht verschwunden, Orlando. Er taucht hier und da schon mal auf. Nie in Florenz."

Darüber dachte ich nach. Sagte dann: „Ihr wollt, dass ich mitmache? Dass ich, wenn Berietti hier auftaucht ... dass ich ihn von seiner Besessenheit ablenken soll, diesen Auftragskiller..."

„Es ist nicht gefährlich."

„Warum nicht?", fragte ich.

„Weil du Verstand hast. Aber vor allem ein Herz."

Ein Herz? Ich begriff, dass er mir nicht alles erzählen wollte, um mich nicht stärker mit Wissen zu belasten. Es würde ihm zu emotional werden, und das war es ja auch. Ich stellte sie mir vor. Die Jungs. Sie waren traumatisiert gewesen. Und sie alle hatten getan, was sie damals für den richtigen Weg gehalten hatten. Cherubino war einem Impuls gefolgt, der Rache und Vergeltung hieß. In den Augenblicken nach der Falle, die Mauro mir gestellt hatte, hatte ich mir nachts, im Bett, zerstört und am Ende, durchaus vorgestellt, wie es wäre, ihn dafür zahlen zu lassen. Rachefantasien, vor denen man am Ende selbst erschrak. Wir alle taten das, wenn wir verletzt worden waren. Aber wir führten sie nicht aus.

Tiziano riss mich aus meinen Gedanken.

„Hör zu. Berietti … Scheiße, Orlando, ich weiß natürlich, was da zwischen dir und Berietti gelaufen ist. Ich war in dieser Dienststelle, und obwohl die Geschichte langsam ihren Reiz verliert, lachen sie noch immer darüber."

Das schmerzte. Tränen schossen mir in die Augen. „Warum sagst du das?"

„Mir ist wichtig, dass Marco die Geschichte von dir und Berietti von dir hört, bevor ihr Berietti trefft. Er ist ein Schmierlappen, wenn du mich fragst. Ein attraktiver Schmierlappen, der gewollt gut aussieht und charmant sein kann. Es ist menschlich, auf ihn reinzufallen, klar. Aber er ist hier, und es wird dieses Treffen geben."

Ich schluckte das Gehörte verdammt schwer hinunter und nickte nur.

Tiziano redete weiter. „Er hat sich in den Kopf gesetzt, einen Auftragskiller zu enttarnen, der gesichtslos ist. Er will ihm das Gesicht meines Bruders geben, weil … Herrgott, Cherubino reist unter seinem richtigen Namen in der Welt herum, wenn er nicht arbeitet. Hat er einen Auftrag, nimmt er andere Namen an. Und trotzdem ist Berietti aufgefallen, dass Cherubino Graziosa immer in der Stadt war, wenn irgendwo ein Typ mit ein und demselben Gewehr umgenietet wurde."

„Weiß er das?", fragte ich. „Dass Berietti nah dran ist?"

„Wer? Cherubino?" Er hob eine Schulter. „Sicher weiß er das. Lorenzo und er reden miteinander. Zuerst war er der Ansicht, dass er das Berietti-Problem mit seinen üblichen Methoden aus der Welt schaffen sollte. Aber er hat seine Meinung geändert."

Eine Weile sinnierte ich darüber nach, ob mir das gefallen würde. Mauro tot? Dann dachte ich an seine Frau, daran, dass ich gehört hatte, dass er mittlerweile ein Kind hatte, bis mir die Bedeutung der Worte klarwurden. „Er hat es sich anders überlegt?"

Tiziano zuckte die Schulter. „Denk nach. Die Ersten, die er abgeknallt hat, waren brutale Gangster. Das trifft auf den Bruder der jetzt bestohlenen Frau nicht zu, aber er dürfte ihn einer gewissenhaften Prüfung unterzogen haben, bevor er den Auftrag angenommen hat. Und Berietti? Der ist in Cherubs Augen harmlos."

„Sprecht ihr über so was?"

„Ich bin Polizist", stieß er aus. „Das bleibe ich. Wir treffen uns seit Jahren nicht. Es würde in Gebrüll und Prügelei enden."

Darüber musste ich nachdenken. „Aber Beweise gegen ihn hat Mauro nicht, oder?"

„Nein, die hat er nicht. Die *Circe* war voller Spuren von Cherubinos Leben, und sie ist verbrannt."

Lange sah er aufs Meer. Der Himmel, über den immer weniger Wolken jagten, tat sich auf, und die Sonne blendete uns. „Lass uns zurückfahren und wie Polizisten über die Sache sprechen, Orlando. Über den Hehler, das Juwel."

Wir standen auf. Aber ich hatte noch eine Frage. „Tiziano?"

Er drehte sich um. Die Sonne schien ihm ins Gesicht, und obwohl er zweifellos attraktiv war, offenbarte sie sein Leben. Seine Zweifel, sein Hadern.

„Berietti muss doch gemerkt haben, dass du der Bruder des Mannes bist, den er verdächtigt, ein Auftragsmörder zu sein."

Zum ersten Mal erreichte das Lächeln seine Augen. „Du hast mit ihm gearbeitet?"

„Ja?"

„Du musst gemerkt haben, dass er ein lausiger Polizist ist."

*

Den Weg hoch ins Ferienhaus legten wir nicht mehr schweigend zurück. Wir fingen an, wie normale Bekannte miteinander zu reden. Wenn ich darüber nachdachte, dass ich vor diesem Gespräch unten am Meer erwartet hätte, Marco und Lorenzo bei unserer Rückkehr in flagranti zu erwischen, kam ich mir wie der Kindskopf vor, der ich war. Die Freunde von damals, auch die jüngeren wie Marco und Antonella, waren durch eine Kette miteinander verknüpft, die aus vielen Gliedern bestand. Marcos unglückliche Liebe mochte eine davon sein. Aber es gab mehr. Details, die mich nichts angingen, die ich nur ahnen konnte, wie der Konflikt zwischen den Brüdern Graziosa oder Lorenzos ewige Hilfe. Ich hatte so viel gehört, war voller Fragen, von denen mir klar wurde, dass ich sie nicht stellen würde, auch Marco würde ich nicht damit kommen.

Ein Abend allein stand uns bevor. Marcos Nervosität war kaum zu übersehen. Schon seine Versuche, die Tür mit dem Schlüssel zu öffnen, gingen ein paarmal in die Hose, weil er das Schloss nicht traf.

„Ich muss duschen", sagte ich neutral und streifte die Schuhe von den Füßen. Ich wartete darauf, dass er fragte, ob er mitkommen wollte. Mit diesem schiefen

Grinsen, das ich an ihm liebte. Doch er lehnte sich gegen eine Kommode und fragte: „Was machen wir nun mit Berietti?"

Das Beben in seinem Tonfall berührte mich. Ich knöpfte das Hemd auf und streifte es über den Kopf.

„Das, worum uns unsere Freunde gebeten haben", brachte ich mutig raus.

„Unsere Freunde, Orlando?"

Mit dem Hemd in der Hand gestikulierte ich. „Wie wollen wir sie denn sonst nennen? Ich denke ja nicht, dass sie jedem alles erzählen."

„Was hat Tiziano erzählt?" Leicht verdattert schaute er mir dabei zu, wie ich aus den Hosen schlüpfte.

„So ziemlich alles. Wenn du die emotionalen Komponenten weglässt. Es war schon so schlimm genug." Meine Stimme kippte fast.

„Und Berietti?"

Ich machte den Schritt auf ihn zu. „Ich glaube", sagte ich, „ich erzähle dir jetzt etwas über Berietti und mich."

*

Am nächsten Morgen verschlief ich, was angesichts der vorherigen Nacht nicht verwunderlich war. Als ich die Augen aufklappte, saß Marco telefonierend am Bettrand, verabschiedete sich vom

Gesprächsteilnehmer und riss mir grinsend das Laken vom Körper.

„Mir egal", nuschelte ich. „Ist sowieso heiß."

„Yes!", rief er auf dem Weg zum Bad. „Und deshalb gehen wir jetzt duschen!"

„Warum?"

„Es eilt. Dienstbesprechung in zwanzig Minuten für den offiziellen Teil, Freundesbesprechung für den inoffiziellen, und …" Er kam ein Stück zurück in Schlafzimmer. „Wir treffen Berietti in Rom."

„Rom?"

„Sprech ich undeutlich, mein Schöner?" Damit war er im Bad.

Als ich die Brause hörte, tappte ich hinterher und stand bald darauf mit unter dem Strahl. Marco redete über Ermittlungen. Ich rückte nur ein kleines Stück zur Seite und war kaum imstande, ihn nicht zu berühren. Sein Po stieß an meine Hüfte. Sofort reagierte ich darauf. Angestrengt versuchte ich, an etwas Nervtötendes zu denken. Familienessen zum Beispiel, aber es funktionierte nur bedingt.

„Ich kriege nichts mit, von dem, was du sagst, Marco."

Sein Blick huschte über meinen Körper, verweilte in der Mitte. Er lachte. Ich rückte näher an ihn heran, bis wir uns überall berührten. Doch er seufzte, drehte sich weg, brauste schweigend und griff im Aussteigen aus der Dusche nach dem Handtuch. Er warf es mir zu, ehe er sich ein eigenes nahm. Wir trockneten uns ab, jeder für sich. Mir entging die Komik in dieser Situation nicht, in der wir versuchten, so zu tun, als erregte uns nichts von dem, was wir hier taten. Ich klaubte die Bürste vom Bord. Als ich meine Haare entwirrte, berührten wir uns an den Hüften, und ich lachte, als er förmlich ins Schlafzimmer türmte, wo er mit einer Erektion in die Unterhosen schlüpfte. Ich schlenderte kichernd hinterher, noch mit meinen Locken befasst. Mir erging es selbst nicht besser.

„Soll ich versuchen, ihn in den Slip zu stopfen?" Ich grinste.

„Lass es." Seine Bemühungen, ernst zu bleiben, sahen zum Schreien komisch aus, aber er hielt sich tapfer, kam thematisch wieder zur Arbeit zurück, als er eine Hose aus dem Schrank zog und hineinstieg. Er hob einen Finger und versuchte, die Hose einhändig zuzuknöpfen. „Wir treffen uns in der Trattoria *La Spezia*. Das ist in einer Seitenstraße der Piazza Navona."

Ich saß auf dem Sofa, vornübergebeugt, um die Kordel der Segelschuhe zu richten, die ich zu den blauen Bermudashorts trug. Doch ich kam nicht mehr hoch. Verharrte mit den Fingern am linken Schuh.

„Wenn ich ehrlich bin, Marco, hab' ich Angst, ihn wieder zu sehen."

„Was?" Er klang entgeistert. „Nach allem ... Was du mir erzählt hast, war mutig. Wie du entscheidest ..." Er deutete zum Fenster und meinte den Berg, auf dem das Bracco-Ferienhaus stand. „... das ist mutig. Da wird dir doch so ein Schmierlappen keine Angst machen."

Wie sollte ich ihm erklären, dass Furcht ein dominanter Teil meines Lebens war? Ohne mich lächerlich zu machen, neben Männer wie den Graziosas, die als Teenager Übleres erlitten hatten als bloß Mobbing?

*

Über die Fahrt nach Rom und in das Lokal gab es höchstens zu sagen, dass ich recht schweigsam war. Ich ließ sogar den brennenden Randstreifen am Ortsausgang unkommentiert an mir vorbei ziehen. Hier kokelte immer irgendwas. Natürlich tickte die Nervosität in mir, die Marco mit sachten Berührungen fortwischte. Als wir den Treffpunkt erreichten, war fast keine Angst mehr übrig. Die Trattoria, in deren Außengastronomie wir auf Mauro warteten, lag in einer Seitengasse. Nach dem Unwetter herrschte wieder brütende Septemberhitze, die jederzeit mit neuen Gewittergüssen überraschen konnte. Marco lümmelte in seinem üblichen Outfit herum, das weiße Langarmhemd bis zu den Ellenbogen hochgekrempelt. Darunter trug er eine beigefarbene Anzughose aus Leinen. Wenn ich ihn ansah, durchzuckte mich nach wie vor purer Unglaube, dass wir ein Paar sein sollten. In der ersten Sekunde erwartete ich immer noch die Schleppe Damen, die zu einem Mann wie ihm gehörte, aber ich hatte mir inzwischen eingestanden, dass ich nicht die geringste Menschenkenntnis besaß. Wenn ich ihn jetzt anschaute, in diesen Minuten, in denen wir auf Mauro warteten, empfand ich Dankbarkeit, dass er jeden Versuch unterließ, mich zu trösten. Seine Anwesenheit und die Selbstverständlichkeit, mit der er zu mir stand, waren Beruhigung genug. Mauros dämliches Grinsen zu fürchten, war überflüssig. Weder dessen schräge Bemerkungen noch sein Hohn würden ein Ziel finden. Ich war gewappnet. Mittlerweile lümmelte ich so ungeniert wie Marco im Stuhl. Das Verschränken der Hände hinter dem Kopf belüftete den Oberkörper. In identischer Pose spähten wir an der alten Kirche vorbei auf die Fragmente der Piazza, die wir von unseren Plätzen aus sahen. Vor uns auf dem Tisch standen die dritte Flasche Wasser und zwei Gläser.

„Das muss er sein", meinte Marco auf einmal vage amüsiert.

Mein Herz hämmerte heftiger, ich hob beide Brauen. An den Brunnen auf der Piazza Navona irrte ein planloser Anzugträger umher, dem der Schweiß in Strömen das Gesicht herunterlief. Es wirkte so absurd aus, dass ich Mauro beinahe nicht erkannt hätte. So lächerlich, dass ich mich ernstlich fragte, was ich je an ihm gefunden hatte. Eine Windbö entriss Mauro den Stadtplan, der wie eine Taube auf Koks über die Piazza fegte. Erschreckt blickte er dem Papier nach. Er wirkte verloren, hilflos und in jeder Hinsicht verletzlich. Trotzdem sprang ich auf und floh in den Eingang der Trattoria. Marco sah mir mit einem schnaubenden Lachen nach. Ich hob entschuldigend die Schulter, eine Hand am Türsturz, musste aber grinsen, während ich beobachtete, was draußen vor sich ging. Schwer war das nicht. Wir hatten den Tisch, der der Tür am nächsten war.

Marco winkte den Anzugträger heran. Mauros Erleichterung, nicht mehr allein durch Rom irren zu müssen, erkannte ich selbst auf die Entfernung. Wegen der immensen Luftfeuchtigkeit, bei den nach wie vor hohen Temperaturen schleppte er sich zu unserem Tisch.

„Kollege Berietti?", fragte Marco.

Matt nickend und mit einer Hand am Krawattenknoten, als wolle er ihn lockern, plumpste Mauro auf den freien Stuhl.

„Ich muss …", japste er. „Ich muss erst … Wasser."

Dabei starrte er den Kellner, der wie aus dem Nichts am Tisch stand, flehend an. Der quittierte das mit besorgter Miene, die nicht dem Zustand des neuen Gastes galt. „Wenn Sie etwas essen oder trinken wollen, sollten Sie reingehen. In fünf Minuten wird es regnen."

Verwirrt stierte Mauro in den Himmel, der strahlend blau auf uns hinab grinste. „Wieso? Ist drinnen klimatisiert?"

„Nein. Es wird in fünf Minuten regnen", wiederholte Marco emotionslos.

„Wie können Sie das auf die Minute genau wissen?", schnappte Mauro abfällig. „Wenn sie drinnen keine Klimaanlage haben, bleibe ich lieber hier." Er deutete auf die drei gigantischen Standventilatoren, die Marco den Durchzug ins Gesicht und Mauro in den Nacken bliesen. An ihm vorbei taxierte ich den Stand des lizenzierten Straßenhändlers, der auf seine Wetterapp schaute und mit dem Kellner debattierte. Dieser hastete kurz darauf in sein Lokal, nicht ohne Mauro mitleidig zu beäugen. Im Rahmen stieß er mich versehentlich an. Ich rückte ein Stück zur Seite und machte einen Schritt näher zum Tisch. Marco gestikulierte an Mauros Schulter vorbei. Der drehte sich daraufhin um, musste erkennen, dass der Händler Schirme ins Sortiment hängte, und ignorierte es. Als der Kellner das Wasser brachte, grapschte Mauro förmlich danach.

„Ihr Chef sagte, dass er die besten Männer seines Teams schickt", sagte Mauro, nachdem er die Flasche geext und sich mit dem Handrücken über den Mund gewischt hatte.

„Das ist korrekt." Marco nahm die Sonnenbrille ab. Das war mein Stichwort. Mit arrogant gehobener Braue trat ich an den Tisch.

„Pasqua und Diamante." Ich streckte Mauro die Hand hin.

Großäugig glotzte er mich an. Offenkundig versuchte er, den gehörten Namen mit dem, was er sah, in einen Zusammenhang zu bringen.

Du hast meine Fingerspitzen geküsst, dachte ich. *Mein Herz erobert, mit ihm gespielt, es zerbrochen und den Feinden zum Fraß vorgeworfen.*

Fast hätte ich gelacht, unübersehbar erkannte er mich in dem Augenblick, in dem er meine Hand zur Begrüßung schüttelte.

„Ähm", krächzte er mit einem hastigen Seitenblick auf Marco, als verlangte er von ihm, aus dieser Situation befreit zu werden. Natürlich tat Marco nichts dergleichen. Stattdessen stand er auf und legte einen Arm um meine Taille. „Meinen Kollegen kennen Sie ja schon." Er zog mich näher an sich heran, damit es auch der Letzte begriff.

„Wir sollten reingehen, meinen Sie nicht?"

Wie gelähmt blieb Mauro hocken, sichtbar bemüht, die Vielzahl an Informationen und Eindrücken zu verarbeiten. Wir ließen ihn, wo er war. Sollte er doch nass werden, wir würden drinnen auf ihn warten. In der Sekunde, in der wir den Eingang der Trattoria erreichten, fing der Regen an. Nicht zaghaft. Nicht zögerlich. Es war, als ginge die Sintflut auf den Mann am Tisch hernieder.

*

Nach dem Gespräch über Ermittlungen und Pläne, in dem es mir immer besser gelungen war, Mauro kühl, sogar mit einer gewissen Gehässigkeit zu betrachten, bezogen wir ein Zimmer in dem kleinen Hotel in Rom, das die Dienststelle für uns gebucht hatte. Dass Mauro unter demselben Dach wohnte, störte mich nicht. Aus der Minibar nahm ich mir ein Bier, während Marco auf dem Bett saß und mit Lorenzo telefonierte. Dabei hatte er das Telefon auf laut gestellt, und das hatte nicht das Geringste mit meiner Eifersucht zu tun.

„Nein", sagte Marco. „Er hat weder den Namen Cherubino noch sonst einen genannt. Nur großspurig getönt, dass er nicht nur den Diebstahl lösen, sondern auch einen seit Jahren gesuchten Auftragsmörder gleich mit schnappen würde. Wir würden ja sehen.

Ehrlich, Lorenzo, er ist jung, großspurig und nicht besonders helle."

„Nun, aber hell genug, um die Überschneidungen von Cherubinos Aufenthalten mit den Morden bemerkt zu haben."

„Cherubino benutzt doch seinen Namen nicht bei so was", wandte Marco ein.

Lorenzo seufzte ungeduldig. „Du hast ihn länger nicht gesehen und vergessen, dass er auffällt. Wir gehen davon aus, dass es Zufall war, dass Berietti überhaupt eine Überschneidung bemerkt hat. Der Rest ist Obsession. Geltungsverlangen vielleicht? Damit, diesen Sniper zu fassen, würde er sich landesweit einen Namen machen."

„Ja, und damit, den traumatisierten Sohn eines abgetretenen Staatsanwaltes mit dieser Anschuldigung zu konfrontieren, landesweit lächerlich. Mehr noch, es sähe soziopathisch aus."

„Deshalb braucht er Beweise. Die hat er nicht, also will er ihn bei der Tat erwischen."

„Cherubino sollte nicht herkommen. Wir haben einen Informanten", sagte Marco. „Ein Lakai des Hehlers aus Sperlonga. Das Schmuckstück wird morgen früh, zehn Uhr, an der Ostmauer des Palatin den Besitzer wechseln. In einer kleinen Straße. Auf einer Seite nur Mauer, auf der anderen Gebäude. Mehr eine Gasse."

„Ist da ein Hotel?", tönte Lorenzos Stimme. Dann raschelte es, und er gab sich selbst die Antwort. „Ja, da ist ein Hotel. Ein Luxushotel. Er schießt gern aus Hotels raus."

Ich verschluckte mich fast an meinem Bier. Bei dem Dialog kam ich mir wie ein Verbrecher vor. Ich kämpfte mit der Frage, wie ich damit leben würde, meine ehrenhaften Prinzipien über Bord geworfen zu haben.

„Nochmals. Es wäre besser, wenn er gar nicht erst auftaucht", empfahl Marco. „Dann wickeln wir nur die Diebstahlsache ab. Nehmen Hehler und Täter fest und haben den Fall gelöst, ohne uns mit Beriettis Obsession befasst zu haben."

Ich hörte, wie Lorenzo mit der Zunge schnalzte. „Das wäre nicht Cherubinos Ding, Marco. Er macht seine Arbeit und hat einen Ruf zu verlieren."

„Rede mit ihm."

„Ich ruf dich an."

Lange betrachtete Marco das Telefon.

Ich sank langsam neben ihm auf die Bettkante. „Du bist in Sorge", sagte ich.

Mutwillig grinste er mich an. „Weißt du, was Lorenzo jetzt sagen würde?"

„Äh, nein?"

„In Sorge? Nein, ich bin in Rom."

Ich lachte. Und das war gut so, denn wenige Minuten später summte Marcos Handy erneut und konfrontierte uns mit Nachrichten, die mir einiges über Cherubino erzählten.

„Ja?", fragte Marco.

„Er sagt, es käme nicht infrage. Und er checkt unter seinem echten Namen im Hotel ein."

„Was?", riefen wir beide.

„Es geht darum, dass Berietti glaubt, dass Cherubino Graziosa immer dort ist, wo ein Mord mit ein und derselben Waffe durchgeführt wird. Damit hat er ja recht. Aber, na und?"

„Na und?", fragte ich.

„Ja", sagte Lorenzo. „Das waren seine Worte. Er hat recht, denn was beweist es? Es sähe blöder aus, wenn Cherubino Graziosa im Rahmen einer von Berietti angeleierten Ermittlung unter einem falschen Namen eingecheckt wäre. Es bleibt also dabei."

„Wir werden so früh da sein, dass er den Auftrag nicht durchführen kann", rief ich und hielt mir den Mund zu, weil ich merkte, dass ich zu laut gesprochen hatte. Ich wollte nicht, dass ein Mensch erschossen wurde, und wenn es ein Verbrecher war.

Lorenzo lachte. „Du kennst ihn nicht. Unterschätze ihn nicht."

„Und was ist, wenn Mauro ihn sieht und zwingt, sich auf Schmauchspuren untersuchen zu lassen?", rief ich wieder.

Darauf erntete ich ein langes Schweigen. Dann sagte Lorenzo: „Orlando, ich ziehe meinen Hut vor dir."

Seltsam, dass ich so etwas wie Stolz empfand.

„Es wird nicht einfach sein, so etwas wie Schmauchspurenuntersuchungen von einem vermeintlich Unbeteiligten zu fordern. Aber ich suche nach einer Lösung." Lorenzo beendete das Gespräch.

„Puh", stöhnte Marco nach dem Telefonat so inbrünstig, dass ich den Arm um ihn legte und ihm die Flasche Bier hinhielt. In dem Moment klopfte es. Wir starrten zur Tür. Hörten Mauro fragen:

„Können wir kurz reden?"

Ungeachtet der Tatsache, dass weder Marco noch ich mehr als Boxershorts anhatten, gab er mir die Flasche zurück, stand auf und öffnete die Tür. Blinzelnd guckte Mauro von einem zum anderen. Zuerst über meinen schmalen Körper, dann flüchtig zu Marco und blieb mit dem Blick an dessen Sixpack hängen.

„Äh", sagte er und wedelte, im Türrahmen stehend, mit einem Zettel, den er in der Hand hielt. „Ich habe hier eine Liste mit Namen, die dieser Killer abwechselnd benutzt."

„Wollen Sie nicht reinkommen?" Marco, eine Hand am Türblatt, war ihm so nahe, dass Mauro rote Ohren bekam. „Es ist nicht ansteckend", schob Marco nach.

Ich lachte auf.

Pikiert drückte Mauro ihm den Zettel in die Hand. „Ich habe das Hotel in der Straße gecheckt. Niemand hat unter einem dieser Namen eingecheckt."

„Was macht Sie denn so sicher, dass die Bestohlene einen Sniper auf ihren Bruder angesetzt hat?", wollte Marco wissen. Dabei schob er sich das Haar aus der Stirn.

„Soweit wir wissen", mischte ich mich ein, „hat sie lediglich einen Privatdetektiv beauftragt."

Mauros Miene wurde fuchsig. „Ich weiß es einfach. Morgen um elf Uhr in der Früh wird in dieser Straße nicht nur ein Deal abgewickelt werden. Der Bruder der Frau, der Dieb, Sergio Bonaventura, wird erschossen werden. Und wir werden den Sniper erwischen."

„Wenn Sie meinen", nuschelte Marco und nahm ihm den Zettel ab. „Wir sehen uns dann morgen." Wir rührten uns nicht, bis seine Schritte draußen im Gang verhallt waren.

Dann sagte ich: „Hast du irgendeine Idee?"

Marco zuckte mit den Schultern und warf sich neben mich aufs Bett. Dabei umfing er meine Taille derart, dass wir auf die Rücken fielen. „Wir werden improvisieren."

„Was ist", ich schob seine Hand weg, „wenn wir Cherubino sehen?"

„Dann", hauchte er mit Küssen in mein Ohr, „wird dir vor Staunen die Spucke wegbleiben."

„Was?"

„Einen Mann wie ihn hast du noch nie gesehen. Wenn ich nicht sicher wäre, dass er sich nicht für Männer interessiert, würde ich dich hier festbinden."

Ich lachte. Wenn ich lachen konnte, war mein Gewissen vielleicht gar nicht so schwer.

*

Der nächste Morgen gestaltete sich derart hektisch, dass ich keine Zeit hatte, über mein Gewissen nachzudenken. In einem Mietwagen waren wir auf dem Weg zum Tatort – zu der Straße am Palatin, an der der Dieb das Schmuckstück einem Hehler übergeben würde. Und wo Mauro einen Sniper enttarnen und fassen wollte, weil der den Auftrag hatte, den Dieb zu eliminieren. Davon war er so besessen, dass er sich nicht mehr darum scherte, mit mir zusammenzuarbeiten oder mit mir in einem Auto zu sitzen zu müssen. Seine Augen glühten, seine Wangen waren rosig, und ich fragte mich, ob ihm nicht klar war, dass er sich zum Affen machen würde, wenn er Cherubino Graziosa des Mordes in so und so viel Fällen bezichtigte, ohne es beweisen zu können. Er musste ihn in flagranti erwischen. Am besten mit dem Gewehr in der Hand.

Wir standen vor unserem Hotel auf dem schmalen Bürgersteig, wo Marco eine Zigarette rauchte und Mauro vor Ungeduld platzte. Wie ein Flummi hüpfte er um uns herum, warf immer wieder Blicke auf Marco, der seelenruhig meinte, es wäre ja kein Problem, wenn er die noch aufrauchte. Er wollte Zeit gewinnen. Die Flagranti-Nummer verhindern. Das bedeutete aber, dass jemand sterben würde. Mir war unwohl dabei, doch immer, wenn ich mir die Geschichte dahinter vergegenwärtigte, beruhigte ich mich. Marco zerdrückte die Kippe mit seinem Schuh.

„Können wir jetzt?", plärrte Mauro.

Marco weitete die Augen, was irgendwie schräg aussah, und schlenderte zur Fahrerseite des zugeparkten Mietwagens. Ich sah Mauro an, dass er etwas dagegen einwenden wollte. Kurz hob er die Hand und öffnete den Mund zum Widerspruch, doch er gab es auf und setzte sich auf den Beifahrersitz. Daher blieb mir nichts anderes übrig, als hinten zu sitzen. Ich stieg ein, belustigt darüber, dass Mauro glaubte, mich so auf den Platz verweisen zu können, von dem er dachte, dass er mir zustünde. Marco schaffte es, die Karre aus der engen Reihe geparkter

Autos herauszusteuern, was mir wie ein Wunder vorkam. Der Morgen war heiß und schwül. Über die mickrige Straße spazierten Touristen, die glaubten, früh dran zu sein und die Sehenswürdigkeiten der Stadt für sich allein zu haben. Sie irrten sich. Selbst ich wusste mittlerweile, dass man dazu um halb sechs Uhr morgens aufstehen musste. Die schmale Straße mit unserem Hotel endete auf einer Hauptader der Stadt, die uns südlich zum Ziel führen sollte. Hauptadern in Großstädten hatten die lästige Angewohnheit, stark frequentiert zu sein. Wir zuckelten nicht gerade über die Straße, die innerstädtisch parallel zum Tiber verlief, stattdessen huschten wir, wie alle anderen, um ein Hindernis nach dem anderen. Eigentlich zweispurig, war sie es oftmals nicht, weil ein Auto auf der Randspur parkte. Oder ein Lieferwagen. Oder ein Reisebus. Es war eine einzige Kurvenfahrt aller. Gehupe, Vollbremsungen vor Touristen auf Höhe der Brücke zur Engelsburg, die zu allem Überfluss gesperrt war, was einen gigantischen Reisebus dazu nötigte, den Rückwärtsgang einzulegen. Der Verkehr stockte. Dann lief er wieder an. Nervös schaute Mauro unentwegt auf die Uhr. Ich sah ihn von hinten, den dichten Haarschopf, dann mal im Profil, wobei mir der Schweiß auf seiner Stirn nicht entging. Die Klimaanlage lief auf Hochtouren. Eindeutig schwitzte er, weil er überzeugt war, ihm würde bald ein großer Coup gelingen. Vermutlich sah er sich schon auf den Titelseiten sämtlicher Inlandszeitungen. Wahrscheinlich würden sie sogar im europäischen Ausland darüber berichten.

Es war ... Je mehr ich darüber nachdachte, desto widerlicher wurde es mir. Erinnerungen an den Abend der Hochzeit überfielen mich, und endlich, unter all dem Schmerz, den er mir damals verursacht hatte, schimmerte die Frage, warum er es überhaupt getan hatte.

Um im Mittelpunkt zu stehen, Orlando.

Um der Held der Quästur zu sein. Wenn schon nicht wegen besonderer Ermittlungserfolge, dann eben, weil er einen ohnehin verhassten Kollegen – mich – verarscht hatte. Ich mochte ihn nicht mehr ansehen und schaute aus dem Seitenfenster. Wir hatten das Chaos hinter uns gelassen und fuhren auf das Grün des Circus Maximus zu. Ein riesiges Oval, das überwiegend aus Wiese bestand und vorne und hinten von den Resten zweier antiker Gebäude flankiert wurde. Links davon die Mauer des Palatins. Und die kleine Straße, in die wir hinein mussten. Überzeugt, Marco würde den Blinker setzen und links abbiegen, steuerte er den Wagen aber geradeaus und hielt hinter den am Circus wartenden Hop on-Hop off-Bussen an.

„Was soll das?", rief Mauro und fuchtelte herum.

„Meine Smart-Watch", sagte Marco.

„Was!" Mauro sah auf seine Uhr. „Wir müssen da rein!" Brüllend zeigte er in die Richtung unseres Ziels. „Die Übergabe ist in wenigen Minuten! Ich muss dahin!"

Ja, dachte ich. *Du musst da hin. Dir geht es nicht um den Diebstahl, den Schmuck, den Täter und den Hehler. Dir geht es nicht mal um den Sniper. Dir geht es nur um dich.*

Aber was Marco mit der Smart-Watch meinte, verstand ich erst auch nicht. Ich berührte sacht seine Schulter, doch er drehte sich nicht um.

Er sagte: „Sie haben ja selbst gesehen, durch welches Chaos ich uns gesteuert habe."

„Und?", kreischte Mauro.

„Die Uhr ist der Meinung, ich sollte meditieren. Das misst sie über den Puls."

„Was?" Mauro warf den Kopf herum, um mich anzusehen. Sein ansprechendes Gesicht war zu einer Fratze verzerrt. Ich zuckte die Achseln. „Ich glaube, er meditiert jetzt nicht wirklich. Aber ein Augenblick der Ruhe wäre nicht schlecht."

„Steigen Sie aus!", blaffte Mauro und hatte schon die Hand an der Wagentür. „Ich fahre!"

„Kommt nicht infrage." Endlich startete Marco den Wagen wieder. Es ging darum, auf Zeit zu spielen. Und ein wenig davon hatten wir bereits gewonnen.

*

Die Zielperson war tot. Der Dieb. Der Mann, der das Schmuckstück gestohlen hatte, und es hier Marcellus Pinso, dem Hehler, hatte verkaufen wollen. Die enge Straße vor dem Hoteleingang war verstopft von Carabinieri-Fahrzeugen und anderen Leuten. Uniformierte standen herum, lehnten an ihren Fahrzeugen, rauchten Zigaretten, die obligatorischen Sonnenbrillen auf den Nasen, als Pinso das Durcheinander nutzte und los sprintete.

„Stopp!", brüllte Marco und setzte selbst zum Sprint an, doch ich war schneller, zog die Waffe und gab einen Warnschuss ab. Ein kollektiver Schreckensschrei ging durch die Straße. Dann nur noch Murmeln und Palaver, während sich Pinso, beide Hände in die Luft gereckt, von mir zurück hinter das Absperrband um die Leiche lotsen ließ. Dort entdeckte er Marco, und ja – Sperlonga war nicht weit von San Felice weg. Natürlich kannten sie sich.

„Marco", bat der langhaarige Hehler mit geneigtem Kopf, die Hände in der Luft aber schon ein Stückchen tiefer. „Du kennst mich doch."

„Ja." Er grinste. „Deshalb nehmen wir dich mit." Marco nickte zu einem Carabinieri, der seine Zigarette austrat und Pinso in Empfang nahm. Er verfrachtete ihn auf die Rückbank seines Autos und nahm die coole Haltung an der Motorhaube sofort wieder ein, als er damit fertig war. Wo war Mauro? Die Morgensonne erhellte die Szenerie etwas zu sehr. Ich setzte die Sonnenbrille auf, nachdem ich sie mir aus den Haaren gewunden hatte. Der Leichenwagen rumpelte über die gepflasterte Straße, die mir vorkam, als wäre sie zur Regierungszeit Caesars erbaut worden. Still gingen die Türen auf, dann das Heck und der Zinksarg tauchte auf. Mauro? Da war er.

„Wir sind zu spät gekommen!", brüllte Mauro, der hektisch hin und her rannte, aber nie weiter als vielleicht fünf Meter.

Marco legte einer jungen Frau Handschellen an, bei der es sich offenbar um Pinsos Freundin handelte.

„So war das nicht!", kreischte sie.

Ich schlenderte hin. „Wie war es dann?"

Völlig aufgelöst berichtete die stark überschminkte Frau, dass sie bloß ein Nagelstudio betrieb und nichts mit all dem zu tun hatte. Geduldig bat ich sie um die Schilderung der Ereignisse, während Marco das auf dem Boden liegende Juwel in einen Beweismittelbeutel gleiten ließ. Unsere Blicke trafen sich, und er lächelte vage. Ich wusste nicht, was ich fühlen sollte. Die Genugtuung, die mich erfüllte, dass Mauro seinen Willen nicht bekommen hatte, dass es keine Flagranti-Geschichte geworden war, beschämte mich. Er brüllte herum, was das hier für ein Sauhaufen wäre, und stürzte auf Marco zu, dem er die Schuld an der Verspätung gab. Er packte ihn am Kragen und schrie ihn an.

„Die Zeugin sagt, dass der Schuss vom Palatin gekommen ist!", rief ich.

Also von gegenüber dem Hotel, was sich Mauro offenbar nicht vorstellen konnte.

„Das ist lächerlich!", rief er dann auch, ließ Marco los und marschierte auf das Hotel zu. Ich überlegte, was er hoffte, dort zu finden, und kam bei einem Zimmer mit Zielfeuergewehr an. Brauchte er dazu nicht einen Durchsuchungsbeschluss?

Ich hastete ihm nach ins kühle Foyer, fest davon überzeugt, dass er wahllos Zimmertüren aufreißen würde, doch er stürmte auf den Tresen zu, hinter der der Concierge in eine spontane Krisensitzung vermutlich mit dem Hotelmanager vertieft war. Ein kleiner untersetzter Mann mit Haarkranz in schicker Garderobe. Sie unterbrachen ihr Gespräch und schauten Mauro freundlich an.

Der klatschte den Zettel mit den Tarnnamen auf den Tisch und blaffte: „Hat einer dieser Männer hier eingecheckt?"

Der Concierge, dessen Namensschildchen ihn als Hamid auswies und der – nebenbei bemerkt – verteufelt gut aussah, lächelte so routiniert wie eine Stewardess. „Signore Berietti?"

„Ja, sicher!", plärrte Mauro, der sich über den Tresen hängte, als wollte er gleich selbst im PC nachschauen. Sein Hemd hing ihm hinten aus der Anzughose, und generell sah er aus, als träfe ihn gleich ein Schlaganfall.

„Sie baten mich darum gestern am Telefon", sagte Hamid mit erlesener Höflichkeit, sah aber an ihm vorbei auf eine Familie, die auf ihn zusteuerte. Mit französischem Akzent fragte der Familienvater, was denn draußen los wäre. Die besorgte Miene des Mannes glättete sich im entwaffnenden Sermon Hamids. Die kleinen Mädchen im Hintergrund, geflochtene Zöpfe und Trägerkleidchen, hüpften sowieso ahnungslos durch die Lobby. Im kühlen Marmor der Lobby drehte ich mich zur Tür, in der Hoffnung, Marco zu entdecken. Aber durch die Glastür sah ich nur einen Müllwerker, der aufgebracht mit dem Portier quatschte und viele Gesten in den Himmel fabrizierte. Aufgebracht? Woher sollte ich wissen, ob der Mann aufgebracht war. Ich hatte doch gelernt, dass es mitunter nur so aussah. Als ich meinen Blick wieder in den Raum wandte, taxierte Mauro mich wütend.

Ich?, dachte ich. *Du hast Grund, wütend auf mich zu sein?*

„Es ist deine Schuld", herrschte er mich an.

„Was denn?" Nervös leckte ich mir die Lippen. Ein Detail, das einiges darüber sagte, dass ich noch immer Angst vor ihm hatte. Vor seinen Kränkungen und seinem Hohn. Wo war Marco?

„Ihr habt alles getan, um die Ankunft zu verzögern!", rief er, wobei mir sein Speichel ins Gesicht flog.

„Ich?" Meine Stimme ersoff in seinem nächsten Gebrüll. Weiter ging ich rückwärts. Sein Zeigefinger bohrte sich auf meine Brust, als er brüllte: „Ich wollte beweisen, dass ..."

Ich stieß gegen etwas. Oder jemanden.

„Orlando", sagte eine Stimme hinter mir. Ich wirbelte herum, fand mich eingeklemmt zwischen Mauro und ...

Woher weiß der meinen Namen? Na, weil die bestimmt gut vernetzt sind, seine Freunde, Orlando.

„Cherubino", stieß ich mit verblüffender Erleichterung aus.

Dieses Mal machte Mauro einen Schritt rückwärts. Cherubino musterte ihn mit ironischer Irritation. Es war ein Blick, der dem Empfänger wehtat. Herabwürdigend und doch freundlich. Ich dachte an das Polaroid, das Tiziano mir gezeigt hatte. An den Jungen von engelsgleicher Schönheit und an sein befreites Lachen. Er sah immer noch aus wie von Michelangelo erschaffen, nur war da nichts mehr von Freiheit. Älter war er natürlich geworden, und in seinen steingrauen Augen lauerten Abgründe. Er zog mich so weit zur Seite, dass Mauros Nähe nicht mehr bedrohlich war.

„Ich hatte nicht gewusst, dass du mich zum Frühstück abholen wolltest", sagte er dabei.

„Äh?" Ich musste improvisieren. „Wollte ich nicht, Cherubino. Wir sind hier, weil sich draußen ein Verbrechen ereignet hat."

„Ach?" Manieriert berührte er mit einer Hand das Armband seiner Uhr am anderen Handgelenk. „Aber es bleibt bei der Vorstellung?"

Vorstellung? Bevor ich mir eine passende Antwort zusammengesucht hatte, hielt er mir zwei Karten hin. „Turandot. In der Caracalla-Therme."

„Ach so, ja." Ich rieb mir die Stirn. „Sorry, aber es ist grad arg stressig hier. Ich bin ziemlich durcheinander."

„Du kannst dich in meinem Zimmer frisch machen." Er hielt mir die Schlüsselkarte hin.

Ich wollte gerade verneinen, als Mauro rief: „Aber ich könnte das gebrauchen!"

Er sah vollkommen fertig aus. Der Anzug verknittert, der oberste Hemdknopf offen, die Krawatte auf halb acht verdreht – Mauro konnte das zweifellos gebrauchen, aber ich hatte nicht den Hauch von Mitleid mit ihm. Zumal ich wusste, was er in Cherubinos Zimmer wollte.

Der behielt eine fassungslose Ruhe. Fragte ihn nur leise: „Sind wir befreundet?"

Unter dem Blick wich Mauro ein Stück zurück. Ich wusste, er wollte unbedingt das Zielfeuergewehr in Cherubinos Zimmer finden. Was hätte ich getan, wenn ich es gesehen hätte? Normalerweise steckten die Dinger in einem Koffer.

Nichts, Orlando.

Was hätte ich gefühlt?

Eine Menge durcheinandergewirbeltes Zeug. Fragmente von Schuldgefühlen, Trauer darüber, dass die Welt nicht in Schwarz und Weiß eingeteilt ist, wie du es gedacht hattest.

Plötzlich stürmte Marco rein, der professionell nur einen Blick auf Cherubino und mich warf, ihn zwar flüchtig, aber doch so grüßte, dass unser Zuschauer Mauro merkte, dass er ihn kannte, und verkündete:

„Die Waffe wurde gefunden."

„Was?" Mauro drohten die Augen aus dem Kopf zu fallen. „Wo?"

„Drüben im Palatin. In den Resten des Hauses von Marcus Antonius."

„Das", meinte Cherubino, „erscheint mir doch passend." Er setzte sich in Bewegung. „Gut, dann. Wir sehen uns heute Abend."

*

Der Tag wurde mehr als aufreibend. In der lärmenden Quästur, bei läutenden Telefonen und durcheinanderquasselnden Zeugen, die jeweils auf einem Besucherstuhl vor einem Schreibtisch saßen, taten wir unsere Pflicht. Unter anderem informierten wir die Besitzerin des kostbaren Juwels, dass sie es unversehrt würde in Empfang nehmen können. Die Frau wirkte, als wüsste sie das schon, und versuchte, es ungeschickt zu verschleiern. Mir war klar, wer sie informiert hatte. Als ich das Gespräch beendet hatte, schweifte mein Blick durch den übervollen Raum. Auf einem Besucherstuhl vor einem unbesetzten, mit Papieren übersäten Schreibtisch mit einem Telefon, das unentwegt klingelte, kauerte Mauro. Seiner Miene war anzusehen, wie er damit kämpfte, dass sein großer Coup, seine Träume von Berühmtheit, Zeitungs- und Fernsehauftritte zerschellt war. Als fühlte er, dass ich ihn ansah, hob er den Kopf. Zerzaust sah er aus. Wie ein Boxer, der k.o. gegangen war und im Moment nicht wusste, was er tun sollte, um diesen Gesichtsverlust wieder auszugleichen. Dabei hatte er uns gegenüber nie Einzelheiten über seinen Verdacht formuliert. Nur gesagt, dass er den meistgesuchten Sniper des Landes auf der Spur wäre und wir dann schon sehen würden. In seinem zuerst böswilligen Blick veränderte sich etwas, als ich ihm standhielt. Mit den Lippen formte er das Wort *touché*. Als ob es hierbei um uns gegangen wäre.

Idiot, formte ich zurück und widmete mich wieder der Lektüre einer der gefühlt tausend Zeugenaussagen. Zwischendrin fragte ich Marco zischelnd, ob wir tatsächlich diese Opernaufführung besuchen würden, was er bejahte. Ich hoffte, zuvor etwas zu essen zu bekommen. Oder dass wir in unser mickriges Hotel einkehren und uns frischmachen konnten. Das Problem mit dem Essen erledigte sich von allein. Ein Tenente holte Pizza zur Mittagszeit. Ganze Wagenräder und zahlreiche davon.

Zeit umzuziehen hatten wir vor der Vorstellung so gerade, doch keine Zeit, vernünftig miteinander zu reden. Ich hatte so viele Fragen. Kraft für echtes Schuldbewusstsein hatte ich keine. Und zu allem anderen nicht. Wir küssten uns flüchtig, wenn wir allein waren, manchmal wuschelte Marco mir durchs Haar und einmal hauchte er: „Danke."

Ich wusste nicht, wofür er mir dankte.

Am Abend schien es zuerst, als wären wir spät dran, doch Marco hatte eine Idee.

„Warst du schon mal in der Caracallatherme?", fragte er, als er auf Höhe des Circus Maximus mit forschen Schritten auf eine Reihe Mietroller zu marschierte.

Ich hastete ihm nach. „Ich war noch nie in Rom."

Verblüfft schaute er mich an. Dann auf sein Handy. „Jetzt", sagte er triumphierend, „sind zwei Roller freigeschaltet."

Auch das noch.

„Du bist auch noch nie E-Roller gefahren", stellte er mit amüsierter Resignation fest.

„Nein." Ich lachte und griff nach der Lenkstange. „Aber es gibt für alles ein erstes Mal."

Dieses erste Mal entpuppte sich als etwas, was ich vor wenigen Wochen ein lebensmüdes Unterfangen genannt hätte. Wir rasten über breite Autostraßen, weil die Therme südlich des Zentrums lag. Wir wechselten Spuren, bogen links ab, und all das zwischen Autos und Bussen, dass mir der Schweiß die Schläfen runter troff, und ich der Sonne, die längst im Begriff war, unterzugehen, die Schuld dafür nicht geben konnte. Endlich war die Therme in Sicht. Rechts von uns, im Grün einer großen Anlage, ragten hohe Gebäudereste in den Himmel, und wir fuhren ihnen entgegen.

Ich war erleichtert, als ich registrierte, dass die zahlreichen Opernbesucher zwar nicht schlampig, aber doch kasual gekleidet waren. Taxis hielten und spuckten Gäste aus. Aus dem wartenden Pulk löste sich eine Gestalt in Chinos und Hemd, die ich daran als Lorenzo identifizierte, dass sie sich die Haare aus dem Gesicht strich. Gesten, die man immer wieder erkannte, selbst auf beispielsweise verpixelten Videoaufnahmen. Er schaute uns entgegen, die Hände an den Beckenknochen und mit einer Miene, als wäre uns die größte politische Intrige des römischen Imperiums gelungen. Aber Marco ... Was machte er da?

Er raste ungebremst auf ihn zu, schien erst in letzter Sekunde einen Schlenker zu machen und wurde von Lorenzo an der Taille gegriffen und vom Roller gezogen. Sie lachten aus vollem Halse. Der Roller verendete unter pikierten Blicken derjenigen, die auf Seite gesprungen waren, auf dem Pflaster. Einen Moment hielten sich Marco und Lorenzo fest. Der Anblick stach nur eine Sekunde, denn ich begriff die Freundschaft dahinter. Das unverbrüchliche Vertrauen, das mir zuteilwurde, als sie auf mich zukamen, um mich in die Umarmung einzuschließen. Erst als ich freigegeben wurde, als wir alle drei dort standen, die Therme im Rücken, das Gedudel des Orchesters, das seine Instrumente stimmte, entdeckte ich Cherubino. Er berührte meinen Oberarm und schenkte mir etwas Ähnliches wie ein Lächeln.

„Wir sollten unsere Plätze aufsuchen", sagte er zu niemandem Bestimmten.

Wir gingen los. Ließen uns mittragen von der Welle, die an dem geschlossenen Kartenverkaufshäuschen vorbei rollte. Arm in Arm mit Marco lief ich hinter den beiden anderen her, die sich nicht berührten, aber dennoch Vertrautheit ausstrahlten.

„Was macht Lorenzo eigentlich in Rom?", wisperte ich Marco zu.

Er hob die Brauen und winkte mit der freien Hand ab. „Ach. Er wollte sich mal das Forum Romanum ansehen. Und den Palatin."

„Oh", brachte ich etwas verkniffen hervor. „Das Haus des Marcus Antonius soll interessant sein."

Marco drückte mich im Gehen fester an sich. „Das sagte Lorenzo. Ja."

Wir sahen uns an. Und wir lachten.

Nachwort der Autorin

Letztlich ist alles, was ich mit Satire oder Komödie ummantele, eine tiefgründige Sache. Und mitunter ist selbst das Krimi-Genre nur ein Vehikel, das mir hilft, eine Geschichte von Liebe, Freundschaft, Verrat, Verletzungen und Traumata zu erzählen. Weil mir tiefgründige Figuren wichtiger sind als Effekte. Und weil Humor hilft, um mit den Widrigkeiten des Lebens klarzukommen.
Orlando Pasqua und Marco Diamante hatten es nicht leicht. Nachdem das Buch länger geworden, weil ihm ein weiterer Handlungsstrang hinzugefügt worden war, sollte es korrigiert werden. Dann machte das Laptop die Grätsche. Nach Datenrettung und Kontrolle durfte es zwar weitergehen, doch zunächst wusste ich nicht, ob ich ein Pseudonym wählen soll oder nicht. Es gibt Bücher anderer Genres auf dem Markt, geschrieben von Diane Amber. Letztlich, so entschied ich, ist es egal. Bis auf den historischen Krimi sind sie auf die eine oder andere Weise miteinander verknüpft. Und hier sind sie endlich: Orlando Pasqua und Marco Diamante.
Ich danke Jeanette und Lilian fürs Lektorieren. Lilian vor allem dafür, dass sie mir half, Orlando nicht dumm wirken zu lassen, denn das Brett, das er vor dem Kopf hat, hat phasenweise das Ausmaß einer jahrhundertealten Steineiche. Stephie (ja, die Schreibweise ist richtig) fürs Lesen der Urfassung, und für anregende.
Ein Dank an Jo und Paolo.
Ich danke dem Ort der Handlung, und den Menschen dort, dafür, dass sie sind, wer sie sind.

Wer Lorenzo und seine Schwester Antonella näher kennenlernen möchte, kann das Buch lesen, in dem er das erste Mal auftaucht.

Erschienen bei Salsa-Verlag Göttingen:
„Antonella Bracco ermittelt"
Nach einem Dienstunfall fristet Kommissarin Antonella Bracco ihr Dasein in den Tiefen der zivilen Verwaltung. In ihren eintönigen Alltag kommt jedoch unerwarteter Schwung, als nicht nur die Tochter ihres Chefs entführt wird, sondern auch noch das Auto ihres Bruders an ihr vorbeirauscht – ohne ihren Bruder darin. Was bitte macht der Maserati eines Florentiner Privatbankbesitzers in Köln? Hängen die beiden Ereignisse zusammen? Oder ist die ganze Familie Bracco in Schwierigkeiten? Etwa auch Antonellas Zwillingsbruder Davide?
Wie gut, dass ein anderer Maserati-Besitzer helfen kann: Hauptkommissar Sebastian Avrenberg schreitet zur Tat, kann aber auch nicht verhindern, dass Antonella auf eigene Faust ermittelt. Allein schon, weil ihr Herz in Sebastians Nähe ungefragt in einen anderen Rhythmus wechselt. Und schon geht sie los, die wilde Jagd nach einem alten Geheimnis, einem neuen Skandal und einem Römertopf.
ISBN: 978-3-948235-06-2

Leseprobe: (Das ist Antonella)
Die Ereignisse, die zu dem Mann im Schuppen führten, hatten ihren Anfang im Herbst 2018 in Köln genommen, wo ich meinen Dienst als Polizistin verrichtete. Ich war Teil der Ermittlungsgruppe für Kapitalverbrechen, der

Mordkommission. Gelegentlich arbeiteten wir mit dem LKA zusammen, oft genug klärten wir die Fälle allein.

Einen richtigen Partner, wie man es aus dem Fernsehen kennt, hatte ich nicht. Die Teams wurden immer so zusammengewürfelt, wie es passte und wie es sinnvoll war. Deshalb steckte man mich nie in eine Gruppe, die in einem Fall ermittelte, in dem auch nur ein Dreiviertelitaliener eine Rolle spielte.

Woran das liegt? Das erkläre ich noch. Gemeinhin unterstellt man mir in solchen Fällen, nicht objektiv zu sein.

An dem Tag, an dem meine sogenannte Karriere schlagartig endete, oder, um es freundlicher zu formulieren, einen anderen Weg einschlug, war ich in Zivil unterwegs, aber im Dienst. Ich lief dynamisch über die Domplatte, als ich plötzlich einen Kerl mit Pistole durch die Menschenmenge sprinten sah. Ohne zu zögern, reagierte ich. Erhaschte im Augenwinkel die offenstehende Tür des Bulgari-Ladens, in der eine verängstigte Blondine mit zerzaustem Haar dem vermeintlich Flüchtenden hinterher starrte.

Sofort schrillten alle meine Alarmglocken. Blindlings jagte ich dem Mann nach. Leider entpuppte der sich am Ende als der Inhaber des Schmuckladens, der seinerseits dem Räuber nachhetzte. Doch konnte ich das ahnen?

Die Situation schien glasklar und er trug eine Waffe. Aber vor allem hielt er mich für eine Komplizin des Diebes. Ich habe nie herausgefunden, warum, vermute aber, wegen meines südländischen Aussehens.

Die Verfolgung setzte sich als keuchendes Gerenne über den Bahnhofsvorplatz fort. Vorneweg ein Vermummter, dem der blonde Anzugträger nachhechtete. Dahinter ich.

„Polizei! Bleiben Sie stehen!"

Sie drehten sich nicht einmal um.

Der ganze Platz schien voller Menschen zu sein. Menschen die Rollkoffer hinter sich herzogen, Menschen, die Rucksäcke geschultert hatten und welche, die einfach nur verdutzte Gesichter schnitten, während sie auf die Seite sprangen. Ich zog meine Dienstwaffe.

„Halt! Stehen bleiben!"

Was niemand tat. Und so sprintete ich weiter. Sprang über Kleinkinder, rannte Omis um, hüpfte wenig galant über einen Dobermann, der sich losriss und die Verfolgungsjagd vervollständigte. Auf Höhe des Hotels Excelsior streifte ein Bentley den vermeintlichen Dieb. Er stürzte, riss einen jungen Mann mit sich, der seinen McFlurry-Eisbecher über ihn ergoss und mit Fragmenten eines McRibs im Gesicht liegen blieb. Der mutmaßliche Täter versuchte, sich aufzurappeln, sah mich näherkommen, hinter mir den hechelnden Hund. Er hob die Waffe und schoss.

Ich erinnere mich, wie in Zeitlupe gefallen zu sein. Als ich das Bewusstsein verlor, glotzte ich in das Gesicht eines leichenblassen Hotelpagen. Kein schöner Anblick. Ein kalkweißer haarloser Kopf mit Glubschaugen, die aus den Höhlen zu springen drohten. Sollte das das Letzte sein, was ich sah?

Wem der Schreibstil gefällt und mal in einem anderen Genre lesen möchte, dem empfehle ich den historischen Kriminalroman:

Erschienen bei Acabus-Verlag/ Bedey media
„Die Feinde des Guiscard"
Mord aus Leidenschaft oder politisches Attentat? Salerno 1080: Anna, die Tochter des Leibarztes der Herzogin, hält es für ein Rendezvous. Die Falle kostet sie ihr Leben. Normannenherzog Robert Guiscard beauftragt den besitzlosen Ritter Jocelin, den Mord aufzuklären. In dessen Schlepptau Principessa Liliana, in die er hoffnungslos verliebt ist. Die vermeintliche Tat aus Eifersucht entpuppt sich rasch als ein Intrigenspiel alter Feinde und Gegner der Normannenherrschaft und reicht sogar bis zur Kurie. Eine turbulente Jagd nach der Wahrheit und gegen die Zeit durch das kulturell bunte Salerno.
ISBN: 978-3862828548

Leseprobe: (Das ist Jocelin, gesehen mit den Augen seines Halbbruders Sebastien)

Es gab Dinge, dachte Sebastien, die man sich besser nicht wünschte. *Herr, ich bat dich, das Problem mit Anna zu lösen. Aber doch nicht so.*

Am Ziel zog er den ledernen Vorhang zur Seite und stürzte in die muffige, in der Wehrmauer gelegene Kammer. Eine von vielen, die bogenförmig nebeneinanderlagen. Darin hausten hauptsächlich Soldaten und Gesinde. Gelegentlich auch besitzlose Ritter. Männer des Schwertes ohne Lehen und ohne besondere Aufgaben, so wie der Mann, den er suchte.

Im Dämmerlicht, das durch die oben im Mauerwerk angebrachten vergitterten Längsöffnungen drang, fokussierte er den Blick. Hinten an der Wand kauerte ein Weib. Unter dem schmalen Lichtstrahl einer Schalenlampe schob es eine stumpfe Nadel durch den Stoff, ohne aufzusehen. Die meisten Strohlager auf dem festgestampften Lehmboden waren zerwühlt, aber leer. Lederbeutel mit der Habe der Leute lehnten an Kisten. Hinten deuteten unmissverständliches Grunzen und Bewegungen unter einer fadenscheinigen Decke auf ein kopulierendes Paar hin. Sebastien atmete auf, als er die Gestalt entdeckte, die an der Wand lehnte. Die Beine ausgestreckt, das Schwert auf dem Schoß, eine Hand um den Griff gekrallt, noch im Schlaf wachsam. Das Kinn lag ihm auf der Brust, das dunkle Haar in der Stirn. Da war er. Der besitzlose Ritter, dem die Nachricht galt. Der Bastard. Sein Bruder. Jocelin. Sebastien fiel neben ihm in die stinkenden Binsen. „Wach auf." Er stieß ihn an. Sah geduldig dabei zu, wie sich Jocelin grunzend schüttelte und sich mit beiden Händen übers Gesicht fuhr. „Vater will dich sehen."

„W-was?" Jocelin blinzelte, was die Mischung aus Angst und Abwehr in seiner Miene miserabel kaschierte. Es gab zwei Männer in Salerno, denen man sich nicht widersetzte, und das waren der Herzog Robert Hauteville und César de Fécamps. Ihr Vater.

„Was will er denn?" Der Bruder presste die Lippen so fest aufeinander, als ginge er im Geiste seine Verfehlungen der letzten Wochen durch. Sebastiens Nervosität verlor an Substanz.

„Ich würd' lachen, wenn es nicht dringend wäre. Es gibt einen Mord, um den du dich kümmern sollst."

„Ich soll mich … was?" Jocelin strich sich eine schweißverklebte Haarlocke aus der Stirn und schraubte sich auf die Füße. „Wer ist ermordet worden?"

„Das Mädchen Anna."

„Ich kenne keine Anna." Jocelin wankte aus dem Drecksloch in den Hof. Sebastien sprang auf, hastete ihm nach.

„Sie ist … sie *war* die Tochter von Nicos, dem Leibarzt unserer Herzogin."

„Heilige Scheiße." Jocelin blinzelte gequält in die Morgensonne.

„Das Mädchen oder das Licht?"

„Mein Schädel."

Am nächsten der vier Brunnen, die die Zitadelle mit Wasser versorgten, ließ Jocelin den Eimer an der Kette herunter und zog ihn gefüllt wieder hoch. Mit beiden Händen schaufelte er sich Wasser ins Gesicht. Als er Sebastien ansah, wirkten seine leicht gebräunten Wangen belebter. Die dunklen Augen waren nicht mehr trüb, in den langen Wimpern hingen Wassertropfen.

„Wohin soll ich?", krächzte er.

„Ins Haus des Arztes. Ich bring' dich hin." Sebastien musterte den nur wenig älteren Bruder. „Womöglich wäre es besser, wenn du dich …" Er deutete auf die zerknautschte Tunika. Jocelin sah an sich hinab, zupfte einen Strohhalm vom Ärmel. „Wieso? Wo doch meine Schönheit Salerno ziert wie eine Krone." Sebastien lachte. Die Panik, die ihn bei der Nachricht befallen hatte, verflüchtigte sich.

Und zuletzt der Krimi, in dem Antonella und ihre Familie nur eine kleine Nebenrolle spielen:

Erschienen mit BoD (es ist das Buch, mit dem alles anfing)
„Die Abrechnung"
Als Psychiaterin und aus leidvoller Erfahrung weiß Dr. Carola Adler, dass das Leben nicht berechenbar ist, aber eine Leiche im Garten kommt selbst für sie überraschend. Carola und ihre Mitbewohnerin Linda ahnen, dass der Tote und alles, was auf dessen Auffinden folgt, ihr Leben durcheinander wirbeln wird. Zuerst stehen sie dem Trubel gelassen gegenüber. Doch nach und nach offenbart sich, dass in den Mord immer mehr Personen aus Carolas Vergangenheit verstrickt sind. Als Hagen, ihre einstige große Liebe aus Studentenzeiten auftaucht, ist es mit ihrer Fassung dahin.
ISBN: 978-3758322402

Diane Amber

Im Sommer 1987 verlor sie ihr Herz an Italien. Zuerst in Florenz, doch ein Anfang war gemacht. Zuletzt war es die Liebe zum Meer, die sie tiefer in den Süden lotste, und, nicht zu vergessen, eine Vorlesung an der Uni-Köln über die normannischen Eroberungen Süditaliens, die Jahrzehnte später zu dem historischen Krimi **„Die Feinde des Guiscard"** führen sollte.

Tiefe Menschliebe und ein feiner Blick aufs Absurde bringt sie immer wieder zu Geschichten, die sie gern mithilfe eines Kriminalfalls transportiert. Manchmal mit mehr, manchmal mit weniger Humor. Sie lebt mit Ihrem Mann, drei Katzen und einer Wasserschildkröte am Niederrhein zwischen Köln und Düsseldorf. Wenn sie nicht schreibt, liest sie. Sie reist gern, und liebt Sport in der Natur.